Universale Economica Feltrinelli

GW00690997

# SIMONETTA AGNELLO HORNBY
# BOCCAMURATA

Feltrinelli

© Giangiacomo Feltrinelli Editore Milano
Prima edizione ne "I Narratori" gennaio 2007
Prima edizione nell'"Universale Economica" gennaio 2009
Terza edizione dicembre 2009

Stampa Grafica Sipiel Milano

ISBN 978-88-07-72079-6

I personaggi che appaiono in questo romanzo sono di pura fantasia. Ogni riferimento ad avvenimenti o a persone reali è puramente casuale.

IL RAZZISMO
È UNA
BRUTTA STORIA.
razzismobruttastoria.net

*Alla memoria di Mr Peckham*

# PARTE PRIMA

*I sogni e gli anni non hanno ritorno;*
*non rinnoverò la mia anima.*

A.S. PUŠKIN, *Evgenij Onegin*, IV, XVI

*Mečtam i godam net vozvrata;*
*Ne obnovlju duši moej...*

# 1.

Il compleanno di un pater familias soddisfatto
*"Pastificio e famiglia, le sue passioni!"*

Il cane graffiava contro la porta a vetri. Il sole colpiva i rami degli alberi e rimbalzava incandescente sulle foglie; un fascio di luce vi perciava in mezzo fino agli argenti sulla credenza alla parete.

Tito si tolse le sbavature di salsa intorno alla bocca. Passava e ripassava il bordo del tovagliolo sulle labbra serrate, come in un massaggio; poi stese il quadrato di lino sulle gambe e lo lisciò con il palmo delle mani.

Suo figlio Santi era di fronte a lui, all'altro capotavola, come nelle sedute del consiglio d'amministrazione del pastificio: bastava un'occhiata per capirsi al volo; alla destra del figlio, la zia. Tito indugiò con lo sguardo su ognuno dei cinque nipotini. Un giorno anche loro avrebbero partecipato a quelle sedute insieme a lui: in fondo era giovane, compiva sessant'anni.

"A che pensi, nonno?" gli chiese Titino, sempre all'erta.

"Penso che sono contento," rispose, e aggiunse rivolgendosi agli altri: "Vorrei fare un brindisi con l'acqua, tutti insieme, grandi e piccoli".

"Ma i bambini non hanno ancora finito la pasta!" Mariola, la moglie, scosse la testa, affrettandosi però a versare da bere. Poi, con un cenno, diede il via. Tenendo alto il bicchiere, Tito aspettò che fossero tutti pronti. Puntò gli occhi sulla zia e disse: "Brindiamo alla zia e alla nonna, a cui devo il più bel regalo di questo compleanno: la mia famiglia!".

Fu tutto un truzzare di bicchieri, ripetuto varie volte per accontentare i più piccoli, affascinati da quel nuovo gioco. Esaurito dallo sforzo del brindisi, Tito distribuì timidi sorrisi e poi tornò ai suoi gradevoli pensieri.

A quel tavolo pranzava da quando aveva imparato a destreggiarsi con coltello e forchetta, il padre da una parte, lui e la zia dal lato opposto, sotto i barbagli del grande lampadario di ferro battuto a dieci bracci. Tito era intimidito, chiusi com'erano fra gli enormi candelabri da un lato – immobili commensali – e il centrotavola d'argento dall'altro. Poi ci si era abituato. Ogni giorno, nella tarda mattinata, cominciava a pregustare quel momento di intimità familiare. Le pietanze erano sempre una sorpresa, ma sapeva che solitamente la zia faceva preparare quello che piaceva a lui – il padre lo costringeva ad assaggiare tutto e a finire quello di cui si era servito – e spesso andava anche oltre: ogni qual volta il padre lo rimproverava, gli faceva trovare i suoi piatti preferiti. Tito era certo che fosse il suo tacito modo per esprimere disapprovazione nei confronti della severità del fratello e dare conforto al nipote.

La zia ora stava dicendo qualcosa a Sandra e non si accorgeva di essere guardata; con un leggero sospiro, Tito attaccò le triglie alla livornese, di cui era ghiotto. Se ne mise in bocca una abbondante forchettata. La polpa soda del pesce freschissimo si amalgamava alla perfezione con il condimento di pomodoro e cipolle; ogni sapore rimaneva distinto, anche quello del prezzemolo sparso generosamente a fine cottura. Pure sua moglie lo viziava a tavola. Tito la guardò: nemmeno lei gli dava conto, aiutava la piccola Daniela a infilzare il pesce con la forchetta. Le triglie dei bambini erano state pulite in cucina, ma Mariola temeva che fosse rimasta qualche spina. Vera, capricciosa, andava avanti lentamente, a piccoli bocconi. Sandra mangiava svogliata: ascoltava la conversazione degli adulti, curiosa. Marò parlava con foga, la bocca piena. Daniela chiedeva a gran voce dell'altro pesce. Titino teneva gli occhi fissi sul piatto, tutto compunto.

Tito mentalmente affibbiava a ciascuno un nomignolo, prendendo ispirazione dalle varietà di pasta illustrate nella brochure su carta lucida appena realizzata dal direttore commerciale: settanta formati. Avrebbero dovuto prepararne un'altra sui procedimenti di pastificazione ed essiccazione: i mercati esteri richiedevano informazioni sul processo produttivo per concertare la comunicazione commerciale. Ne avrebbe parlato a Santi l'indomani mattina.

"Ti compiaci anche tu di questi nostri bei figli e nipoti?" gli chiese all'improvviso Mariola.

"Veramente pensavo alla nuova brochure del pastificio, è davvero bella. Ho dato a ogni nipote un nome preso dai diversi formati di pasta, mi sembrano tutti azzeccati! Titino, a cui piacciono le auto d'epoca del nonno," disse abbracciandogli le spalle, "è – cos'altro poteva essere? – *Ruote!*"

"E Marò, che pasta è?" incalzò il bambino.

"Marò la chiacchierina è *Linguine*. E Daniela, che è piccola, *Lingue di passero*. Vera, che mangia come una formichina, si chiama *Bocconcini*. Sandra sta sempre con le orecchie tese, quando noi grandi parliamo... *Orecchiette!*"

La zia non riusciva a seguire, ma Santi le sussurrava ogni nomignolo, prontamente accolto da gridolini e risate; lei rideva beata, lo sguardo fisso sul nipote.

"E dire che noi non pensavamo che tuo padre avesse uno spiccato spirito di osservazione!" bisbigliò a Santi.

"Pastificio e famiglia, le sue passioni!" fece lui, e poi disse ad alta voce: "Papà, ci scommetto che anche noi abbiamo dei nomi".

"Certamente, ma a voi do solo i numeri del catalogo."

La bocca mezza piena di pesce, Antonio alzò la mano. "Escludimi, io non ricordo nemmeno i cataloghi dei miei clienti!"

"Idem per me!" si affrettò ad aggiungere l'altro genero, Piero.

E cominciò una sorta di tombola, in cui Tito dava a ciascuno un numero che questi smorfiava al volo, nell'ilarità generale:

"Mariola, 56...".

"*Ditalini!*"

"Elisa, 33..."

"*Verrine!*"

"Santi, 35..."

"*Penne rigate!*"

La zia si era scostata dalla spalliera, i polsi poggiati sulla tovaglia, anche lei pronta a partecipare al gioco. Tito esitò. Un battito di palpebre di Santi e la tombola riprese:

"Zia Rachele, 40..."

"*Anelletti!*" gridò quella, pispisa come le bambine. Poi bisbigliò a Santi: "La memoria mi funziona ancora bene!".

Ne mancava soltanto una. E Teresa, la figlia maggiore, non seppe che rispondere quando il padre le disse: "39!".

"È nel consiglio d'amministrazione e non conosce la pasta che produce..." si rummuliò Tito, e chiuse la parata con un sospiro lasciando Teresa con il suo numero nudo, senza nome. Mariola stava per intervenire, ma non ce ne fu bisogno: in quel momento Sonia, la cameriera, fece il suo ingresso trionfale nella stanza da pranzo con la torta su un vassoio d'argento.

"E io che pasta sono?" mormorò Vanna, seduta alla destra del suocero.

"Tu sei 27."

"Che c'entro io con *Capelli d'angelo*?, li porto cortissimi!" obiettò lei.

"È la mia pasta preferita, ma tienilo per te." E i loro sguardi si incrociarono ridenti.

Era un caldo pomeriggio di inizio maggio; si prendeva il caffè, per l'occasione con cioccolatini e biscotti di mandorla, in giardino. Comodamente seduto in poltrona, Tito seguiva sonnolento e quasi ipnotizzato l'ondeggiare dell'abbagliante fioritura delle mimose, le narici invase dai profumi della terra.

"Hai parlato al nonno del tuo compito?" disse Vanna, e con mani amorevoli spinse il figlio verso Tito.

"La maestra vuole che ognuno di noi scriva la storia della sua famiglia. Dobbiamo fare, ha detto, il nostro albero genealogico." Titino, fiero, scandiva le parole. "Mi aiuti, nonno?" Ed elencava tutto quello di cui aveva bisogno: "Nomi, date di nascita, fotografie...". Tito si irrigidì mentre il bambino continuava: "...disegni, lettere...". Una rabbia sorda stava spazzando via il benessere.

"Poi ne parliamo," disse poggiando la mano, pesante, sulla spalla del nipote preferito. "Ora vai a giocare con le cuginette." Titino non si mosse. Era sul punto di piangere.

Vanna fece una smorfia impercettibile; Santi, che li osservava, intervenne in tono conciliante: "Papà, che ci vuole?, basta qualche vecchia fotografia...".

Silenzio. Come di consueto, fu Mariola a risolvere la situazione: si portò via il nipote, e intanto gli diceva: "Andiamo a prendere la scatola delle fotografie. Domani ce le guardiamo tutte, farai un compito bellissimo".


Tito era pronto per la passeggiata dopo il caffè. Fece qualche passo e si girò. Nessuno accennava a seguirlo. Gli altri mangiucchiavano cioccolatini e parlavano a bassa voce e di malavoglia, ignorandolo. Era come se una nebbia fosse calata sulla famiglia, inchiodando ognuno al proprio posto. Tito li guardava a uno a uno.

Teresa se ne accorse, e cercò di ammorbidirlo: "Ti è piaciuta la torta? L'ho ordinata al Piccadilly Bar".

Tito abbassò gli occhi in distratto assenso.

"Mi piacerebbe ordinare lì i dolci per la festa della prima comunione di Sandra, ha un'ottima pasticceria: anche se, certo, è carissima!" continuava intanto Teresa, e ripeteva: "Carissima, proprio carissima!" rivolta agli altri.

La conversazione riprese, ma il buon umore era svanito. "La decorazione di frutta e panna era magnifica, ma certo a quel prezzo, vorrei anche vedere..." commentò Vanna.

"Questo è soltanto il preambolo... Vorrà soldi da papà," sibilava intanto Elisa ad Antonio.

"Smettila, è il compleanno di tuo padre!" le rispose seccamente lui.

"Quella ottiene tutto quello che vuole, con le sue moine!" ribadì Elisa acida, e cercò lo sguardo di Santi. Lui le calò una mala taliata.

Piero li aveva sentiti. "Teresa, sbrigati, dobbiamo andare: ho una sentenza da scrivere per domani!" disse imperioso alla moglie.


Le famiglie dei figli se n'erano andate. Tito e Mariola rimasero soli con la zia, sonnecchiante sulla sua poltrona di giunco.

"Titino ha soltanto otto anni!" disse Mariola. "È un compito importante, per lui. Si può fare, è una cosa semplice."

"Questo è il marcio della nazione, nessuno si fa i fatti propri. A scuola non si insegna più a leggere e a scrivere: siamo diventati un popolo di analfabeti e abbiamo i governanti che ci meritiamo! Perfino Manuel, questo indiano che zappa il giardino, parla l'italiano meglio del guardiano!" disse Tito a voce alta.

"Tuo padre diceva che Manuel era maestro di scuola a Goa, e che la zia gli aveva insegnato a curare le sue piante, cosa che peraltro fa tuttora. Le portava perfino semi dall'India. Tu lo tratti come un bracciante. Lavora molto in casa, ma non te ne accorgi..." commentava Mariola. "Se senti Dana, invece... quella rozzona ha imparato il dialetto dalla famiglia per cui lavorava prima!"

Tito tacque. Poi aggiunse in tono normale: "La zia si è quasi addormentata. Falla portare in camera sua. Io intanto vado a controllare se il roseto è stato innaffiato a dovere".

Fu chiamata la rumena, che aiutò la zia ad alzarsi. Da lontano Tito osservava i polpacci e le cosce robuste di Dana, piegata sulla zia, e spiava sotto la minigonna. Il suo malumore si attenuò e riprese l'ispezione del giardino.


Sonia gli porse il telefono.

"Mi chiamo Dante Attanasio. Non ci conosciamo," disse una voce senza accento.

"Mi dica."

"Mia madre era una compagna di collegio di sua zia Rachele. Mi trovo in Sicilia per un servizio fotografico, ho preso casa qui vicino." Tito era sulla difensiva, e muto. Quello continuava: "Cerco bagli tipici e cappelle barocche. Mi piacerebbe conoscerla, se la cosa non la disturba".

Tito si sentiva braccato e per toglierselo di torno, senza pensarci tanto, suggerì: "Domani al Piccadilly Bar, sul corso, alle undici".

"Mi riconoscerà, sarò bardato di macchine fotografiche. Arrivederci."

Tito ritornò all'ispezione delle aiuole, seccato di essere stato preso alla sprovvista e di aver ceduto all'intraprendenza di quell'uomo. Adesso trovava da ridire su tutto: i gerani non erano stati potati come avrebbero dovuto, le aiuole delle piante grasse erano ammargiate, le conche del roseto asciutte, i gelsomini assetati. Decise che avrebbe fatto interrare un impianto di irrigazione automatico, ma nemmeno questo pensiero gli era gradito: avrebbe scompigliato il suo giardino per settimane.

Mariola era andata a letto. Tito passeggiava e assaporava il rito notturno dell'ultimo sigaro. Pianificava l'impianto di irrigazione e notava altri lavori da fare: allineare i mattoni dei viali, raddrizzare i sedili di pietra, allungare il pergolato. Si volse a contemplare la villa con soddisfatto orgoglio. Era stata intonacata l'anno precedente e aveva ripreso il color ocra originale; la luna piena la carezzava e dava risalto agli arabeschi delle mattonelle smaltate che scandivano le sagome di porte e finestre e poi si componevano in un disegno che richiamava la forma di un alveare davanti la finestra – quasi una feritoia – della Stanza di Nuddu, in cima alla piccola torre. Tito seguiva il disegno fluido delle ringhiere di ferro battuto e non si stancava di ammirare l'eleganza dell'architettura modernista.

Al terzo piano, le persiane della camera di Dana erano socchiuse. Gettò a terra il mozzicone di sigaro e si infilò lesto su per la scala di servizio.


Tito completò i festeggiamenti per il suo compleanno tra le ruvide lenzuola della rumena.

## 2.

Un incontro inconsueto
*"Non ho avuto un vero padre: sono figlio illegittimo..."*

Tito aveva lasciato la villa a ventun anni, quando si era sposato. Da allora e fino ai diciotto anni di Elisa, la figlia minore, lui e Mariola erano vissuti a Palermo, per consentire ai ragazzi di frequentare buone scuole e godere di quanto offriva la città. Tito faceva il pendolare con il paese, che dopo la guerra si era considerevolmente ingrandito. Sotto la guida del padre, si occupava della gestione del patrimonio di famiglia: proprietà agricole e immobiliari e, soprattutto, il pastificio. Quello che li rendeva diversi dalle altre famiglie benestanti di provincia era l'isolamento dagli altri: ricevevano poco, non frequentavano i locali pubblici e nemmeno i ristoranti. Tito non si era mai inserito nella vita sociale del paese, eppure vi si sentiva a proprio agio: non quel mattino però, mentre si avviava verso quel Piccadilly Bar dove non aveva mai messo piede.

Il Piccadilly Bar – tavolini bassi e poltrone di pelle, musica di sottofondo e fotografie alle pareti – era il ritrovo dei giovani. Appena entrato, Tito si rese conto di essere fuori posto. Ordinò un bicchiere di acqua minerale e rimase in piedi al banco: vistosamente incongruo nell'abito grigio con cravatta regimental, si sentiva addosso gli occhi di tutti.

Lo individuò subito. Alto, capelli chiari e lunghi sul collo, cappello di tela floscio, camicia di lino aperta sul petto, sahariana e macchine fotografiche a tracolla, in un certo qual modo Dante Attanasio non strideva ed era naturalmente intonato alla clientela del Piccadilly Bar.

Dante gli diede immediatamente del tu, quasi fossero vecchi amici. Parlava molto e gradevolmente, ma soprattutto si comportava come se quello del posto fosse lui: scelse gli aperitivi e prevenne Tito nel pagare il conto, acuendo l'imbarazzo di lui, che lo lasciava fare, confuso. Lavorava per una rivista di viaggi; aveva deciso di trascorrere in Sicilia una lunga vacanza-lavoro ed era accompagnato da un'amica russa, che li avrebbe raggiunti più tardi. Tito, accattivato dalla giovialità di quell'uomo e disinibito dall'alcol, si rilassò.

Dante desiderava da tempo visitare l'isola, sua madre parlava spesso di Rachele. Erano state amiche per la pelle e si erano scritte a lungo; poi, con la guerra, avevano perso i contatti. La madre aveva avuto una vita molto movimentata ed era vissuta in diversi continenti: lavorava nel cinema, come sceneggiatrice. "Credo che non abbia più avuto amicizie profonde," diceva Dante, "e desiderava consegnare a Rachele il loro epistolario. L'ho trovato l'anno scorso, quando è morta, fra le sue carte." E adesso lui voleva conoscerla, Rachele. Aveva rintracciato Tito per un autentico colpo di fortuna: aveva telefonato a tre persone con il suo cognome e finalmente l'ultimo lo aveva indirizzato a lui.

Tito rabbrividì al pensiero che Dante avesse parlato della zia e della sua famiglia ai suoi omonimi. Eppure, gli era simpatico. Accettò un altro aperitivo e della zia disse solo che non si era sposata, era vissuta in famiglia e non amava incontrare estranei.

"Adoravo mia madre," disse Dante, "e vorrei esaudire il suo desiderio. Non ho avuto un vero padre: sono figlio illegittimo..."

Tito non seppe che dire. In quel momento Irina entrava nel bar.

Era una di quelle persone che al solo apparire riempiono di sé un'intera stanza. Decisamente bella, erano tuttavia il suo incedere e la luminosità che la circondava a farla notare. Indossava maglietta e pantaloni, avrebbe potuto sfigurare davanti alle ragazze ben più giovani di lei, truccatissime e vestite alla moda, che affollavano il locale. E invece le eclissava con la sua classe. Il chiacchierio si attenuò e tutti gli occhi si puntarono su di lei. I giovani poi ripresero a parlare in un bisbiglio, ma durò poco: la clientela del Piccadilly Bar era rumorosa.

"È questo il nipote dell'amica della tua cara *maman*, il proprietario della torre di cui mi hai tanto parlato?" disse Irina, e si sedette.

Frastornato dalla conversazione con Dante, e succube del fascino slavo di Irina, Tito promise di portarli a Torrenuova il giorno seguente.

A pranzo raccontò alla moglie di quell'incontro: era un fatto insolito, Tito si teneva sempre alla larga dagli sconosciuti. Ma Mariola non era curiosa. Erano sposati da quasi quarant'anni e, come lei ripeteva alle figlie, dopo i primi cinque anni di matrimonio non ci sono tanti argomenti in comune, se non i figli; lo ascoltava dunque distratta. Solo quando Tito accennò a Irina le si rizzarono le antenne.

"Forse la russa è stata la badante della madre?" azzardò.

"Che dici?!, quella è una vera signora, una bellissima donna, e di tutto rispetto," rispose lui.

Mariola si quietò, tranquillizzata.

Tito era rimasto fedele a Mariola fino a pochi mesi prima e senza alcun sacrificio, anche se il loro matrimonio era spento da decenni. Il padre gli aveva inculcato l'importanza di una vita riservata. "Bisogna passare inosservati e non dare da parlare, nel bene come nel male," gli diceva. La zia era stata più diretta: "La meglio parola è il silenzio, e la meglio fatta è il non fare". Tito sapeva bene che in una cittadina l'infedeltà non è mai un segreto, ma l'intrallazzo con Dana – era lei che lo cutturiava – non lo preoccupava ed era fonte soltanto di fugaci sensi di colpa: era convinto che la rumena non avesse a chi raccontarlo e lui era molto fiero della ritrovata virilità.

Irina aveva acceso la sua immaginazione. Quella sera si fece le scale di servizio a due a due e, con il pensiero fisso a lei, si buttò con foga su Dana. Ma non fu solo questo a sorprendere la rumena. Solitamente erano spicci e facevano in silenzio. Lui apriva bocca soltanto per concordare appuntamenti, e lei per suggerirgli il modo di ricompensarla delle sue prestazioni: accennava a ciò che desiderava e al prezzo. Tito le dava la somma richiesta, ma non sempre.

Mentre Dana si rivestiva, lui ebbe un improvviso moto di curiosità.

"Che lavoro facevi al tuo paese?" chiese.

"Ero impiegata in un laboratorio di pasticceria, sono brava a fare le torte e tanti altri dolci..." rispose lei, e prese quella domanda come un preludio a un rapporto stabile. Si passò le mani fra i capelli sciolti e, senza sapere perché, d'istinto se li ricompose in uno chignon come quello della zia.


Mariola lo aspettava sveglia, a letto. Pensava alla sua famiglia e a Irina. Un'altra straniera. Si sentiva minacciata e volle dargli un avvertimento.

"Sei stato assai con la zia, stasera," osservò.

Tito non rispose.

"Mi chiedevo se la zia vuole conoscerlo, questo fotografo. Che ti ha detto?" continuò Mariola.

"Non ne abbiamo parlato." Tito era insonnacchiato.

"Ma ci sei stato *assai*!"

"Lo sai che sente male quando c'è confusione, anche con

l'apparecchio, e dimentica le cose. Le ho raccontato di nuovo, per filo e per segno, quello di cui abbiamo parlato ieri alla mia festa."

"Come dici tu..." rispose piccata Mariola, e spense la luce.

Sotto le coperte, Tito era inquieto. Il pensiero di troncare con Dana lo disturbava. Combattendo il sonno, decise di andare all'attacco.

"Il fatto è che tu passi troppo tempo con le figlie e i nipoti e stai poco con la zia. Devo dirgliele io, le cose, e non è semplice!" sbottò, senza girarsi verso la moglie.

"A lei piace parlare con la sua rumena," rimostrava Mariola, già in dormiveglia.

Tito non rispose.

"E non è la sola!" La voce di Mariola adesso era squillante. Aveva messo a segno la battuta finale e vincente; si sistemò il cuscino e cadde nel sonno del giusto.

## 3.

## Torrenuova
*"È il posto più sensuale che abbia mai visto."*

Legatissima al fratello, da quando sedici anni prima era morto la zia si era rifiutata di lasciare la villa, nella quale viveva da reclusa. Tito, ligio alle volontà del padre – "Non lasciare mai sola la zia, tu e io le dobbiamo tutto" –, da allora aveva rinunciato alla tradizionale villeggiatura estiva a Torrenuova. Gli dispiaceva molto, perché a quella casa erano legati bei ricordi. Ma l'aveva ristrutturata e il fatto che i figli vi trascorressero a turno parte delle vacanze lo confortava.

Amava immensamente Torrenuova. I terreni agricoli erano una lunga distesa di frumento che iniziava sul costone a picco sul mare e continuava, allargandosi ondulata nell'entroterra, fino alle pendici delle colline brulle e rocciose. La casa inglobava la torre cinquecentesca, costruita su un promontorio a picco fra due insenature. Su queste si alzava una muraglia di roccia nera nella quale crescevano, pendendo a strapiombo dalle crepe, aride ginestre selvatiche – le radici attorcigliate agli spuntoni –, piante di capperi ed erbacce varie. Tutta la costa, a vista d'occhio, era simile: un pianoro giallo che finiva a precipizio su minuscole e inaccessibili insenature di sabbia candida. La casa di Torrenuova dominava terra, sabbia e mare.

Erano sulla terrazza. Dante e Irina si erano spinti verso la balaustra, Tito era rimasto all'ombra, sotto il pergolato.

Il sole era a picco. Faceva caldo e non tirava un alito di vento. Il ronzio delle cicale rombava. Leggere e impercettibili, le onde lambivano la riva.

Liscio come una tavola e deserto, il mare era nel suo momento di splendore. L'arenile sabbioso digradava dolcemente sott'acqua. Le baie a mezzaluna, sotto Torrenuova, sembravano due arcobaleni incompleti, spennellati di colori tenui e meravigliosi: acquamarina, verde chiaro, celeste, verde smeraldo. Poi, il mare diventava azzurro intenso per un centinaio di metri. Una fascia d'acqua cristallina e trasparente, appena appena celeste, seguiva tutta la costa come un nastro luccicante: era il riflesso del cielo sul lunghissimo banco di sabbia sommersa su cui si arenavano i velieri nemici. Quel banco rendeva la costa inviolabile. Lontano, il mare ritornava acquamarina, verdeazzurro chiaro, azzurro scuro e, all'orizzonte, blu intenso: il mare d'Africa. Il cielo, limpido e alto, era privo di nuvole.

Dante si era girato. Si fermò a pochi passi da Tito e prese a declamare con enfasi:

*"Lascia sempre vagare la fantasia,*
*è sempre altrove il piacere;*
*e si scioglie, solo a toccarlo, dolce,*
*come le bolle quando la pioggia picchia;*
*lasciala quindi vagare, lei, l'alata,*
*per il pensiero che davanti ancor le si stende;*
*spalanca la porta alla gabbia della mente,*
*e, vedrai, si lancerà volando verso il cielo".*

Poi tacque, con un ultimo melodrammatico gesto.

"Era in una delle lettere di Rachele," disse come per giustificarsi.

"Bella!" disse Tito. E aggiunse: "In collegio, un professore mi incoraggiava a scrivere poesie. Purtroppo, non sono mai stato bravo come lei. Vogliamo andare in giardino?".

Certi giardini maturi non necessitano di manutenzione; nell'abbandono trovano un equilibrio e assumono un'identità tutta loro. Grandi mura di pietra proteggevano il giardino di Torrenuova dalle sferzate dei venti e dalla salsedine. Alti e rigogliosi, i pini marittimi formavano una tenda fragrante sul viale centrale – le piante delicate crescevano bene sotto la loro ombra –, che terminava nella rotonda di un gazebo. La struttura di ferro battuto era ammantata e sommersa da una massa di convolvolo. Dall'interno della cupola e dagli archi laterali pendevano in disordine tralci di campanule violacee. Alcuni si erano attorcigliati in spesse colonne di foglie e fiori che strisciavano per terra e poi si disfacevano nel marcio.

Un'altra parte del giardino ai tempi era stata divisa, secondo uno schema geometrico, in vialetti che separavano aiuole di piante diverse: vi erano molte cactacee, che prosperano nell'arsura. Non contente di dominare il proprio territorio, avevano debordato e si erano propagate nelle aiuole limitrofe, schiacciando le piante basse e strozzando gli arbusti. Altre piante le avevano seguite, prepotenti e minacciose. La guerra per l'egemonia si era risolta in una tregua tra le famiglie vincenti, cactus e agavi; delle aiuole non c'era più traccia.

Quei verdi giganti avvinghiati in ostile simbiosi e indistinguibili l'uno dall'altro formavano un enorme groviglio, mostruoso testimone di guerra e pace. Le foglie morte delle agavi erano ancora attaccate alle piante, frammiste a quelle vive. Steli marci pendevano dai fusti dei cactus come aste conficcate nella polpa. Scheletri di uccelli morti, ancora piumati, erano impalati sugli aculei.

Qua e là si indovinavano le vestigia delle colonie dei primi invasori. Fusti tubolari di cactus, compressi in una torre di vedetta diroccata, si alzavano tra le agavi. Palle di cactus dagli aculei aguzzi, aggrappate una sull'altra in forma di piramide, rimanevano compatte e avvolte da strati di ragnatele, necropoli di insetti.

C'era vita in quell'inferno vegetale. Da una fitta macchia cresceva lo stelo del fiore dell'agave pronta alla morte. Le foglie erano polpose e ancora turgide d'acqua, alcune verde scuro, altre screziate di bianco, altre ancora dai bordi gialli e con il centro verde chiaro. Schiacciate ma non sterminate, le aloe sbucavano ovunque trovassero crepe e fessure: erano in piena fioritura. I grappoli di piccoli gigli rossi, alti sugli steli sottili, unificavano quell'agglomerato di spine e aculei in una bellezza meravigliosa.

"È rimasto com'era. Mio padre, dopo il congedo dall'esercito, vi si dedicò molto. Una volta l'anno faccio togliere i rami secchi che gli uomini riescono a raggiungere," spiegò Tito, e lasciò che Dante e Irina girassero per il giardino da soli.

Li seguiva da lontano, pago del loro silenzio ammirato.


Dante e Irina adesso erano nel gazebo. Tito si avvicinò; li intravide attraverso le frange del convolvolo. Irina dava la schiena a Dante. Fece un passo indietro e si appoggiò sulla sua spalla; si girò a guardarlo e disse: "È il posto più sensuale che abbia mai visto". Con l'indice dritto come una matita, gli carezzava il collo e poi gli seguiva il contorno della camicia, aperta sul petto. Lui le prese la mano e le aprì le altre dita a una a una, poi le diede un lungo bacio sulla palma aperta. "Sono d'accordo," disse, richiudendogliela poi ancora una volta, un dito dopo l'altro, lentissimo. Le prese l'altro polso e la circondò con le braccia nodose, e rimasero così, stretti, muovendosi ritmicamente, le mani di Dante intrecciate sul basso ventre di Irina come la fibbia di una cintura scivolata.

Tito non riusciva a staccare gli occhi da loro: allacciati, adesso avanzavano pian piano verso l'umida oscurità dell'interno del gazebo. Dal terreno saliva un odore pungente di marcio, intossicante. Tito dovette allontanarsi; vagò per il giardino, dolente ed eccitato.

Si ritrovò in un angolo in pieno sole. I fiori rattrappiti degli ibischi sembravano brandelli di stoffa rossa impigliati sui rami nodosi e quasi privi di foglie. I tronchi delle acacie squamavano per l'arsura, ma i rami erano fioriti. Tito si appoggiò a un albero e guardò in alto: ricca e dorata, la cupola di fiori a batuffolo si stagliava contro il cielo assolato.


Il telefonino squillava.

"Volevo ricordarti del compito di Titino. Passiamo questo pomeriggio?" Era Vanna.

"Sono a Torrenuova, con ospiti," disse Tito, burbero.

"Lo so, salutami Dante e Irina."

Tito serrò le labbra e chiuse il pugno, forte, le unghie quasi conficcate nella pelle.

Dante lo aveva raggiunto e lo osservava. "Non prendertela." Irina lo seguiva, indolente. "È semplicemente stupendo, questo posto. Complimenti. Posso fotografarlo?"

Tito era un appassionato fotografo dilettante e aveva ripreso il giardino a tutte le ore. Non aveva osato rivelarlo prima per paura di fare cattiva figura, ma a quel punto, incoraggiato da Dante, gli mostrò i suoi posti prediletti e si azzardò perfino a porgergli dei suggerimenti. Dante sembrava apprezzarli e lui ne fu gratificato.


Sulla via del ritorno, Irina sonnecchiava languida sul sedile posteriore. Tito la guardava nello specchietto. La desiderò fortemente. Se ne vergognò e volse lo sguardo alla campagna. Quando ritornò allo specchietto retrovisore, c'erano un altro volto e dei capelli castani, uno chignon disfatto dal vento. Era bambino e nel cassone della jeep del padre c'era la zia, sobbalzava sul sedile tenendosi alle sponde. Sorrideva, anzi forse rideva, il petto chiuso nel vestito a farfalline, stretto in vita e abbottonato fino al collo. Lui aveva sentito un formicolio nuovo che ora forse avrebbe potuto chiamare desiderio.

Tito tornò a contemplare la campagna. Quella sì che era sua, e se non fosse stato per la zia la terra sarebbe andata ad altri.

"Perché non si è sposata, Rachele?"

Dante sembrava leggergli nel pensiero. Lui non rispose.

"Che ha fatto della sua vita?" incalzava Dante.

"È vissuta con noi e mi ha allevato. Credo che ne sia stata appagata," farfugliò Tito.

"Una donna passionale come la Rachele di mia madre sarebbe stata una moglie perfetta. Spero davvero che riuscirai a farmela incontrare!" esclamò Dante.

Tito si irrigidì.

"Non intendevo offenderti. Ma vorrei tanto conoscerla... sarà mai possibile?"

"Direi improbabile."

"Allora vorrei conoscere meglio te."

Tito calò la testa.

"E io vorrei tanto vedere Torrenuova dal mare, pensi che si potrebbe?" chiese Irina, toccandogli la spalla.

"Sarà fatto," promise Tito. "Ne parlerò a mio figlio Santi. È lui il navigatore della famiglia."

Irina si raggomitolò sul sedile e parve assopirsi di nuovo.

Dante ammiccò a Tito. "Noto che Irina ottiene quello che vuole, da te."

"È una donna affascinante."

"È proprio vero, una slava sensuale è l'antidoto migliore contro la vecchiaia!"

"Ne sono convinto," rispose Tito.

Dopo pranzo, Tito raccontò a Mariola la visita a Torre-nuova.

"Torrenuova è piaciuta moltissimo a Dante: ha perfino recitato una poesia. E insiste per conoscere la zia."

"Pensi che sia opportuno farli incontrare?"

"Perché me lo chiedi?"

"Mi pare che questo fotografo faccia troppe domande."

"Invece è un uomo discreto. E forse alla zia potrebbe far piacere ricordare gli anni del collegio."

"Se lo dici tu..." mormorò Mariola, scuotendo la testa.

## 4.

### Uno squallido amore
*"Sono cose di tanti anni fa."*

"Ho visto il figlio di una tua compagna di collegio, Dante Attanasio," provò a dire Tito dopo il telegiornale della sera.

"Attanasio... la conoscevo," mormorò la zia.

"Sua madre è morta. Lui è simpatico, fa il fotografo ed è qui per lavoro. Vorrebbe incontrarti."

"Sono cose di tanti anni fa," rispose la zia. E cambiò argomento.

Dana si stava rivestendo e iniziò una conversazione.

"Com'era la russa che ti sei portato in giro oggi?"

"Hai spie?" chiese Tito, sulla difensiva.

"No, me l'ha detto il maresciallo."

"Quale maresciallo?"

"Quello che mi farà avere il permesso di soggiorno, lo pago ogni mese: lui ci controlla tutti i giorni, al telefono. Io non sono in regola, lo sapevi?"

Tito lo sospettava, la messa in regola costava e Mariola era oculata nelle spese di casa. Fece per andare, ma Dana non aveva ancora finito.

"La cameriera di Santi mi ha detto che domani tuo figlio si porta in barca la russa. Dev'essere bello."

"A me il mare non piace," disse lui, deciso.

Ma Dana non demordeva. Sapeva di averlo accontentato più di una volta, quella sera.

"Torrenuova però ti piace, vero? Anche a tua zia piace... perché una volta non ce la portiamo?"

"Tu cosa ne sai?"

"Me lo raccontava lei l'altro giorno, che durante la guerra ci andava a passeggiare con l'innamorato. Leggevano poesie sulla terrazza sul mare. Bello dev'essere, quel posto."

Tito si girò verso di lei, torvo. "Tu credi di capire, ma non capisci niente! Niente! Chissà che ti ha detto! Travisi e immagini. Durante la guerra mia zia aveva ben altro da fare che leggere poesie, da sola o in compagnia!"

Si abbottonò i pantaloni e se ne andò sbattendo la porta; Dana era ancora mezza nuda, ma lui non ne aveva più voglia.

Tito trovò Mariola a letto; sfogliava una rivista di moda. Si sorprese di rivederlo così presto.

"Come sta la zia?"

"Bene. Non vuole incontrare Dante."

"Me l'aspettavo."

Tito guardò la moglie. Da giovane era stata formosa e attraente, con una cascata di capelli castani, tutti riccioli. La rotondità si era poi dilatata, il viso svelto si era appesantito e aveva un incipiente doppio mento. Eppure Mariola si curava: andava perfino in palestra e, come le figlie, spendeva un patrimonio in profumeria. Adesso, il viso unto di crema sembrava una palla di gomma.

"Cerca di mantenersi," pensò Tito, ed ebbe pietà di lei. E di sé.


Nel mezzo della notte si svegliò vischioso. Si alzò, cauto, e andò a lavarsi. Tito si accorse di avere sangue nell'urina.

## 5.

La degustazione
*"Masculi o fimmine non importa,*
*tanto dall'ombelico in giù pesci sono!"*

Da meno di un anno il paese vantava un primato nella provincia: un albergo a cinque stelle costruito con fondi della Comunità europea, che si diceva appartenesse, tramite il solito prestanome, a un influente personaggio politico. Il secondo giovedì del mese l'albergo offriva tariffe ridotte a enti o privati che volessero allestire degustazioni di prodotti locali: era una delle iniziative proposte da Vanna, che si occupava delle public relation, e aveva avuto un grande riscontro.

Il direttore ne era entusiasta; voleva intervenire nei dettagli dell'organizzazione e persino offrire agli ospiti un intrattenimento con allestimenti e spettacoli di sua scelta. L'ultima degustazione, in aprile, era stata di formaggi di ovini, sponsorizzata da un ente pubblico e da una rivista di gastronomia. Si erano sentiti dei belati: una processione di pastori – con tanto di gambali di pelle di capra, sandali, berretti con i giummi e cornamuse – era entrata nel giardino con un piccolo gregge. Alcuni suonavano, altri mungevano gli animali e incoraggiavano il pubblico ad assaggiare il latte tiepido e schiumoso. Ma a un certo punto, spaventate dalla folla, due capre erano sfuggite ai pastori: correvano per i vialetti del giardino, saltavano nelle aiuole, calpestavano letti di fiori, cercavano di arrampicarsi sugli olivi e ne brucavano le foglie tenere capovolgendo le urne di terracotta appoggiate ai tronchi. Una era arrivata persino – come non si sa – sulla terrazza della degustazione, causando grande scompiglio. Il direttore si era divertito, gli altri meno.

La degustazione di quel giovedì era di vini, era previsto un tableau vivant del *Bacco* del Caravaggio che sarebbe stato portato in terrazza su un carretto siciliano tirato da un pony Shetland. Il direttore si era arreso soltanto quando non era riuscito a trovare un giovane florido e riccioluto adatto a rappresentare il dio del vino. Aveva chiesto a Vanna se fosse accettabile sostituirlo con una donna, facendole indossare un body aderentissimo che ne appiattisse il seno: aveva già in mente la persona adatta. Vanna era stata decisa: i soci del Rotary non avrebbero apprezzato.

Il direttore non aveva insistito, ma si era ripromesso di fare di meglio per la degustazione del mese di giugno: frutti di mare. Avrebbe trovato delle sirenette, le aveva detto, aggiungendo in tono di sfida: "Masculi o fimmine non importa, tanto dall'ombelico in giù pesci sono!".


I tavoli damascati erano stati allestiti sotto ampi tendoni bianchi, la terrazza era già piena di ospiti e i rotariani si mescolavano ai pochi clienti dell'albergo invitati alla degustazione.

Le donne erano state ammesse da poco, Teresa era stata una delle prime socie: era stato Santi a persuaderla a farsi avanti – lei ora faceva parte del consiglio d'amministrazione del pastificio – e adesso le stava accanto, protettivo. Vestiti di scuro, distintivo all'occhiello, i soci non sembravano particolarmente interessati ai vini che venivano offerti. Preferivano ingozzarsi di pizzette, salumi e formaggi, nonché delle onnipresenti fritture – crocchette di patate, panelline, fiori di zucca e broccoli in pastella. In una regione giustamente fiera del salto di qualità della propria produzione vinicola, la gente continuava a preferire il mangiare al bere. Abbigliati con ricercatezza costosa in abiti di marca e cravatte firmate, uomini dai volti sudaticci e i lineamenti grossolani circondavano Irina – gli occhi cupidi di sesso e potere. La loro età media era sulla sessantina e per quelli – e non soltanto per quelli – una donna fascinosa e straniera costituiva un'attrazione ancora rara e irresistibile. Lei ascoltava i complimenti privi di savoir-faire e di tanto in tanto lasciava vagare lo sguardo sui camerieri, dritti, in fila compatta, dietro i tavoli. Quelli erano bei ragazzi: costretti nell'uniforme blu mare, coperta di cordoni dorati con doppia abbottonatura di ottone luccicante, sembravano ufficiali della marina del paese dei balocchi. Loro ricambiavano lo sguardo con la medesima lieve e scanzonata concupiscenza.

Dante, dopo i convenevoli, si era appartato sulla terrazza. Sull'orizzonte un peschereccio navigava orizzontale, come una foglia secca trasportata dalla corrente. La scia turbava la calma del mare, liscio e azzurro. Il cielo era abbagliante. Lui percepiva l'essenza di un'isola: certezza dei confini, vulnerabilità e compatta solitudine.

Santi stava appoggiato alla balaustra. Seguiva la rotta del peschereccio, in silenzio.

"Non ti ho ancora detto che la mia curiosità per la vostra terra è dovuta anche alla mia governante: era la Mademoiselle di Rachele. Parlava con nostalgia del mare del Sud e della villa: le mancavano." Dante aveva parlato senza distogliere lo sguardo dal mare.

"Che strana coincidenza, l'incontro in collegio fra tua madre e la zia!"

"Per niente. Prima che per voi, Mademoiselle aveva lavorato per una lontana cugina di mia madre, una contessa russa, la cui famiglia era stata trucidata durante la Rivoluzione. Fu lei a consigliare il collegio per Rachele, lo stesso che frequentavano le ragazze della mia famiglia: era americano, con un'impostazione progressista. Mi stupisce che il suggerimento di Mademoiselle sia stato accolto dal tuo bisnonno. Ho sentito dire che era un fascista, e un uomo molto legato alle tradizioni."

"Forse non si era reso conto di come stavano le cose."

Teresa si era avvicinata e aveva sentito. "Non credo. La zia mi ha raccontato che suo padre aveva molta stima per Mademoiselle. Trascorsero anni insieme, mentre lei era a Roma, era diventata parte della famiglia. Credevo che li avesse lasciati per andare in pensione, per tornare dai suoi. Strano che non sia rimasta a badare a papà, e invece sia venuta da voi..."

"Forse non sapeva..." commentò Santi senza voltarsi.

"Vostro padre e io siamo quasi coetanei," mormorò Dante.

"Dimentichi che papà era figlio di una donna sposata, la gravidanza dovette essere tenuta nascosta," precisò Teresa. E aggiunse: "Me lo ha detto la zia".

"Con questo maledetto albero genealogico, tante volte mi sono interrogato sulla nascita di papà, e sul motivo per cui poi rimase con suo padre, anziché essere adottato." Santi adesso si era girato e la guardava, cercava di capire.

"Dopo la morte del nonno lo chiesi alla zia," aggiunse Teresa. "Mi disse: 'Mio fratello mi fece imparare a memoria quanto dire a Tito, se mai me lo avesse chiesto. Io lo dico a te, imparalo anche tu. *Tuo padre fu preso d'amore profondo per una donna che non poteva appartenergli: tutto fu segretissimo. Lei consentì a darti a lui a condizione che potesse allattarti fino ai tre mesi.*"

"Qual era, in tutto questo, il ruolo di Rachele?" Dante non si era mosso, ma ascoltava attento.

Teresa annuì: "Anch'io glielo domandai, e la zia mi disse che Mademoiselle, dopo la morte del padre, se l'era portata in montagna: dev'essere stato uno choc terribile. Poi il nonno le chiese di aiutarlo con il nutrico, e lei accettò. Credo che Mademoiselle non ne fosse contenta: probabilmente per la zia aveva desiderato una vita tutta sua, il matrimonio, dei figli...".

Vanna li aveva raggiunti in cerca della cognata: voleva presentarla a certi ospiti di fuori.

Santi seguì assorto la moglie e la sorella, finché non scomparvero tra la gente. Si era alzato intanto un venticello che gli fece venire voglia di chiudersi la camicia bianca aperta sul petto. Si scostò il ciuffo castano che gli era spiovuto sugli occhi. Di carnagione scura e ben proporzionato, Santi era seducente.

"Sei mai stato fotografato?" gli chiese Dante.

"Per il passaporto," rispose lui, sarcastico, "ma non conta."

"Un tempo facevo ritratti, mi sarebbe piaciuto fotografare il tuo profilo."

"Ho perso questa opportunità?" Un battito di ciglia setose.

"Sì, questa sì."

Come Santi, adesso Dante stava appoggiato alla balaustra dando le spalle al panorama. Era ancora un bell'uomo, il corpo solido, la pelle abbronzata, i lineamenti decisi.

"Io fotografo soltanto statue," disse Santi, "mai soggetti viventi. Il monumento dell'esistenza mi annoia."

"Raccontami!"


Parlarono – gli occhi vagavano sulla folla, quelli verdi di Santi a volte ammiccando in direzione di un conoscente – senza mai incrociare gli sguardi.

# 6.

## Pranzo di famiglia
### *"Perché tua zia non ha sposato il suo innamorato?"*

Tito si era svegliato di cattivo umore. La sera prima Dana l'aveva indisposto. Mentre la maniava, gli aveva chiesto: "Perché tua zia non ha sposato il suo innamorato?". Lui aveva continuato a maniarla, senza risponderle. Allora Dana aveva insistito, la zia aveva avuto un colpo di fulmine per un militare, amico del fratello. A quel punto, Tito si era infuriato e gliene aveva dette quattro. Lei si era difesa bene: la sua era una domanda sincera e non offensiva, era affezionata alla zia ed era discreta: "Irina sì che chiede assai cose, ma io muta mi sto". Dana si considerava ormai parte della famiglia.

Ogni mattina, dopo aver accompagnato Titino a scuola, Santi andava dal padre per discutere la giornata di lavoro al pastificio. Ora Tito aspettava la sua visita e gironzolava per casa. Il figlio era in leggero ritardo e ne era irritato: la puntualità era una loro caratteristica, inculcata a lui dal padre e da lui trasmessa ai due figli maggiori. Con Elisa non c'era stato niente da fare.

Squillò il telefono. Santi si scusava, c'era stato un grosso problema al pastificio: il surriscaldamento di una caldaia. I dispositivi di sicurezza non riuscivano a fermare il bruciatore. Dai primi del mese il pastificio era in funzione giorno e notte per completare le consegne a un cliente svedese. Il direttore tecnico aveva avuto dei dubbi sul funzionamento dei termostati e aveva già richiesto con urgenza l'intervento del servizio di assistenza della fabbrica tedesca che aveva installato la caldaia; nel frattempo era rimasto al pastificio per controllare la situazione. A mezzanotte, una telefonata a Santi: bisognava intervenire immediatamente. Santi lo aveva raggiunto. C'erano già altri dipendenti e quei pochi tecnici specializzati che offriva il paese. I tecnici tedeschi erano in collegamento attraverso internet e, guidati da loro, il direttore tecnico e la sua équipe erano riusciti a fermare il bruciatore della caldaia, a separarla dall'altra e a organizzare il sistema per non bloccare la produzione: un'operazione complessa, difficile e rischiosa. Un tecnico era già in aereo e sarebbe giunto nel tardo pomeriggio.

"Vengo immediatamente. Avresti dovuto chiamarmi!" urlò Tito.

"Ti sto informando in quanto presidente del pastificio: ma è un problema mio. Sono il managing director, e lo sto risolvendo," gli rispose il figlio.


Santi lo aspettava davanti la porta degli uffici dell'amministrazione. Appena sceso dall'auto, Tito fece per i magazzini, l'ingresso del pastificio, ma lui lo prevenne: voleva parlargli nel suo ufficio, da solo, prima.

Mentre aspettavano che il caffè fosse pronto, madido di sudore e senza perdere la sua flemma, Santi parlava con i collaboratori, pigiava veloce sulla tastiera del computer, controllava la posta elettronica ed esaminava le schede che gli venivano lasciate scivolare sul tavolo da una silenziosa segretaria. Tito fremeva.

Gli occhi arrossati di Santi erano fissi sullo schermo. "Il direttore commerciale e il caporeparto del magazzino sono qui dall'alba: se la caldaia si rimette in funzione entro cinque giorni, potremo far fronte a tutte le ordinazioni dei nuovi mercati. Lo stoccaggio del semilavorato secco è sufficiente a soddisfare gran parte delle consegne agli altri clienti. Stiamo chiedendo un rinvio – parziale o totale –, specificando la disponibilità, in alternativa, di pasta di tipo simile: dovremmo farcela. Temevamo uno scoppio: la produzione sarebbe stata interrotta per settimane, per non parlare dell'intervento degli enti pubblici, della cattiva pubblicità sulla stampa e poi degli infortuni, anche gravi. Il direttore tecnico è stato eroico, non esagero. Dovresti congratularti con lui."

"Ma tu ce l'hai una spiegazione per l'accaduto?" Tito aveva alzato la voce, il caffè debordò dalla tazzina che gli era stata offerta. "Escludo un sabotaggio. Allora dev'esserci stato un intervento di personale non qualificato sui dispositivi di sicurezza, o mancata manutenzione, o assenza di controllo delle schede! O tutto insieme! Lo capisci, sì o no?"

"Non c'è stato tempo per un post mortem, ma abbiamo delle piste. Ti saprò dire." Santi era quasi certo che un impiegato poco affidabile – al cui licenziamento Tito si era opposto in quanto figlio di un antico e leale dipendente – avesse commesso degli errori, nonostante l'anno precedente avesse frequentato un corso di aggiornamento. Ma, prima di prendere provvedimenti nei suoi riguardi, bisognava controllare le schede in cui aveva registrato gli interventi di manutenzione della caldaia, avere dei dati certi e poi discuterne.


Padre e figlio si avviavano verso lo stabilimento. Gli operai, nelle loro tute verdi con il logo del pastificio sul petto, lavoravano come se nulla fosse accaduto. Tito e Santi però capivano dalla concentrazione con cui eseguivano i loro compiti, dai silenzi e dai guizzi degli occhi, che erano tutti consapevoli del rischio corso e di dover mettercela tutta per mantenere il ritmo della produzione e rispettare i tempi di consegna.

Tito notava anche qualcos'altro: i saluti deferenti, perfino quelli affettuosi, erano riservati al figlio, non a lui. Nella zona dell'essiccamento, un vecchio operaio gli si avvicinò e, guardandolo fisso, gli disse: "Dottore, bravo assai è stato suo figlio: suo padre buonanima ne sarebbe stato fiero. Complimenti!". Tito non era riuscito a nascondere una smorfia. E così era continuato in tutti gli altri reparti.

Erano di nuovo fuori. Santi accompagnava il padre alla macchina. Tito avrebbe desiderato rimanere al pastificio, non aveva mai smesso di sentirlo come un'appendice del proprio essere. Ma non protestò, sarebbe stato inutile. In quel momento si aprì il cancello elettrico ed entrò nel cortile un furgoncino con la scritta: "PICCADILLY BAR. CONSEGNE A DOMICILIO".

"Ah, festeggi il danno?" chiese Tito, sarcastico.

"Festeggiamo l'emergenza," rettificò Santi seccamente. "Stanotte abbiamo chiamato il personale addetto alla caldaia e altri operai. Grazie al passaparola, si sono presentati in molti, anche chi non era stato chiamato. Abbiamo lavorato come dannati. Ho chiesto a tutti di non parlarne in giro: i concorrenti non aspettano altro, per rubarci la clientela. Siamo stanchi, e c'è aria di scirocco: i gelati del Piccadilly Bar sono un ottimo investimento!"

Tito mise in moto. Santi alzò il braccio in segno di saluto e aggiunse: "Ci vediamo a pranzo. Non dire niente alla mamma, per favore".


Tito era di nuovo a casa, fumante di rabbia. Dimenticò perfino che era il giorno in cui solitamente dava la corda agli orologi. Si accasciò su una poltrona e prese il giornale. Non riusciva a leggere. Le parole non avevano senso. Lo scoppio di una caldaia: l'incubo dei pastifici. Un disastro. L'avevano scampata bella. Santi si era comportato egregiamente, aveva ragione quel vecchio operaio. Lui sapeva che il figlio era abile, e gli aveva passato le redini per avere una vita più calma e dedicarsi ai suoi interessi. Ma quali erano i suoi interessi?

Gli sembrava che niente valesse la pena, a paragone del suo pastificio.

Si sentiva svuotato, come il guscio di una lumaca morta, il corpo viscido dissolto nelle cavità della conchiglia. Superfluo.

Sonia interruppe i suoi pensieri: il signor Attanasio lo desiderava al telefono. "Digli che lo richiamo."

Da quando si erano incontrati, due settimane prima, Dante lo chiamava spesso. Gli faceva domande sui posti da fotografare – voleva il parere di un "indigeno", come lo definiva ridacchiando – e poi parlavano d'altro, a lungo. A Tito piacevano molto quelle conversazioni, lo affascinavano. Attratto dalla cultura di Dante e dalla sua vitalità, nutriva nei suoi confronti autentica ammirazione. Forse, anche un po' di gelosia. Ma lui aveva tutto ciò che un uomo può desiderare, una vita che altri avevano buon motivo di invidiargli: un'infanzia serena, una brava moglie, tre bei figli e cinque nipotini. Era agiato – i profitti del pastificio e le altre rendite gli consentivano di dedicarsi alle sue passioni: le auto d'epoca e l'orologeria. Aveva anche una fimmina, seppur passeggera e intrigante. All'improvviso però, tutto questo non gli bastava più. Gli sembrava banale, quasi insopportabile, umiliante. Era insoddisfatto, e non capiva più se stesso.

Sonia arrivò in salotto con l'aspirapolvere. Tito uscì e andò verso le rimesse delle automobili, ricavate nelle vecchie scuderie. Lì teneva le auto d'epoca, ognuna nel suo box; uno era anche attrezzato per le riparazioni. Il telaio Fiat 508 B era sui cavalletti sopra la buca. I freni meccanici erano deboli e la frenata troppo lunga: bisognava smontarli per regolarli. Tito entrò nella buca e si mise all'opera, metodico, adoperando antichi attrezzi, pian piano. Era un lavoro faticoso e lungo. Faceva delle pause e rimpiangeva i vecchi tempi, quando riusciva a smontare le macchine del pastificio; allora si intendeva perfino delle caldaie. Quella mattina invece non aveva aperto bocca, mentre il direttore tecnico gli spiegava il proprio intervento: non per ammirazione, ma perché faticava a seguirlo. Ormai era un vecchio, capace soltanto di giocare con le cose vecchie: auto d'epoca e orologi antichi.

Titino cercava il nonno ed entrò nel garage. Tito vedeva i piedini e le gambe esili al bordo della buca. Poggiò la chiave inglese e sollevò gli occhi stanchi. Non aveva l'energia per irritarsi. Guardava il nipotino, eccitato e fremente, bello nell'uniforme scolastica dalla camicia bianca che dava risalto alla carnagione abbronzata e agli occhi chiari. Ci mancava anche quello, l'albero genealogico!

"Il carrozziere ha riportato ieri l'Augusta: è tutta tirata a nuovo. Andiamo a vederla," disse, e arrancò fuori dalla buca.

L'Augusta troneggiava maestosa nel suo box, la carrozzeria bicolore – crema e beige – lucidissima, ancora odorosa di vernice. Tito aprì la portiera. I profondi sedili di pelle chiara, il cruscotto in radica bionda e il volante a raggi erano irresistibili: Titino saltò nel posto del guidatore e, protendendosi sul bordo della poltrona, si aggrappò al volante.

Accendeva e spegneva i fari, sollevava le levette delle frecce e si sporgeva dal finestrino per controllare che lampeggiassero, metteva in moto il tergicristallo, premeva sui pedali, scuoteva la leva del cambio. Tito godeva della meraviglia del nipote.

"È tutta tua, nonno?"

"Ora sì. Apparteneva a un cugino del tuo bisnonno. Quando è scoppiata la guerra, l'ha portata qui e qui è rimasta. Sai che ci facevo, da bambino? Tagliavo la pelle dei sedili, graffiavo la vernice con il cacciavite, toglievo i fanali: l'ho distrutta. Però poi, da grande, l'ho ricostruita."

"Anche il cugino del bisnonno è nell'albero genealogico?"

"Ce lo possiamo mettere," sospirò Tito, "assieme a tutti gli altri uomini di famiglia."

"Assieme ai papà e alle mamme," lo corresse Titino.

"Ora accendiamo il motore." E Tito scivolò sul sedile accanto al piccolo.

Manuel li interruppe: li aspettavano a tavola.

Mano nella mano del nonno, Titino cicalava camminando verso casa.

"La tua mamma ti rimproverò quando tagliasti i sedili della macchina?"

"Non ne avevo io, mamma."

"E a te chi badava?

"La zia."

"Come una mamma?"

"No, come una zia, una brava zia."

"Ho capito. Era come quando la mia mamma era in ospedale e io dormivo da zia Elisa?"

"Esatto."

"Io avevo paura che non tornava più a casa."

"Ma è tornata, e adesso è tutto a posto. Ricordatelo, Titino, le cose si mettono sempre a posto, sempre," diceva Tito, ed era come se lo dicesse a se stesso mentre entravano nella stanza da pranzo dove gli altri li aspettavano già seduti a tavola.

Tito preferiva la compagnia della nuora a quella delle figlie: Vanna non era pettegola e non aveva pretese. La conosceva sin da quando, quindicenne, era diventata la ragazza di Santi: era come una terza figlia. Compagni di università, avevano trascorso insieme un anno di studi all'estero. Dopo la laurea, mentre lui studiava in America per l'MBA, lei aveva trovato un lavoro a Palermo per una società che organizzava congressi. Vi aveva rinunciato di buon grado per seguire il marito quando Santi aveva fatto uno stage in una grande azienda del Centro Italia, e non si era lamentata nemmeno quando lui era voluto tornare per stare vicino a Elisa e dirigere il pastificio di famiglia. Vanna aveva reso bello e accogliente l'appartamento nel palazzo di paese e si era inserita tra la gente del luogo senza far pesare la propria superiorità. L'anno precedente aveva avuto un grande dolore: la seconda gravidanza era andata male, ma lei non aveva ceduto all'autocommiserazione e si era buttata nel lavoro all'albergo.

A tavola, Vanna alleggeriva la tensione tra padre e figlio, parlava del prossimo raduno di auto d'epoca e di Dante e Irina, che avevano conosciuto alcune settimane prima. Raccontava, ridendo, che Dante aveva creduto che il suo cognome da ragazza appartenesse a Santi ed era dunque rimasto all'oscuro della parentela con Tito.

"Irina ha bisogno di denari e amicizie utili. Vorrebbe organizzare viaggi in Sicilia per milionari russi e segue tutte le piste. È instancabile," diceva Vanna, "ogni mattina va al nostro fitness centre e rimane a gironzolare fino a mezzogiorno, chiacchierando con chi capita. Chiede di tutto e a tutti. Annota indirizzi, sollecita inviti nelle case di chicchessia e distribuisce biglietti da visita come se fossero volantini. E il bello è che arriva dove vuole: il mese prossimo si esibirà in un concerto di beneficenza nel giardino dell'albergo. Poi andrà a Palermo, ospite del principe di Sciali."

"È un'avventuriera," intervenne Santi, "ma agisce apertamente, con naturalezza. E ci sa fare."

"Non capisco il suo rapporto con il fotografo," fece Mariola.

"Sono compagni di viaggio, poi chi si è visto si è visto: è il mondo, com'è fatto adesso," disse il figlio, e poi rivolto al padre chiese: "Perché non li invitate?".

"Si potrebbe..." azzardò Tito.

"Sono gente alla mano e mamma è una gran cuoca. Dovreste farlo, sembra una scortesia intenzionale. Sono già stati ospiti da noi e da Piero e Teresa, più di una volta..."

Tito si trattenne dall'urlare a Santi che non era il caso che gli desse consigli anche su come comportarsi, e nemmeno che lo trattasse da "presidente" del pastificio, come gli aveva detto quella mattina. Il padrone del pastificio era lui, lui soltanto, Tito. *Padrone.* Gli altri, Santi incluso, erano semplici dipendenti, e in aggiunta molto ben pagati! Tito infilzava le patate picchiando la punta della forchetta sul piatto. Poi alzò lo sguardo sul lampadario di ferro battuto, nero, pesante. All'improvviso, gli parve che i ghirigori dei dieci bracci rappresentassero degli uccellacci dalle ali spiegate. "Avvoltoi, avvoltoi!" Tito azzannò un pezzo di pane.

"Se tuo padre vuole... per me va bene," disse Mariola, che ai figli non sapeva negare nulla.


Le figlie li raggiunsero dopo pranzo, per il caffè. Elisa era carica di pacchi: Antonio, rappresentante di abbigliamento, aveva appena ricevuto le sciarpe di un noto stilista e lei ne aveva portate una decina per mostrarle alle donne di casa. Mariola offrì di regalarne una per ciascuna e si appartarono in salotto per sceglierle. Tito seguiva le figlie con la coda dell'occhio. C'era qualcosa che non andava: Elisa era agitata, Teresa sembrava particolarmente mesta.


"Sto cercando di persuadere papà a invitare a cena Dante e Irina," disse Santi più tardi, mentre prendevano il caffè tutti insieme.

"Si infilano dovunque, come la gramigna!" Elisa si spinse indietro con la mano la ciocca che le cadeva sulla fronte, come faceva quando era contrariata. "A me non piacciono.

Quelli vogliono qualcosa da noi, anche se non capisco cosa. Dante è morbosamente curioso sulla zia e Irina si è intrufolata fra le cameriere extracomunitarie, evidentemente per saperne di più sulle famiglie per cui lavorano: altrimenti, perché dovrebbe frequentarle, lei che si dà arie da grande artista e donna di mondo? Ha tempestato la mia rumena di domande su di noi. La verità è che vi hanno abbindolati, tutti quanti."

"Ti sbagli. Dante non fa mistero del suo desiderio di conoscere la compagna di scuola di sua madre: è semplice. In quanto a Irina, sarà curiosa, ma non prenderei per oro colato tutto quello che riferisce la tua cameriera," ribatté il fratello.

"Quella ha stregato anche te! Ti piace, dillo!" strillò Elisa. Ma Santi parlava con la madre e non le diede conto.

"Irina è anche una brava pianista," obiettò Teresa.

"E tu che ne sai, si è esibita soltanto per te?" Elisa ne aveva pure per lei.

"Ha visto il nostro pianoforte e si è messa a suonare. Eravamo tutti incantati, anche Piero. Viene da noi e si esercita ogni giorno, per il concerto che darà all'albergo," insistette la sorella.

"Assai ne capite, voi due, di musica! Tuo marito avrà avuto gli occhi appizzati su di lei, non te ne sei accorta?" Elisa aveva alzato la voce in tono di sfida, ora usava ambedue le mani per scostarsi i capelli dalla fronte.

Teresa non rispose.

"Vado a dare la carica agli orologi," disse Tito, alzandosi. Titino lo imitò: voleva far vedere l'Augusta ai genitori. Mariola rimase sola con le figlie.

Teresa, la testa bassa, accarezzava le frange della sciarpa nuova.

"Non te ne sei accorta nemmeno l'altro giorno, alla piscina dell'albergo? Piero la guardava, eccome!" incalzava Elisa, sporgendosi verso di lei.

"Non sarebbe la sola, a volere i mariti altrui." La voce di Teresa era sommessa; gli occhi rimanevano fissi sugli arabeschi ramati della seta e le dita separavano le lunghe frange – lucidissime e scivolose – con movimenti ripetitivi come quelli di una principiante che si esercita al pianoforte.

Elisa si levò di scatto. Schioccò un bacio sulla fronte della madre, lanciò un "Ciao" alla sorella e se ne andò sculettante, dondolando la borsa dalla spalla.

## 7.

Un inopportuno slancio di gratitudine
*"Erano belle quelle sciarpe di tua figlia, anche Irina ne ha una."*

Tito dava la carica agli orologi – ne aveva più di trenta, fra orologi da tavolo, a piede e pendole, sparsi per la villa –, un compito che solitamente lo soddisfaceva e che richiedeva tutta la sua concentrazione. Si trascinava dietro una robusta seggiola di noce e vi montava sopra tenendo stretta la vecchia scatola di cartone nella quale suo padre conservava chiavi, manovelle e cacciaviti – ogni chiave con il suo nastro particolare, sbiadito e sfilacciato dagli anni. Tito cercava nel mazzo la chiave adatta, apriva la cassa e inseriva la manovella sul perno. La girava e ascoltava il meccanismo. Controllava pesi e pendolo e poi seguiva i battiti dei secondi, l'occhio all'orologio da polso. Quando tutto era a posto e sincronizzato, scendeva dalla seggiola, pronto ad accudirne un altro.

Ma quel pomeriggio pensieri ombrosi gli vagavano per la testa: non riusciva a concentrarsi.

Sentì il tacchettio di Mariola, in salotto. "Teresa non mi convince. Che ha?"

"Te ne sei accorto anche tu?" disse lei, e aggiunse: "Piangeva, sola con me. Piero ha chiesto un trasferimento al Tribunale di Pistoia, da settembre".

Tito stava girando la manovella di una pendola antica. Si arrestò a metà giro, la mano in alto.

"Che diavolo è successo?" chiese rauco, e scese in fretta.

"Il magistrato inquirente ha completato le indagini sullo

47

scandalo dei fondi comunitari all'Istituto per la Formazione dei giovani: il processo inizierà a settembre. È imbarazzante, per Piero. È stato minacciato e ha paura. Vuole trasferirsi subito."

"È un imbecille!" sibilò Tito, e tacque.

Mariola lo guardava compresa. Lui si lasciò andare sulla sedia, la scatola di cartone sulle gambe, le braccia penzoloni, sconsolato: una figlia lontana era una figlia persa.

"Quando finisci con le pendole, se vuoi saperne di più, vieni in camera. Ho bisogno di sdraiarmi." E Mariola se ne andò.

Tito era troppo teso per la delicatezza del suo compito. Lo avrebbe strozzato, quel genero donnaiolo. Eppure, gli era sembrato un matrimonio comodo e adeguato. Inoltre, Piero e Teresa sarebbero rimasti in paese: il tribunale, nel capoluogo di provincia, era raggiungibile in mezz'ora. Si diceva che lui importunasse le colleghe universitarie alle quali dava passaggio quando rientrava in paese per il fine settimana, ma Tito non aveva dato peso a quelle chiacchiere: "Cose di ragazzi," aveva pensato. Di certo, però, Piero si era rivelato un marito esigente e fastidioso. Tutto doveva essere come aggradava a lui. Innamorata e remissiva, Teresa gli aveva permesso di dominarla e, forse, anche di avere altre donne. Eppure, Piero aveva dei lati positivi: seguiva molto l'educazione delle bambine, a modo suo voleva bene a Teresa e aveva fama di essere un giudice corretto e diligente.

Tito sapeva ben poco delle famiglie dei figli. Mariola ne parlava spesso e troppo, cosicché lui aveva preso l'abitudine di non ascoltarla. Quando la raggiunse in camera la trovò in vestaglia, sdraiata sul letto. Lei, senza sollevare la testa dai cuscini, gli ripeteva quanto sosteneva di avergli già detto. In passato Piero aveva avuto una storia con una lontana parente, contrattista presso l'istituto indagato dalla magistratura: appropriazione di fondi comunitari, falso in bilancio, corsi inesistenti e studenti immaginari. I dirigenti – i veri responsabili – avevano chi li proteggeva. La ragazza, povera in canna e indagata, aveva chiesto a Piero di darsi da fare al tribunale; si erano rivisti e da lì erano partite le chiacchiere. La famiglia di lei, probabilmente istigata da altri – nemici di Piero –, minacciava uno scandalo. Se non di peggio.

Mariola concluse: "Il magistrato inquirente è onesto, e onesto è anche nostro genero – nel lavoro. Piero non ha chi lo protegga. Per questo ha paura. Vuole andarsene, e così noi perdiamo una figlia e le nipotine. Chi ci può andare, in Toscana!".

"Devono partire, forse è meglio. Tanti hanno i figli lontani: fino a ora noi siamo stati più che fortunati." Tito si era ripreso; era lapidario nelle decisioni, e riusciva a placare l'emotività di Mariola: "Li aiuteremo".

"Teresa è preoccupata di perdere il posto al pastificio," aggiunse lei.

"Provvederò io. Potrà lavorare da lontano; e poi verrà spesso, a spese mie, per le riunioni del consiglio d'amministrazione," concluse Tito secco: non c'era altro da discutere.

Ma poi chiese: "Perché Elisa ce l'aveva con lei, oggi?".

Mariola sospirò e iniziò a spalmarsi le mani di crema. Barbugliava senza coerenza e si massaggiava le dita, eludendo la domanda: "Antonio guadagna poco. Avrebbe bisogno di una moglie parsimoniosa, che regge bene casa e figli. Lui è tollerante, ma Elisa gliene combina una dietro l'altra".

"Voglio sapere cosa passa tra le sorelle!" ripeté Tito, impaziente.

"Cose antiche, di quando Elisa era tornata in paese e si diceva che Piero le faceva gli occhi dolci, al mare..." Mariola capiva di non potersi sottrarre, ma rimaneva vaga.

Tito scosse la testa. Lei riprese: "Veramente te ne avevo accennato e tu non mi hai dato conto, anzi mi hai rimproverato perché avevo 'mali pensieri'. Comunque erano taliate e basta, Santi me lo ha assicurato. E poi lei allora aveva vent'anni, e tanti problemi. Non c'è stato niente di male".

"Niente di male in un uomo fatto che insollenta la giovane cognata con problemi di droga?"

"No, non Piero... Nostra figlia, era lei..."

Tito non seppe che dire. "A più tardi," borbottò, e se ne andò, chiudendosi dietro la porta piano piano.


Il resto del pomeriggio andò tutto di traverso. Si era rotta la falciatrice nuova. Il cane Zorro si era conficcato una spina nella zampa e Tito non era riuscito a togliergliela. Adesso la zampa era gonfia e il cane mugolava. Tito dovette telefonare al veterinario, che gli disse di passare in studio a fine giornata.

Zorro era un bastardo, adottato da Tito un anno prima. L'avevano trovato cucciolo, una mattina, davanti il cancello: forse un regalo di Natale divenuto di peso, abbandonato dalla famiglia che partiva per le vacanze. Non sarebbe stata la prima volta. Anziché affidarlo al guardiano per il necessario – trovargli un padrone, o infilarlo in un sacco e gettarlo a mare –, Tito aveva voluto tenerlo. Gli si era affezionato, era un canuzzo intelligentissimo e obbediente.

Il veterinario, padre di un compagno di Titino, amava il proprio lavoro: era evidente dall'attenzione e dalla dolcezza con cui esaminava la zampa di Zorro. La spina fu subito tolta.

"Il suo disturbo?" chiese Tito. L'altro alzò le spalle e cercò complicità: "Nessun disturbo. E poi in questi giorni, anche se torno a casa un po' più tardi, nessuno ci fa caso. Mia moglie e mio figlio sono alle prese con l'albero genealogico: dev'essere consegnato fra due settimane. Per noi è una fatica, abbiamo poche fotografie di famiglia: mia madre ha dovuto chiederle a un cugino che vive a Modica. Per voi invece sarà un gioco!".

Tito si incupì. Mentre guidava verso casa, si ripeteva: "Un gioco! Chiamalo gioco!".

Jack-in-the-Box! Perché gli tornava in mente? Perché

si vedeva davanti quello stupido pagliaccio? Perché adesso? Il Jack-in-the-Box. Titino ne aveva uno. Si era rotto. Lui glielo aveva sistemato e adesso bastava premere un bottone che, pam!, veniva fuori quella faccia, quella faccia-risata, quella faccia demente, quell'incubo. Jack-in-the-Box! Non era quello di Titino. Questo era un pagliaccio maligno che balzava fuori a suo piacimento. Questo era nascosto nel buio. Era un allarme. Era il suo accupo. Suo e di nessun altro.

Tito cercava di concentrarsi sulla guida, su Zorro ancora dolorante, ma non ci riusciva. Non si riconosceva più: lui, che a buona ragione si considerava un uomo razionale, lui, che accantonava e perfino dimenticava le cose sgradevoli e che non poteva cambiare, era ossessionato da un gioco.


La zia era allegra, Tito non volle parlarle di Teresa e nemmeno del pastificio: la situazione, del resto, era sotto controllo.

"Oggi abbiamo fatto una passeggiata in giardino, è tutto fiorito!" stava dicendo lei, e gli descriveva le piante.

"Mi hai raccontato tante storie sul tuo giardino, di quando eri giovane." La voce gutturale di Dana veniva da dietro la poltrona della zia e la interruppe a metà frase. Non stava a lei intromettersi nelle conversazioni dei padroni, e Tito la squadrò con aria di rimprovero. Dana però non lo guardava. Seduta a gambe larghe, la maglietta tirata fino a rivelare il reggiseno, gli occhi fissi sul televisore, si mordicchiava le labbra carnose e se le inumidiva con la punta della lingua, carezzandosi collo e petto fino ai bordi della scollatura, soltanto con l'indice: un gesto che improvvisamente ricordò a Tito quello di Irina sul petto di Dante, nel gazebo.

Dana gli apparve irresistibile e lui non riuscì più a pensare ad altro. Ebbe appena il tempo di affrettare il commiato dalla zia. Quella sera la rumena gli scivolò di sotto e usò le mani: lenta, continua, controllata, incessante, in un crescendo magnifico. Quando ebbe finito, gli disse: "Erano belle quelle sciarpe di tua figlia, anche Irina ne ha una".

In un inopportuno slancio di gratitudine, Tito disse a Dana di andare nella boutique che le vendeva e di sceglier-sene una, la più bella, senza badare al costo.

# 8.

## Le conversazioni della zia
*"Soprattutto, ma soltanto se è vero amore."*

La zia era in giardino con Dana. Prendevano la limonata.

"È stata preparata con i nostri limoni, quelli con la buccia verde: hanno un sapore forte. Li abbiamo piantati quando Tito ha compiuto un anno. Mio fratello mi chiese che regalo volevo fare al bambino e io scelsi cinque alberi: un limone, un arancio, un mandarino, un limoncello e un bergamotto: un agrumeto piccino come lui, sarebbero cresciuti insieme. Volevo insegnargli a riconoscere la zagara, a raccogliere i frutti e magari a fare gli innesti. Ma Tito, crescendo, preferiva altri giochi."

"Ti piacevano le piante?"

"È una passione che mi aveva trasmesso Mademoiselle. Il suo primo lavoro era stato in casa di una famiglia in Inghilterra: insegnava il francese ai figli e nel frattempo imparava l'inglese. Lei era bilingue, parlava anche il tedesco: così sono gli svizzeri. Era anche molto studiosa e intelligente. Sarebbe diventata un gran professore, se fosse nata uomo, ma allora le femmine non potevano andare all'università: un'ingiustizia. E fu in Inghilterra che imparò l'amore per le piante.

"Io vivo qui da quando è nato Tito: questo è il mio mondo. Mi piaceva dedicarmi al giardino. Lavoravo la terra, piantavo, zappavo, ma di nascosto: qui le donne non facevano questi lavori, e mio fratello si seccava."

"Anch'io conosco bene le lingue: oltre all'italiano, parlo il russo e lo slovacco," osservò Dana, "e nel mio paese le donne fanno tutti i lavori."

"Adesso anche qui," le rispose la zia infastidita. Poi riprese il filo del ricordo. "Lui mi proteggeva, a modo suo; pensava che non ne capivo assai, ma poi dovette ricredersi." Ridacchiò. "Una volta mi regalò tante ortensie rosa, per sbaglio: io le volevo blu. Ci rimase malissimo, e voleva sradicarle. Gli chiesi di lasciarle, avrei provveduto io: misi nel terreno una sostanza che cambiava il colore dei fiori, non ricordo il nome – potassio, credo –, e l'anno dopo la fioritura fu di un bellissimo azzurro."

"Lui che ti disse?"

"'Me lo sarei dovuto aspettare da te, quando ti ci metti riesci a cambiare tutto, te compresa.' Così mi disse."

"Che significa?"

"Significa quello che significa: che a tutto si trova una soluzione, se si vuole."

"Anche nell'amore?" chiese Dana, speranzosa.

"Soprattutto, ma soltanto se è vero amore."


La rumena aveva riportato in cucina il vassoio con i bicchieri vuoti.

La zia aveva posato sul tavolino accanto alla poltrona il libro che stava leggendo; la aspettava.

"Che leggi?"

"La biografia di una donna che ebbe un matrimonio difficile: è interessante."

"Tu come mai non ti sei sposata?"

"C'era uno che mi voleva. Mio padre ne sarebbe stato contentissimo, e fece di tutto per persuadermi. Ma io rifiutavo. Chiese aiuto a mio fratello: lo sapeva che a lui non avrei detto di no."

"E invece glielo dicesti?"

"Non ce ne fu bisogno. Capì che io quello non lo amavo."

La zia riprese il libro e abbassò gli occhi, ma non girava più le pagine.

## 9.

Dante prende l'iniziativa
*"Anch'io non ho avuto madre, intendo dire, non so chi è."*

Non si parlò più di invitare Dante e Irina. Coinvolta nelle vicende della figlia maggiore, Mariola trascurava anche la zia – che passava interi pomeriggi in giardino con Dana. La rumena diventava sempre più invadente: apostrofava Manuel e Sonia – e perfino il guardiano – con tono da padrona; golosissima, si serviva di cioccolatini e dolciumi senza aspettare che le venissero offerti; non soltanto ascoltava le conversazioni dei padroni, ma addirittura si intrometteva e domandava spiegazioni quando non capiva. Mariola sopportava; ben accetta alla zia, Dana le dava l'opportunità di dedicarsi completamente alle figlie. Ma era consapevole che quella aveva messo gli occhi su Tito, e ci stava attenta.

La questione della caldaia era stata risolta: Santi continuava a passare dalla villa ogni mattina, parlava al padre del pastificio ma non gli chiedeva consigli. Tito lo notava, e reagiva dedicandosi ossessivamente agli orologi – che puliva, smontava e rimontava a perfezione, anche se perdevano soltanto pochi secondi – e a Dana.

Pensava molto a Dante e Irina. Lo avevano introdotto in un mondo a lui sconosciuto e a una sensualità raffinata e difficilmente emulabile. Irina era l'innesco erotico del desiderio – Tito aveva memorizzato i suoi gesti, i suoi movimenti, perfino i suoi odori – e il semplice ricordo bastava a infuocarlo. Dana era l'anello tra realtà virtuale e realtà carnale.

Duttile e astuta osservatrice, la rumena lo assecondava nelle sue fantasie. Tito voleva sempre di più e più spesso: si incontravano quasi ogni giorno, a volte ripetutamente. Lui aveva smesso di preoccuparsene ed era meno cauto: si rifaceva di ciò che non aveva avuto da giovane.

Desiderava rivedere Dante, ma non era pronto, non ancora. Si sentivano per telefono, spesso, e sempre su iniziativa dell'altro. Erano come due scolaretti, ognuno con il suo progetto: Dante aveva le fotografie, Tito il sesso. A lavoro finito si sarebbero incontrati per scambiare esperienze e attingere l'uno dall'altro.

Infine fu Dante a fare il primo passo per un invito a pranzo.

"Spero di non offenderti con una proposta presuntuosa. Abbiamo scoperto un agriturismo, I Due faggi. Cucinano le melanzane farcite di pecorino e menta come quelle che tua zia descriveva a mia madre. Irina e io vorremmo invitarvi, ci piacerebbe conoscere Mariola."

"Ma toccava a noi!" disse Tito.

"Andrebbe bene domani a colazione?"

"Non è possibile... Noi pranziamo sempre in casa, senza eccezione. Venite voi a cena, una di queste sere. Ne parlerò con Mariola."

"Ho voglia di vederti. Verresti da me nel tardo pomeriggio? Sono solo."

Tito annuì. Era stato preso in contropiede; gli piaceva, il gioco continuava.


Tito aveva scelto abiti intonati allo stile di Dante: pantaloni leggeri, un pullover chiaro – regalo di Santi – e scarpe sportive, allacciate. Dante era in pantofole marocchine e indossava un caffettano bianco lungo fino ai piedi. Alto, i capelli spioventi sulla fronte e lunghi sul collo, sembrava un vate. Si guardarono e risero.

"Questo non l'avrai nel tuo guardaroba," disse Dante.

"Io mi diverto a vestirmi in modo diverso: cerco me stesso, ma senza ansia, ormai ci sono abituato."

Aveva preso in affitto una modesta villetta su una collina dalla quale si godeva una bella vista sul paese e, in fondo, sul mare. Alle pareti aveva appeso stoffe dai disegni orientali; le poltrone erano coperte da semplici teli di cotone bianco. Due grandi vasi di ceramica, sul tavolo, straripavano di mimose, soffici palline gialle coprivano libri, giornali e cd. *È un facile Vangelo* di *Madama Butterfly* riempiva la stanza. Dante offrì a Tito un cocktail di pesca e limone corretto con del curaçao, e lui, benché astemio, accettò: con Dante si sentiva pronto a nuove esperienze. Avrebbe voluto parlare di Irina, ma il suo ospite aveva altro in mente.

"Dimmi dei tuoi figli."

"Sono più loquaci di me. Io ho offerto affetto, guida, tolleranza. Teresa è saggia e devota, la figlia sulla quale sappiamo di poter contare. Santi è sempre stato un piccolo capofamiglia, e ne sono soddisfatto. Ma Elisa ci diede pensieri grossi, all'università. Santi le ha dato una addrizzata..." Tito non aggiunse altro.

"Ti sei mai chiesto il perché?" incalzava Dante.

"Ripensandoci, la morte di mio padre ha cambiato la vita dei ragazzi. Elisa non era pronta, o matura abbastanza, per accettare il cambiamento," rispose Tito. "Allora stavamo a Palermo. Viaggiavamo, li portavamo a sciare e in vacanza nelle capitali europee.

"Quando Elisa cominciò l'università, Mariola e io ci trasferimmo alla villa, definitivamente, e da allora non ci siamo più mossi. I ragazzi ci raggiungevano per le vacanze e i fine settimana, come tanti altri, ma Elisa non riuscì a inserirsi né là, né qua. Aveva pessime amicizie... Poi si innamorò di Antonio..."

"Li vedo spesso all'albergo. Teresa sembra placida, ma è decisa. Non desiste. Elisa è impetuosa, passionale. Mi piace pensare che le tue figlie rappresentino i due aspetti della personalità di Rachele."

"Elisa avrebbe una bella testa, se la usasse. Teresa è stata molto vicina alla zia, e per certi versi le somiglia, ma non ha la sua intelligenza. Ancora adesso, la zia dà giudizi che fanno tremare."

"Forse Santi le somiglia di più?" azzardò Dante.

"Può darsi. Santi mi ricorda molto mio padre. Lui e la zia erano simili, anche nell'aspetto."


"Raccontami di tuo nonno."

"Del nonno?" Tito disse che c'era poco da raccontare, non l'aveva conosciuto. Era fascista, ed era stato podestà del paese. Non aveva avuto una vita felice: la prima moglie era morta appena sposata, nell'epidemia di colera del 1911, e la nonna dopo la nascita della zia. Lui non risposò; prese una governante svizzera per i figli. Aveva fiuto per gli affari: Torrenuova e la villa le aveva comprate per pochi soldi prima ancora di sposarsi e con una parte della ricca dote della nonna fondò il pastificio. "Il nonno doveva avere un carattere difficile: ruppe i rapporti con la famiglia di mia nonna – questioni di eredità, sospetto – e dunque so ben poco altro."

"Teresa e Santi ne sanno più di te." Dante era in piedi e disse tutto a un tratto: "La zia con loro parla, lo sapevi?".

"La zia ha fatto da nonna ai miei figli. Anch'io racconto a Titino storie di famiglia che Santi non conosce," replicò Tito.

"Non sei curioso?" lo incalzava Dante. Misurava la stanza a grandi passi e parlava gesticolando: "Io di mio padre non conosco nemmeno il nome. Sono sempre stato curioso: mi chiedo chi fosse, da che famiglia provenisse, perché mi mise al mondo, perché non volle amarmi, perché mi abbandonò. Non ho mai smesso di cercarlo!". Si fermò e disse, guardando Tito: "Ho passato in rassegna tutti gli uomini di cui parlava mia madre, ma quando le chiedevo di mio padre mi trovavo davanti a un muro! Ho pensato perfino di essere figlio di tuo padre: lei negava di averlo conosciuto, ed ero sospettoso".

"Di mio padre?"

"Nulla di più plausibile di una passione giovanile e romantica – andata oltre – per un ufficiale fratello della migliore amica! E lui era anche un gran bell'uomo, almeno in fotografia. Me l'ha mostrata Titino. È al posto d'onore nell'albero genealogico."

Tito era gonfio di rabbia. Forse Dante sapeva. Chiese dov'era il bagno e si rinfrescò il viso, per calmarsi.

"Fammi vedere le tue fotografie," disse, brusco, al ritorno.

Dante gliele mostrò sul computer. Le immagini passavano una dietro l'altra e Tito godeva ad ascoltare l'amico.

"Irina andrà a Palermo, dopo il suo concerto, ai primi di giugno. Io vorrei fare una gita nell'interno. Mi accompagneresti?" chiese Dante.

Tito rispose d'impulso "Sì", e subito tacque. Era come se avesse acconsentito a una proposta trasgressiva.

Mentre andava via, si volse verso Dante che era rimasto sulla soglia e disse: "Anch'io non ho avuto madre, intendo dire, non so chi è".

"Ma per te c'è stata la zia."

## 10.

Ospiti alla villa
*"Papà aveva bisogno di un amico:*
*sembravano due innamorati."*

Alla villa il pasto di mezzogiorno, quello forte, era sacro: famiglia soltanto. Figli e nipoti erano ospiti frequenti e graditissimi; non c'era bisogno di invito. Anche a cena erano sempre e soltanto loro. Cenavano frugalmente da soli. Sonia apparecchiava e lasciava le verdure cotte sulla credenza, coperte da un piatto per mantenerle tiepide; sarebbe tornata a fare le pulizie la mattina seguente. Mariola portava a tavola il pane e le altre pietanze: formaggi, insalata, prosciutto e i resti del pranzo. Il menu subiva poche variazioni stagionali. Era un'abitudine di casa: il padre e la zia di Tito avevano sempre fatto così.

Dopo cena, Mariola guardava la televisione in camera da letto e augurava la buonanotte a ciascun figlio e nipote. Poi ricamava o sferruzzava, secondo la stagione: c'era sempre qualcosa in cantiere per i bambini. Tito andava al secondo piano, dove viveva la zia, e chiacchieravano della giornata; poi saliva nella Stanza di Nuddu, nella torretta: il suo rifugio. Lì faceva le sue cose: aggiustava meccanismi di orologi, riordinava fotografie, sfogliava riviste di auto d'epoca.

Le donne di casa erano in agitazione per l'invito a Dante e Irina. Ma la preparazione del pasto – "Mangiano aglio, questi?" "Meglio non aggiungere peperoncino!" "Ce lo mettiamo il marsala?" "Il sapore d'acciuga può non piacere!" –, la scelta del servizio di piatti, dei bicchieri e della tovaglia parvero facili a paragone di quella del vestiario.

A giudicare dalla deferenza dimostratale dai figli, si sarebbe detto che Mariola fosse una madre autoritaria, in realtà con lei i ragazzi avevano semplicemente seguito l'esempio del padre, figlio ligio e rispettoso: quello che dice un genitore è un ordine. Con il passare degli anni, tra madre e figlie si era instaurato un rapporto di subordinazione all'inverso sulle questioni legate all'apparire, cui attribuivano somma importanza; tutte e tre adoravano i vestiti. Erano Elisa e Teresa a suggerire gli acquisti di Mariola e a dare il giudizio finale: le spese poi, le facevano quasi sempre assieme, in paese, come pure – in occasione dei viaggi – per il rinnovo del guardaroba stagionale. E non soltanto perché la madre pagava anche per loro. In occasione di quell'invito, scelsero per lei un tailleur che non la snelliva, con sotto un top dalla scollatura profonda.

Irina si presentò senza gioiello alcuno: aveva un accenno di abbronzatura ed era semplicemente radiosa. Mentre Santi le mostrava un quadro di Lojacono, Mariola le ammirava il collo lungo e il perfetto décolleté. La sua mano scivolò sulla catena del grosso ciondolo di agata e oro, regalo di Natale di Tito. Era lenta. Mariola abbassò gli occhi: il ciondolo le si era arenato tra i seni. Cacciò indietro lagrime umiliate e continuò con i suoi compiti di padrona di casa.

Dante volle visitare tutta la rappresentanza. I complimenti degli ospiti confortarono non poco Mariola, che da giovane sposa aveva odiato le mura rivestite da pannelli, le carte da parati a disegni scuri, le vetrate multicolori che lasciavano entrare poca luce, le poltrone dure, i soffitti affrescati in stile floreale e i mobili costruiti a misura di parete e incastrati nel lambrì. Avrebbe desiderato cambiare l'arredamento e dare una rinfrescata alle pareti, ma non aveva mai osato proporlo al suocero e nemmeno al marito. Mariola era rispettosa delle proprietà di Tito e sapeva di aver avuto dai genitori soltanto una modesta eredità.

La villa era stata disegnata da un famoso architetto modernista, insieme alla mobilia e agli arredi: l'originario proprietario era andato in bancarotta per quella stravaganza, e la casa si era poi conservata intatta per fortuite e tragiche circostanze. Il nonno di Tito l'aveva comprata per la prima moglie e a scopo di lucro: intendeva lottizzare la fascia di terreno che la univa al paese, parte di un grandioso giardino che non fu mai. La seconda moglie non volle andarvi e la casa era rimasta disabitata. Mademoiselle, che amava nuotare, insistette perché vi andassero almeno nei mesi estivi. Durante la guerra, sfollarono lì e vi ospitarono le monache di San Vincenzo. Dopo la nascita di Tito, la zia vi si trasferì definitivamente e volle lasciarla com'era. Quando il Liberty era tornato di moda, Tito aveva seguito personalmente i restauri.

"È un gioiello!" gli disse Dante. "Non oso nemmeno chiederti di fotografarla!"

"L'ho fotografata tutta io!" rispose lui, orgoglioso.


Dante e Irina sapevano come rendersi graditi: lei chiese la ricetta del falso magro e delle zucchine ripiene; lui riuscì a far sorridere Mariola più di una volta. E poi parlava più di tutti, seguito da Santi e Vanna. Antonio, un brav'uomo di gusti semplici, si divertiva ad ascoltare; di tanto in tanto, diceva la sua. Elisa, taciturna, lanciava lunghe occhiate a Irina e alla sorella, che discutevano animatamente del trasferimento in Toscana; poi posava lo sguardo sul cognato. Piero parlò pochissimo. I suoi occhi stretti convergevano furtivi sul corpo di Irina, come l'ago di una bussola.

Gli ospiti lasciarono la villa a tarda notte. La serata era stata un gran successo e aveva confermato a Tito che fra lui e Dante c'era una vera sintonia: ammiccavano, ridevano per le stesse cose, come d'intesa, e conversavano con gran piacere.

Come Santi ebbe a dire a Vanna l'indomani: "Papà aveva bisogno di un amico: sembravano due innamorati".

Mariola non stava più in piedi dal sonno ed era andata subito a letto. Tito fumava in giardino, e pensava. La sua famiglia era diventata gentuzza: goffi, paesani, privi di stimoli intellettuali. Tutt'altra cosa rispetto alle precedenti generazioni.

Non se ne dava pace. Il nonno era stato un personaggio politico rispettato nella provincia e introdotto nei circoli: aveva sposato bene, ambedue le volte. Il padre, dopo la licenza liceale, aveva intrapreso con successo la carriera militare. La zia aveva studiato in un ottimo collegio. D'inverno la famiglia viveva a Palermo e frequentava la buona società. Avevano casa anche a Roma.

Ma lui era stato educato in modo diverso: in casa fino agli undici anni – prigioniero nella villa – e poi in un mediocre collegio, nell'isola. Tito sapeva di aver ereditato i modi signorili del padre e le buone maniere della zia, solo che non aveva avuto occasione di usarli con i suoi pari: in casa non si riceveva e lui non aveva fatto amicizie in collegio o all'università, e nemmeno dopo.

Rimpiangeva di non essere stato spinto a frequentare di più: ma la sua nascita rappresentava uno svantaggio sociale e il padre non voleva che fosse umiliato, mai. Tito invidiava Dante, che non si vergognava di essere illegittimo. Goccia a goccia, lui aveva assorbito l'orgogliosa paura del padre e adesso era troppo tardi per emulare Dante e scrollarsi di dosso quel disonore.

Tito però non voleva che i nipoti crescessero zavurdi e che i figli si imbarbarissero. Lui, nonostante l'età, aveva desiderio di nuove esperienze ed era pronto a cambiare. Dante era come un soffio di aria fresca.

Gettò il mozzicone di sigaro nell'aiuola e si avviò verso casa.

Le persiane di Dana erano serrate. Quelle della zia erano socchiuse, a lei piaceva un filo di luce in camera. Tito si chiese perché la zia, estroversa e vivacissima nei racconti di Dante, si fosse rintanata ventunenne nella villa e perché suo padre l'avesse assecondata, trascinando nel contempo lui in quello che ora gli appariva come un baratro sociale.

Quando entrò in camera, Mariola dormiva sodo, con la luce accesa. Non si era nemmeno struccata. Tito vide le sottili sbavature di mascara che le frangiavano le guance paffute.


Con uno sguardo pietoso e non privo di affetto, Tito si ficcò sotto le lenzuola.

## 11.

*Caritas* e amore
*"Tanto, la fede, chi ce l'ha se la tiene,*
*e chi non ce l'ha non l'avrà mai!"*

Dana chiacchierava con la zia mentre la aiutava a cambiarsi per la notte.

Adesso le prestava molta attenzione, soprattutto quando era vaga: era il momento delle confidenze. Era stata Irina a consigliarglielo. "Strana, questa Irina," pensava Dana, "ma in fondo è una brava persona." Non appena arrivata in paese, si era messa in contatto con loro, le extracomunitarie dell'Est. Quando le raggiungeva il giovedì pomeriggio, era una di loro: donne fuggite dalla povertà e alla ricerca del benessere. Anche lei si era trovata a fare la fame a Mosca, negli anni ottanta, con un figlio a carico. Irina raccontava, come fosse un romanzo, di quando era divenuta la compagna di un milionario moscovita più giovane di lei, che aveva fatto fortuna con i giacimenti di gas. Insieme, avevano goduto una vita di lusso sfrenato. Due anni prima però, lui l'aveva mollata per sposare una ragazzina di Kiev. "Il matrimonio, questo dovete cercare: gli uomini si prendono con il sesso e l'astuzia," diceva Irina. "Con il vostro lavoro, voi avete l'opportunità di conoscere bene sia gli uomini che la loro famiglia: ascoltate e ricordate. Vi sarà utile al momento opportuno." La rumena metteva in pratica i suggerimenti di Irina e, incoraggiata dalla voglia di Tito, sognava di diventare sua moglie.

"Teresa non fa che pensare alla festa per la prima comunione di Sandra. Ai miei tempi si faceva soltanto una festicciola in famiglia. Ora i comunicandi sono quasi adolescenti: dicono che così capiscono meglio, ma a me sembra che sia diventata una cosa eccessiva... Vestito, un grande trattenimento, regaloni: come un matrimonio!"

Dana spostò il rosario sul comodino per poggiarvi il bicchiere d'acqua. La zia la teneva d'occhio.

"Tanto, la fede, chi ce l'ha se la tiene, e chi non ce l'ha non l'avrà mai!" sospirò quando fu sotto il lenzuolo, rassettandoselo sul petto.

"E tu ce l'hai?"

"Io credo in un Dio. Sono nata qui e sono cattolica. Fossi stata svizzera, sarei protestante come Mademoiselle. Suo padre era un prete sposato: così fanno loro. Certi protestanti riconoscono perfino il divorzio."

"E tu che ne pensi di questi?" azzardò Dana.

"Che devo pensare? Il matrimonio dovrebbe essere indissolubile, soprattutto se ci sono figli... Però, quando capita di innamorarsi veramente, non c'è che fare: è più forte di tutto, anche della famiglia, della società, della legge, perfino della fede. Ma è una disgrazia, come quando uno è colpito da una lampiata..."

"Tito ce l'ha la fede?"

"Credo di sì... Quando fa comodo a lui, come tanti!" E la zia diede a Dana una mala taliata.

"Ho conosciuto due monache alla Caritas," riprese dopo un po' la rumena. "Mi hanno invitato loro. Non ne avevo mai incontrate: sono brave persone?"

"Aiutano i bisognosi e lavorano: insegnano, curano i malati, badano ai bambini negli orfanotrofi. Fanno anche dolci, e li vendono: almeno qui da noi. Sono rimaste in poche. Io ne conobbi una, durante la guerra... una persona generosa, amava moltissimo i bambini... Be', ognuna ha la sua storia."

"Da noi, niente monache. All'istituto mio figlio lo trattavano male, l'ho scippato da lì e l'ho affidato a una parente... Le mando soldi, ogni mese."

La zia la guardava, come se volesse dire qualcosa, ma si trattenne. Dana aspettò; poi lei chiuse le palpebre e parve assopirsi.

*Aveva diciott'anni, era il 1938. Dopo il collegio era rimasta a Roma con Mademoiselle, per frequentare un corso di stenodattilografia. Le sanzioni economiche contro l'Italia avevano scatenato, oltre alla penuria di materie prime e all'autarchia, una reazione violenta contro la cultura dei paesi nemici. La gente aveva fiducia nel fascismo ed era fiera dell'impero nell'Africa Orientale. Anche suo fratello Gaspare era così, aveva combattuto nella presa di Addis Abeba. Il padre credeva in un grande futuro per l'Italia fascista e, nell'agosto dell'anno prima, l'aveva perfino portata a Castelvetrano per le celebrazioni della vittoria degli Azzurri alle Ostilità Simulate, alla presenza del Duce: lì era stata testimone diretta dell'isterismo collettivo della folla. Lei e Mademoiselle non se ne capacitavano. Trovavano il Duce borioso e consideravano stupide le circolari del Partito fascista. Quando furono promulgate le leggi razziali, Rachele non ebbe più alcun dubbio sul fascismo: era il nemico. Ma non disse parola, nemmeno a Mademoiselle; nessuna delle due voleva essere sleale nei confronti degli uomini della famiglia. Gaspare era in Etiopia e non lo vedeva da tempo. Notava che non la rimproverava, quando gli copiava nelle lettere brani di poesie straniere; facendosi ardita, lei ce li metteva sempre, speranzosa di risvegliarne lo spirito.*

Fievole si levava la voce di Rachele:

*"Nonostante tutto il suo amore,
suo malgrado, e contro la sua parte migliore,*

*provava un piacere voluttuoso al dolore di lei,*
*dolce e nuovo. La sua passione...".*

Fece una pausa e girò intorno uno sguardo opaco. Poi ricominciò:

*"...la sua passione, cresciuta crudele,*
*prese una tinta feroce e sanguigna,*
*quant'è possibile sulla fronte di chi non ha vene*
*scure e a gonfiarsi pronte".*

Ma Dana se n'era già andata, e in ogni caso ne avrebbe capito ben poco.

*Nel maggio dell'anno dopo, l'Italia firmò il Patto d'acciaio con la Germania. La guerra era inevitabile, anche agli occhi del padre: la richiamò a casa, facendole interrompere gli studi. Tormentata al pensiero del fratello coinvolto in un'altra guerra, ben peggiore di quella d'Africa, e dispiaciuta di lasciare Roma, a Palermo si trovava male. Frequentava dei giovani, ma erano troppo diversi. Provinciali. Bigotti. Vedendola infelice e restia a lasciarsi coinvolgere nelle attività del Fascio, Mademoiselle le aveva suggerito di iscriversi a un corso di crocerossina.*

*Andò ad aiutare le monache di San Vincenzo, quelle vestite di blu, con il velo bianco, inamidato e largo. Le punte di quel velo erano come ali e loro parevano angeli. Assistevano le donne – quelle avevano le ferite delle femmine: padri e mariti violenti, stupri, incesti, aborti andati male, nascite clandestine – e i bambini abbandonati.*

*Era inquieta. La realtà le sembrava crudele. Non le piaceva l'atteggiamento del nuovo papa. La sua fede vacillava. Non voleva parlarne con i preti – non aveva un confessore – e si rivolgeva alla Madre superiora, suor Maria Assunta. Questa donna di mezza età, dall'intelligenza vivace e dai modi semplici e diretti, emanava una straordinaria aura di serenità e compassio-*

ne; non dava giudizi negativi e cercava di trovare del buono e del bello in tutto. "Peggiore è il mondo, maggiore dev'essere la fede: ci sostiene. E l'amore: per Dio, per gli uomini e per noi stessi. Occorre accettare i dolori e quello che pare ingiusto: in questo la fede è d'aiuto," le diceva quella.

Ed era tormentata. "Sarebbe un conforto confessarmi con lei... perché le suore non possono ricevere la confessione?"

"Occorre accettare anche questo: soltanto gli uomini accedono al sacerdozio, come gli apostoli... Ma io sono pronta ad ascoltarti e a darti consigli, se ne sono capace."

Era sconvolta dalla miseria umana che vedeva ogni giorno davanti ai propri occhi. Le sembrava che non ci fosse senso, nel mondo. Dubitava delle nozioni e dei princìpi inculcati in lei come certezze. Una volta venne ricoverata una bambina dodicenne, incinta: era malata, aveva detto la madre. Si sapeva che il padre stuprava le figlie: poi le facevano abortire o le mandavano a sgravare, quindi le riportavano a casa, lasciando i neonati all'orfanotrofio. La bambina non voleva separarsi dal neonato e pietiva per rimanere in convento, con il figlio. Ma la madre era venuta a riprendersela: era guarita, diceva.

"Suor Maria Assunta, perché non l'ha tenuta al convento?"

"È l'aspetto peggiore del mio lavoro: restituire una giovane madre a una famiglia malsana, togliendole il figlio. Ma vi sono costretta: non c'è alternativa."

"Bisogna cercare una soluzione!"

"Non sempre la si trova. Una volta, pur di tenere insieme madre e figlio ho ecceduto, ma non me ne pento! Un uomo sposato e benestante aveva abusato della giovanissima nipote che, incinta, rifiutava di abortire: voleva il bambino. Escogitammo che la madre sarebbe passata per educanda e il bambino per trovatello; dopo, gli zii lo avrebbero adottato e lei sarebbe andata a vivere con loro, per aiutarli a badare al piccolo. Una soluzione rischiosa e imperfetta, ma l'unica possibile: madre e figlio sono ancora insieme."

L'indomani Dana, mentre aiutava la zia a vestirsi, riprese la conversazione della sera precedente. "La mia amica si è innamorata di uno di qui, un uomo sposato che vuole separarsi dalla moglie. Dice che è stato un colpo di fulmine. A me non è mai successo. E a te?"

La zia le dava le spalle e guardava fuori dalla finestra; era il momento dei ricordi ad alta voce e delle poesie. Quel giorno perse molto tempo ad abbottonare il golfino che Dana le porgeva.

"La Germania aveva invaso la Polonia. C'era aria minacciosa, inquietante, amara. La paura non ci lasciava mai. Mancavano tante cose voluttuarie, ma non stavamo male. Il pastificio funzionava. Mio padre era influente e otteneva anche quello che non era a disposizione di altri.

"Mi riunivo con le amiche, nel pomeriggio. Ballavamo, se c'erano dei ragazzi, e ce n'erano molti allora. Uno di questi giovani mi corteggiava. C'erano tanti innamoramenti: a me sembrava l'effetto della precarietà della vita.

"Il reggimento di mio fratello era arrivato nella nostra città e lo aspettavamo quel pomeriggio. Avevamo invitato altra gente, per festeggiarlo. A casa conservavamo delle leccornie per le occasioni speciali. C'erano dei fogli di colla di pesce e io avevo preparato per lui la gelatina di caffè; avevo racimolato perfino un poco di panna da montare, togliendola con un cucchiaino dal bordo del recipiente – era latte grasso delle mucche di montagna.

"Di fronte a casa nostra c'era una piazza su cui aprivano molti negozi. Mi affacciai dalla terrazza. Avevo gli occhi puntati soltanto sui militari; appena ne scorgevo uno, mi agitavo. Poi quello prendeva una traversa o si infilava in una bottega e io ci rimanevo male. Ero impaziente; dopo un poco persi la speranza di vederlo, ma continuavo a guardare i militari che passavano.

"Fu allora che notai due ufficiali: erano della stessa corporatura e altezza e attraversavano la piazza camminando all'unisono. Avevano un bel portamento. Pareva che non avessero fretta e mi incuriosivano. Salutavano conoscenti, ridevano, gesticolavano, sempre mantenendo il passo. La visiera del berretto nascondeva i loro volti. Cominciai a notare le differenze tra i due. Uno era tutto d'un pezzo, rigido. L'incedere dell'altro invece mi colpì: ritmico, deciso, maschio. Mi dava uno strano formicolio. Non ebbi occhi che per lui, dimentica di chi aspettavo. Aguzzavo la vista e mi spostavo lungo la balaustra per cogliere i lineamenti dell'ufficiale. Non riuscivo a vedere in viso nessuno dei due.

"Una coppia anziana si era accostata a loro e chiacchieravano. Quello che mi interessava mi dava le spalle: erano larghe e la giacca dell'uniforme seguiva la schiena dritta, modellava la vita sottile. Spostava il peso del corpo da una gamba all'altra, piegando leggermente quella che non era d'appoggio: movimenti piccoli, languidi come un dondolio, che tradivano l'impazienza di scrollarsi di dosso quegli importuni. Accettava l'ineluttabilità della situazione: era prigioniero, come il leopardo che avevo visto anni prima al circo... accucciato su un alto cilindro – le zampe una accanto all'altra –, teneva alto il muso e guardava la frusta, indomito. Lo sentivo simile a me.

"Poi piantò i piedi a terra e si rizzò; sembrava più alto. Si piegava nell'inchino del commiato. Era tutto muscoli e avrei voluto toccarli. Lo sentivo forte, energia pura. I due ripresero il cammino, sincronizzati. E lui sembrava che ridesse. Seguivo i movimenti delle braccia e delle mani che accompagnavano la sua parlata; era come se accarezzasse l'aria. L'andatura baldanzosa e lo slancio della gamba mi facevano impazzire, a ogni passo. Spasimavo per sapere chi fosse.

"Venivano dritti verso il palazzo in cui abitavo. Mi sporsi dalla balaustra per vederli fino all'ultimo. All'improvviso cambiarono direzione e si infilarono in una traversa. Mi sentivo svuotata. Ripresi a guardare i passanti, cercando di malavoglia mio fratello tra gli ufficiali. Non so quanto tempo passò così.

"Poi suonò il campanello di casa. Erano quei due: mi avevano comprato dei dolci di mandorla."

"E tu che hai fatto?"

"Lo guardai e tremai."

"Tremasti? E questo è un colpo di fulmine?"

"Esattamente. E sempre così fu, dopo: tremavo, quando lo guardavo."

"E lui?"

"Lui non sapeva."

"Che facevi tu, per fargli capire che ti piaceva?"

"Non volevo che se ne accorgesse."

"Se uno mi piace, io faccio di tutto per farglielo notare."

La zia le lanciò uno sguardo confuso e non parlò più.

Poi si mise a frugare nella borsa – la teneva sempre con sé, come se fosse pronta per uscire – e tirò fuori dal portafogli cinquanta euro.

"Per tuo figlio," sussurrò, ficcandole la banconota in mano.

Dana credette che la zia fosse diventata sua alleata.

## 12.

### Un'amicizia si cementa
*"Il sesso è il motore del mondo."*

Tito non era stato il solo ad aprire la propria casa a Dante e Irina. Gli inviti fioccavano.

Irina si era data da fare: Vanna e il direttore dell'albergo l'avevano presentata a molti e i molti si erano dimostrati utili; il vicesindaco si era messo a sua totale disposizione e le domestiche dell'Europa dell'Est in forza all'albergo le svelavano indiscrezioni molto utili sulle famiglie per le quali avevano lavorato. Irina aveva l'abilità di ottenere favori.

Grazie a lei, Dante aveva fotografato chiese chiuse da decenni, monasteri di clausura, bagli inaccessibili e case private. Il suo portfolio si riempiva rapidamente e lui si ritrovava con tempo libero a disposizione. Ora invitava Tito a fare lunghe passeggiate, ogni pomeriggio, quando in giro non c'era anima viva: uomini e bestie facevano la siesta. A Dante piaceva immaginare che questa incipiente amicizia tra loro due, uomini di mezza età, fosse simile a quella, adolescenziale, tra la madre e Rachele.

Tito era di poche parole. Le sceglieva con cura. Era anche un ottimo ascoltatore. Dante invece parlava a ruota libera di tutto ciò che gli passava per la testa e faceva molte domande. Ma a volte semplicemente tacevano e guardavano il paesaggio.

"Tu nuotavi qui, da bambino?" chiese Dante, guardando la battigia carezzata da onde insonnacchiate dalla calura.

"Mai, il mare si guardava e basta. E poi, da solo non mi sarei divertito. Ho imparato a nuotare in collegio, e male. I miei figli invece amano il mare. Teniamo la barca a vela e il gommone in un porto vicino, per non dare da parlare."

"Parlare di che? Lo sanno tutti che siete benestanti."

"Esatto, per questo bisogna dare da parlare ancora meno."

"In barca ci vai?"

"Preferisco godermi il mare da terra."

"Cosa ti diverte?"

"Ci sono tante cose che mi piacciono: il pastificio, la campagna, il giardino, le auto d'epoca, gli orologi, le case..." Con un timido sorriso, Tito aggiunse: "Mi diverte fare fotografie".

"Hai amici?"

"A dire il vero no, nessuno. Buoni conoscenti, sì, alcuni. Ma siamo abituati a stare in famiglia, e a parlare poco di noi e degli altri. Mi piace la zia: la memoria breve le si è indebolita, ma è pur sempre interessante e arguta. Analizza le situazioni, dà consigli. Quando si impunta, non cede."

"È una caratteristica sua o di tutti voi, parlare poco di sé?"

"Siamo gente riservata. Qui degli altri non ci si fida, nemmeno dei familiari."

"Io invece sono molto aperto," intervenne Dante. Lui sapeva poco della sua famiglia: erano ebrei e molti parenti erano stati internati nei campi di concentramento, forse anche suo padre. "Non ho radici, non ho casa. Non ho niente. Vivo bene, del mio lavoro, e faccio quello che mi piace, senza pensare al futuro. Mi sento cittadino del mondo. Però la famiglia mi manca. Forse mancava anche a mia madre e per questo voleva tanto rintracciare Rachele, che per lei era come una sorella."

Erano in campagna. Tito stava all'erta: controllava la fioritura degli olivi e il carico dei mandorli, e lasciava parlare Dante. Quello si immaginava Rachele come una grande lettrice di poesie, nella solitudine della villa. Tito assentì. "Da giovane, effettivamente, aveva sempre un libro in mano."

"Non le hai mai chiesto cosa leggesse?"

"Non mi piace fare domande, te l'ho detto. E poi, io leggo poco."

Al loro passaggio, una lucertola nascosta sotto una pietra del muretto guizzò via. Poggiate su quella stessa pietra, due farfalline bianche si stavano accoppiando. Impaurite, si librarono in volo – congiunte – e rimasero sospese; poi tornarono sulla pietra. Non avevano interrotto il rito della fecondazione.

"A me il sesso piace," disse Dante. "Tu non avresti preferito se Mariola avesse avuto più esperienza?"

"Non ci avevo mai pensato: certo, con la saggezza del dopo, lo avrei preferito. Per tutti e due!"

"Il sesso è il motore del mondo," disse Dante, "è un bel luogo comune." Poi continuò a voce bassa: "Irina eccede, ma fa parte della sua strategia di sopravvivenza, e di godimento".

"Non ti disturba?"

"Per niente, non è la mia donna."


La zia prendeva la camomilla servita da una Dana imbronciata – da quando faceva quelle lunghe passeggiate con Dante, Tito la trascurava: gli si stancavano le gambe e il pomeriggio la voglia della rumena gli passava.

"Ho fatto amicizia con il figlio della tua amica, Marta Attanasio, quella con cui parlavi di poesia," disse Tito, tutto d'un fiato. "Qual era il tuo poeta preferito?"

La zia era incerta; esitava.

*"O Solitudine, se uniti dobbiamo dimorare,*
*non sia nel folle acervo delle buie case;*
*vieni con me alla cima – specola naturale..."*

cominciò a recitare, stridula, Dana. "La so a memoria anch'io, la ripeti senza sbagliare, una parola dopo l'altra – sempre le stesse, tutte le mattine mentre ti aiuto a vestirti e tu
guardi fuori dalla finestra! John Keats, mi hai detto!" incalzò.

"Sono vecchia..." mormorava la zia e la guardava attonita. Dritta contro la spalliera, le mani conserte, il collo eretto,
si sciolse in lagrime e più non disse.

## 13.

I difficili rapporti tra fratello e sorelle
*"Non credevo che fossi così avido."*

La macchina si infilò nel cortile e inchiodò accanto a una colonna di pallet bloccando l'accesso di un magazzino. Incurante di essere osservata, Elisa sgusciò dall'auto e si trascinò dietro un grosso pacco piatto avvolto nella carta. Un impiegato usciva dalla palazzina intonacata di rosa e la salutò deferente, sotto lo sguardo divertito dell'autista di un camion che aveva seguito la manovra di parcheggio.

Elisa era tanto inconsistente da apparire spavalda. La pittura, su cui si era buttata con vendicativa incoscienza dopo la seconda maternità, era la sua via di fuga. Ci sapeva fare, ma mancava sempre qualcosa: aveva talento, ma non abbastanza diligenza; e la sua intelligenza era come se talvolta si bloccasse. Il marito e il fratello la proteggevano e questo esasperava il suo desiderio di indipendenza. Lo si vedeva dalla foga con cui si passava la mano sulla fronte e si tormentava il ciuffo, quando era nervosa.

"Elisa, che fai qui?"

"Non posso nemmeno portare un regalo a mio fratello?" esclamò lei, subito sulla difensiva. Strappò l'involucro di plastica imbottita e disse, orgogliosa: "È il quadro che ti piaceva. Starà benissimo sulla parete dietro la scrivania, in bella vista per chi entra".

Era un dipinto acrilico, ocra e marrone. Tra le pennellate a rete che lo intersecavano, si intravedevano due corpi nudi distesi su una spiaggia; Elisa aveva la mano fluida e un buon senso del colore.

"È proprio bello, grazie. Però preferirei metterlo a casa mia, in salotto."

"Nessuno dice mai la verità, in questa famiglia!"

"Vuoi che ci sentano altri? Si lavora, qui! È bellissimo, ma non sono sicuro che i nostri clienti apprezzino l'arte moderna..." disse Santi, a bassa voce.

"Vedi?, sotto sotto, sei un conformista come gli altri, peggio, un ipocrita! Ipocrita! E non rinfacciarmi quello che hai fatto per me: io ne sarei uscita anche da sola, se mi aveste lasciato fare!"

"Ma io non ti ho mai detto niente, solo che ti voglio bene!"

Elisa sprofondò in uno dei divani di pelle chiara. Afferrava con malagrazia i cuscini poggiati agli angoli dei divani, li scuoteva rabbiosa e li batteva a palma aperta, come se volesse sprimacciarli, poi li gettava al loro posto, gonfi.

Santi firmava la corrispondenza, ma la seguiva con la coda dell'occhio.

Adesso, le braccia puntellate sulla scrivania, Elisa gli urlava: "Dov'è Teresa? Dov'è quella? Vediamo che ne dice, lei, del mio quadro!".

"Calmati. Non so se è in ufficio." Santi allontanò la tastiera e suggerì in tono conciliante: "Prendiamo un caffè? Ho dei biscotti di mandorla...".

Mentre armeggiava con la macchinetta cromata, Elisa gli ronzava intorno.

"Starà organizzando il trasloco, figuriamoci! Io invece ero incatenata alla sedia, prigioniera in un ufficio, ad aspettare le chiamate degli altri!"

"Tu devi essere disponibile con i clienti, sei una pr! A proposito, quando vuoi riprendere? Non lo chiedo solo per me: il direttore amministrativo ha bisogno di saperlo, per includerti o meno nell'organigramma del personale per la prossima riunione."

"Mai! Mai più! Io voglio il posto di Teresa, quando se ne va! E anche il suo stipendio!"

"Non fa per te." Santi era glaciale.

"Sei come gli altri! Tutti contro di me!" Elisa urlava, la tazzina di caffè le tremava nelle mani e schizzi scuri macchiavano il pavimento di marmo color crema.

"È bello, dove lo mettiamo?" Teresa era entrata e si era messa davanti il quadro. Si massaggiava mento e collo, e diceva: "La parete accanto alla porta è vuota, ci starebbe bene!".

"Leccapiedi! Magari il nome di mamma hai imposto a tua figlia! Sei una leccapiedi!" Elisa sputò queste parole e si appartò accanto alla finestra. Guardava fuori e poi tornava a guardare dentro, i capelli ricci si scuotevano a ogni movimento.

Poi si lanciò verso il quadro, lo strappò di mano a Teresa e lo gettò a terra. Il vetro si incrinò, ma la cornice lo tenne saldo.

"Finiamola, per favore," disse Santi, il fazzoletto di carta con cui aveva asciugato gli spruzzi di caffè ancora fra le dita.

"Sei una pazza!" E Teresa sgattaiolò per la porta interna. Elisa le si fiondò dietro, ma il fratello l'aveva afferrata per un braccio.

Lei scoppiò in lacrime. "Antonio ha pressioni dalla banca, i negozianti non lo pagano. Non sa come risolvere la situazione: è un disastro. Penso di fare un mutuo sulla villa al mare..." Intanto aveva smesso di piangere. "Papà si è tenuto l'usufrutto. Gliene parli tu?"

"Pensiamoci, e poi decidiamo. Dalla psicologa ci vai ancora?"

"E chi me la paga?"

"Ci penso io. Vacci e non preoccuparti."

"Ma tu lo vuoi il mio quadro?"

"Sì, è bellissimo."

Elisa raccattò la borsa. Si fermò davanti la porta. "Ti ammazzo se lo metti dove dice quella! Giuro che ti ammazzo!"


Santi portava la Procedura Qualità al responsabile del laboratorio, all'altro capo dello stabilimento, un modo discreto per mantenere la presenza padronale nel pastificio. Incontrò Teresa, e lei gli si accodò.

"Vorrei parlarti, hai un minuto?"

"Accompagnami."

Santi rispondeva attento al saluto degli operai addetti alla pastificazione, che indossavano la tuta bianca – e non verde come quella degli altri impiegati – senza più lamentarsi: una battaglia vinta. Molti lo chiamavano per nome: erano stati suoi compagni di giochi, come i loro padri lo erano stati del suo. Teresa accennava un sorriso: quando erano piccoli, il padre si portava al pastificio soltanto il figlio maschio e lei rimaneva in casa con la madre; se n'era risentita, allora, e non lo aveva dimenticato.

Santi sollevava i coperchi delle impastatrici del primo impasto: i due battitori metallici lo miscelavano e da lì sprigionava un fresco profumo glutinoso.

"Odoralo, il profumo della pasta, inebria. Ed è soltanto acqua e semola."

A Teresa non piaceva. "Piero vuole sapere se manterrò il posto nel consiglio d'amministrazione. Papà che dice?"

"Non ne abbiamo discusso. Anch'io devo sapere: non siamo più un'azienda familiare, devo dare conto e ragione al mio team. Mi imbarazza non poter finalizzare i diagrammi aziendali, per questa incertezza. I miei direttori non sono abituati al nepotismo, perché di questo si tratta, ed è un altro argomento del quale vorrei parlare con papà. Vorrei la quota di maggioranza."

Scendevano per la scala interna. Erano soli. Teresa parlò decisa: "Insomma vuoi fare la parte del leone. Per una volta Elisa ha avuto ragione, lo aveva predetto".

"Tu dovresti saperlo bene che non è vero. Io sono un dirigente, ho un MBA, ho lavorato altrove. So dirigere il pastificio, e bene. E mi ci ammazzo. Tu hai una laurea in lettere e fai la contabile, part-time, quando viene comodo a te. Il lavoro non ti interessa. Non leggi nemmeno il catalogo, si è visto al compleanno di papà!"

Accanto a una finestra erano ammucchiati grossi pezzi tubolari di impasto grigiastro, appena crostificato: era la semola tolta dalla macchina guasta, già inacidita e maleodorante. Santi si soffermò davanti la pasta acida. Bastò un inarcare di sopracciglia al responsabile e subito un operaio si accinse a infilarla in dei grossi sacchi, sarebbe stata venduta come mangime per maiali.

Furono di nuovo soli. "Piero mi vuole bene ed è un bravo padre. Io ci tengo, a lui. Quando mi ha sposata sapeva che eravamo ricchi. Vorrei la piena proprietà della villa al mare e un bell'appartamento in Toscana."

Erano al piano inferiore. Disposte in ordine contro la parete, le trafile della pasta corta, pulite e pronte per l'uso: grandi cerchi di bronzo, forati secondo un disegno geometrico per produrre le varietà che uscivano dal pastificio.

"Te le ricordi?" disse Santi, e poi aggiunse: "Sono quelle di quando eravamo bambini: resistono ancora... Mi sembravano scudi achei, o cartografie del cielo notturno".

"Allora mi sostieni? Vorrei una donazione da papà."

"Ma dovresti dimetterti dal consiglio d'amministrazione."

Stavano pastificando mezze penne rigate. Le penne uscivano dalle trafile e venivano recise dalle lame – velocissime –

alla misura richiesta; poi cadevano dall'alto e volteggiavano nel cilindro come una grandine gigante e leggera.

Teresa guardava. "Hai ragione: tieniti il pastificio, io preferisco i denari."

"Non sei la sola: anche Elisa li preferirebbe. Ma non abbiamo abbastanza liquidi, e lei dev'essere trattata come te."

Passarono dagli essiccatoi senza fermarsi, era una zona caldissima. L'operaio che li controllava si era allontanato; la puzza sedimentata del sudore, acre, farinosa, ristagnava tenace nella postazione dell'uomo. Fratello e sorella arricciarono il naso e accelerarono.

"E tu, come devi essere trattato: come noi o meglio di noi?"

Santi si fermò all'improvviso e rispose, duro: "Per quanto riguarda il resto dei beni di famiglia, come voi, e secondo la legge: parti uguali. Ma per quanto riguarda il pastificio, la faccenda è diversa: in proporzione al mio contributo e alle mie capacità. Alla fine sarà mio. Voi due lavorate qui perché siete le figlie del padrone. Ho fatto di tutto per incoraggiarvi, soprattutto con te. In tutta giustizia, dovrei licenziarvi".

Allungò il passo: erano nel reparto dell'impaccaggio. Santi adesso saliva sulla scaletta di ferro da cui si raggiungeva la bilancia multiteste: la sua preferita. Era una nuova macchina di metallo a forma di imbuto, lucidissima e bella, come una fontana. Le penne già essiccate salivano attraverso un elevatore a tazze e zampillavano, alte, dalla bocca centrale per cadere poi a cascata nelle quattordici teste disposte in due gironi attorno all'elevatore – fauci argentate di una pianta carnivora. Quando il peso desiderato era raggiunto, le teste si chiudevano automaticamente e la pasta passava al confezionamento. L'alternarsi del suono sordo e continuo delle penne cadenti con quello metallico delle teste – apri-chiudi, apri-chiudi – aveva un ritmo ipnotico.

Teresa arrancava dietro al fratello.

"Non credevo che fossi così avido."

"Se la metti così, nemmeno io, di te. Ma ci vogliamo bene e troveremo una soluzione anche a questo."

Santi guardò l'orologio: doveva passare a prendere Titino a scuola ed era in ritardo. Attraversò i magazzini quasi correndo, serpeggiando fra le cataste di pasta imballata e pallettizzata, pronta per lo stoccaggio.

# 14.

## Dana e il pastificio
*"Questo significa, quando dite che il pastificio appartiene alla famiglia: che mangiate tutti pasta gratis."*

"Santi ha regalato dieci chili di pasta a Nadia, la figlia di Sonia che lavora in casa sua. Ieri abbiamo fatto una spaghettata, a casa loro: era buonissima!" Dana pettinava la zia e parlava.

"La nostra pasta è sempre stata di ottima qualità: acqua, farina di prim'ordine, buona lavorazione ed essiccamento lento. Quello è il segreto." Poi la zia ripensò alle parole di Dana e chiese: "Era il compleanno di Nadia?".

"No. Era perché, da quando il pastificio funziona con una caldaia sola, Santi esce di casa la mattina presto: lei deve andarci prima per accompagnare Titino a scuola." Dana le stava facendo una bella treccia morbida, e la zia era chiacchierina.

"E Vanna che fa?"

"Quella esce di casa di capo matina, per l'appuntamento con l'analista... pare che è importante..." Dana le infilò l'ultima forcina nella treccia, che aveva avvolto in un soffice chignon appuntato sulla nuca. La zia si guardava compiaciuta e Dana passò veloce alla domanda che le stava a cuore: "Di chi è veramente il pastificio?".

"Il pastificio è della nostra famiglia."

"Ma chi è il padrone? Tito o suo figlio?"

"Te l'ho già detto, il pastificio appartiene alla nostra famiglia. Prima era di mio padre, poi passò a mio fratello e ora è di Tito. Poi sarà di Santi, ma appartiene a tutta la famiglia. Te l'ho già detto."

"Magari ai picciriddi?"

"Certo, a loro pure!"

La zia si spruzzava l'acqua di colonia sui capelli e poi sul dorso delle mani, e se le massaggiava per farla assorbire.

"Ma chi comanda, al pastificio? Tito parla come se il pastificio tutto suo fussi, e Santi pure... insomma, il capo chi è?" Dana incalzava. "Se Santi ci vuole fare un altro regalo a Nadia, deve chiedere il permesso a Tito? O no?"

"Assolutamente no, Santi può fare tutti i regali che vuole, e a chi vuole... e pure Tito!"

"E le sorelle e i loro mariti, anche quelli possono regalare pasta?"

"No, quelli no."

"Ma figlie di Tito sono."

La zia taceva.

"E che è, perché sono fimmine?" Dana non demordeva. "Tutti uguali siamo, masculi e fimmine, lo dici anche tu! Allora nemmeno tu puoi regalare pasta dal pastificio!"

"Io sì che posso! Sono la sorella del padre di Tito," disse la zia, altezzosa, e guardò fuori dalla finestra.

"E Teresa ed Elisa non sono sorelle del figlio di Tito?" Dana finì la frase a coda di topo, sapeva già che non avrebbe ricevuto risposta: la zia era determinata a non darle conto.

Ma poi ritentò.

"Vero è che Santi soltanto comanda al pastificio?"

"Certo, lui è l'amministratore delegato. E deve comandare."

"Allora Tito è padrone ma non comanda. E Santi, che comanda, non è padrone. E gli altri possono mangiarsi la pasta ma non possono regalarla."

"Non hai capito niente, il pastificio è della nostra famiglia," ribadì, irritata, la zia. Poi aggiunse: "Ma a te che t'interessa? Va' a prendere il giornale, ancora non l'ho letto".

Ogni mattina lei leggeva il giornale da cima a fondo; Gaspare saliva a salutarla prima di andare al lavoro e lei gli riferiva i titoli delle testate e gli riassumeva gli articoli che lo interessavano: non c'era bisogno che lui chiedesse, si capivano al volo e ragionavano nello stesso modo. Gaspare si dedicava anima e corpo al pastificio. Allora, non c'era un consiglio d'amministrazione: il fratello le raccontava e discutevano, prima di decidere insieme. Negli anni turbolenti dell'immediato dopoguerra, lei avrebbe desiderato vendere tutto e creare una vita migliore per Tito e loro stessi in Sudamerica. Altri lo facevano. "Questo non devi chiedermelo," le aveva detto lui, "il pastificio, anche se indirettamente, ci arriva da nostra madre. È un bene che deve passare a Tito e rimanere in famiglia. Io non potrei rifarmi un lavoro altrove. E poi, dimentichi che diventerò cieco." Lei aveva assecondato la determinazione del fratello con la stessa passione; era come se anche lei conoscesse ogni pezzo di macchinario, ogni impiegato, ogni fornitore, ogni cliente.

Gaspare dirigeva il personale come se fosse un esercito – un compito non facile, ma c'era riuscito. Esigeva molto dai dipendenti, e li trattava bene. Negli anni cinquanta il pastificio aveva attraversato momenti difficili. Altri, nuovi arrivati, ricevevano sussidi e ottenevano contratti vantaggiosi. Con sacrifici – tutte le loro rendite servivano per tamponare le perdite e sovvenzionare gli investimenti – avevano evitato di ridurre il personale e negli anni a venire erano stati ripagati: i loro dipendenti, leali e capaci, avevano contribuito non poco al successo dell'azienda.

Quando Tito andò in collegio, agli inizi degli anni cinquanta, si avvertivano i primi segni di una rinascita economica italiana. Gaspare era pronto a conquistare nuovi mercati: ci aveva creduto ed era stato fra i primi a modernizzare gli impianti di produzione, mantenendo la qualità del prodotto.

Era all'avanguardia. Rachele aveva temuto di sentirsi sola, senza la compagnia di Tito. Invece non aveva un momento libero, tanto c'era da fare per Gaspare, che ci vedeva sempre meno. Gli leggeva le carte di lavoro e la corrispondenza, scriveva anche, per lui, e avevano persino inventato un loro linguaggio di parole contratte, ispirandosi alla stenografia che lei aveva imparato a Roma, che permetteva loro di comunicare velocissimi.

Con il maggior benessere, poterono godere di vacanze in Italia e perfino di crociere di lusso: lei lasciava la villa per gli stretti confini di una nave e conosceva il mondo esterno, ancora una volta, da lontano; ma ormai c'era abituata.

Negli ultimi anni di vita, Gaspare aveva perso l'entusiasmo. Era il momento di passare le redini a Tito. Era stata lei a incoraggiare padre e figlio: il pastificio aveva bisogno dell'attenzione di un padrone solo, e presente. Tito doveva trasferirsi in paese, e così avvenne. Il pastificio era diventato uno tra i più grossi del Meridione. Ora era il turno di Santi, ma Rachele era ansiosa. C'era un non so che di malinconico e di vulnerabile in quel giovane che lei non riusciva a capire sino in fondo. In quanto a Tito, lo vedeva turbato e se ne sentiva responsabile.


Teresa aveva portato in regalo alla zia le fotografie-ricordo delle bambine con le compagne di classe.

"Santi mi ha detto delle cose che mi hanno ferito," le disse, "certe parole non si dimenticano: mi ha detto che lavoro solo in quanto figlia di papà, che se fosse per lui mi licenzierebbe. Tu lo capisci chi comanda al pastificio? Sono nel consiglio d'amministrazione, ma decidono tutto loro due, la mattina, quando Santi passa dalla villa. Io non ci capisco niente, a volte non so nemmeno se siamo ricchi o poveri!"

Dana aveva ascoltato attentamente e intervenne: "Lo so io come stanno le cose, lo ha detto la zia: chi possiede non comanda, e chi comanda non possiede. È come il comunismo: ci dicevano che il popolo possedeva, ma noi niente avevamo. Di certo è che, voi tre figli, di pasta ne potete mangiare quanta ne volete, ma soltanto Santi può regalarla a chi dice lui. Questo significa, quando dite che il pastificio appartiene alla famiglia: che mangiate tutti pasta gratis".

Da allora, Dana aveva cominciato a nutrire delle perplessità sulla posizione economica di Tito e concluse che un marito con una bella pensione della Regione sarebbe stato un investimento migliore: la sua amica a quello puntava.

## 15.

Una insolita lezione di fotografia
*"No, questa volta è cosa mia."*

Mariola era sola con Santi in giardino, dopo pranzo.

"Con il putiferio che c'è attorno a Piero, mi manca solo di preoccuparmi per tuo padre. È diventato strano," diceva Mariola, e poggiò la tazzina di caffè sul tavolo di ghisa. Tito era andato con Vanna e Titino a vedere la Bentley, messa a punto per il raduno di auto d'epoca che si sarebbe tenuto a metà estate.

"A cosa alludi?"

"Niente, mi pare diverso... la sera, a letto... Prima veniva a dormire quando ero già addormentata..."

"È sempre stato così, papà è nottambulo," tagliò corto lui. "Invece ora si addormenta prima di te?"

"No, viene a letto e legge."

"E questo ti preoccupa? Vanna e io leggiamo sempre, prima di addormentarci."

"Ma lui non lo faceva."

"La gente cambia, invecchiando."

"Dev'essere l'influenza di questo Dante. Non mi convince, si sente un intellettuale..."

"Dante è amico mio. Se devi criticarlo, criticalo con qualcun altro," sbottò Santi. Poi si affrettò ad aggiungere, contrito: "Scusa, mamma. Abbiamo altri pensieri, seri: Teresa se ne andrà lontano... Elisa vuole prendere il suo posto al pastificio".

"Ti ascolto." Dimentica del marito, adesso Mariola voleva sapere.

"Sono infelici. In parte per colpa di papà: si comporta sempre più da tiranno, anche in azienda. Io non posso aiutarle. Sono amministratore delegato soltanto di nome e quando fa comodo a lui. Vorrei automatizzare il confezionamento e l'imballaggio: lui è contrario. So che il pastificio sarà mio, in futuro, ma non basta..."

Mariola gli rammentò che, quando il nonno aveva cominciato a perdere la vista, suo padre aveva modernizzato il pastificio e lo aveva espanso – una decisione rischiosa e un grande sacrificio: lui viveva in villa e lei rimaneva sola a Palermo, con i piccoli. "È stata la nostra fortuna: altri sono stati costretti a chiudere. Tuo padre pensava a voi soltanto, al vostro futuro... Tornava la sera tardi, quando eravate già a dormire, e non tutti i giorni, per vedervi la mattina prima che andaste a scuola." Lei avrebbe preferito trasferirsi alla villa, o nella casa di paese, ma il nonno non voleva che si sacrificassero per lui, dovevano rimanere a Palermo, pensare al bene dei ragazzi. "A dire il vero, per me sarebbe stata la felicità: vivere con mio marito e i miei figli, dovunque fosse, e sarebbe stato meglio per tutti. Forse Elisa non avrebbe scaminato... chissà..." mormorò.

"Lo so, ma papà ci avvilisce tutti e tre. Dipendere da lui è come avere un cappio al collo. È arrivato il momento di darci la responsabilità di amministrare quello che è destinato a noi. Io vorrei chiarire la mia posizione, una volta per tutte. Sto pensando seriamente a un altro lavoro..."

"Credi che troveresti di meglio?" petulò la madre, offesa.

"Una grossa ditta del Nord pensa di aprire un pastificio. Ha bisogno di qualcuno con la mia esperienza e i miei contatti. Mi apprezzano," disse Santi, e la fissò, lo sguardo fermo. Il "ragazzo" trentaseienne si era fatto uomo, un capofamiglia determinato.

"Vuoi che ne accenni a tuo padre?" Era la loro tattica per ammorbidire Tito.

"No, questa volta è cosa mia."

Gli altri intanto li avevano raggiunti. Vanna incrociò lo sguardo del marito e si aprì in un sorriso. A Santi si strinse il cuore.


"Scusa il ritardo. Titino non riusciva a inserire le foto nell'albero genealogico, al computer, e abbiamo cenato tardi. Ho portato le mie fotografie," disse Santi sedendosi sul divano di Dante.

Dante cominciò subito a guardarle.

"Interessante, interessante," mormorava. Erano in bianco e nero: mani, piedi, glutei, colli, inguini, cosce, polpacci, torsi. Non un volto, non un arto completo, non una figura intera. "Così tutto è cominciato quando eri a Boston per il tuo master in Business Administration e hai visitato per caso una mostra fotografica... è stata una rivelazione. Un'illuminazione, direi. Ma dove le trovi queste statue straordinarie?"

"Dovunque. Basta guardarsi intorno: nelle fontane, nelle piazze, nei palazzi antichi e moderni... L'Italia è piena di statue."

"Si riconosce talento, vero talento. E sei autodidatta: come mai non condividi questo hobby con tuo padre?"

"Papà è un solitario. Fa fotografie da solo – piante, panorami ed edifici – e poi se le sviluppa nella Stanza di Nuddu."

"Cos'è?" chiese Dante.

"Un abbaino, in quella torretta che si alza sopra il tetto della villa. È un piccolo appartamento, a mezza scala ci sono perfino un bagno e un cucinino, ma non sono mai stati rimodernati. Era il rifugio del nonno, e mio padre lo ha lasciato intatto. La zia mi ha raccontato che si chiama così perché papà da bambino non aveva il permesso di entrarvi. Il nonno gli diceva: 'È la Stanza di Nuddu, la stanza di nessuno, io solo posso andarci'. Ora papà la usa come studio e laboratorio: nei tetti morti ha ricavato una camera oscura completa di vaschette e stenditoio. Ci si rintana, quando ne ha il tempo, e non gradisce visite. C'è perfino un letto nell'alcova, per il riposo pomeridiano."

Dante selezionò alcune fotografie e le poggiò sul tavolo. Chinati, spalla a spalla, i due uomini le esaminavano. Dante insegnava e parlava, parlava; il giovane assorbiva. L'uno respirava l'alito tiepido dell'altro.

Tutto a un tratto, Dante raccattò frettoloso le fotografie e si scostò da Santi.

Appoggiato al muro, le teneva contro il torace, strette fra le mani e in disordine, come fossero uno scudo.

Guardava Santi. Santi ricambiava lo sguardo.


"Vanna sa?"

Santi non rispose subito. Poi disse, con forza: "Io amo mia moglie, mio figlio, la famiglia... Questo è diverso. Un istinto nascosto, ora forte, insopprimibile...".

Dante annuì. Continuavano a guardarsi.

Santi si mosse. Tolse le fotografie dalle mani di Dante, lentissimo. Quello lo lasciava fare, le nocche delle mani del giovane gli sfioravano il torace, leggere. Ora Santi le aveva tutte e indietreggiava, gli occhi incollati ai suoi.

Dante allungò il braccio sulla parete, raggiunse l'interruttore.

Il cielo stellato invase la stanza: alto, blu scuro, vellutato. Le costellazioni erano chiarissime, la Via Lattea un bagliore di pulviscolo dorato. Il salotto diventò tutt'uno con il giardino dall'altra parte della vetrata. Le foglie polpose dell'enorme agave sotto la finestra sembravano d'argento, gli aculei di quelle vicino al muro, piegate e schiacciate contro il vetro, erano come denti di una sega. Un geco si era arrampicato sulla finestra. Era immobile, le lamelle delle dita incollate al vetro: un dragone in miniatura. I rami dell'acacia si stagliavano netti contro il cielo e il crinale delle colline, le foglie sfrangiavano il palcoscenico notturno come un tendone aperto sul mare nero e deserto. Tutto era silenzio.

Dante si accostò alla finestra e chiuse le tende. Lasciò che un sottile fascio di luce cadesse sulle mimose al centro del tavolo, colpendo poi la parete. Il resto era buio.


Santi si era sbottonato la camicia.

# 16.

Una famiglia scumminata
*"Pazza, pazza, divento!"*

Elisa andava a Palermo per due giorni, in occasione del vernissage della mostra: le bambine avrebbero dormito dai nonni. Tito la osservava dall'altro capo della tavola. I capelli le cadevano sulle spalle, arruffati come frange di un asciugamano di fiandra sgualcito. Sembrava più giovane dei suoi trent'anni ed era molto attraente.

"Espongo i miei lavori migliori. Spero di trovare almeno un acquirente. Qui non riesco a vendere," diceva.

Poi si rivolse al padre: "Antonio ha perso un cliente importante. Ha bisogno di altre rappresentanze. La gente non compra roba firmata, si accontenta dei falsi cinesi e non se ne vergogna. Ci farebbe comodo guadagnare qualcosa in più".

"Hai pensato di estendere il mezzo tempo al pastificio? La tua idea di impastare pomodori secchi era interessante. Pensa ad altri progetti, a confezioni regalo, e poi ne parliamo," rispose Tito.

"Sì, papà, potrei, potrei... e dopo tu troveresti da ridire sui miei suggerimenti: le etichette non ti piacciono, le confezioni non sono adatte... Per non parlare del resto! Alla fine, decidi sempre tu." Elisa posò la forchetta e prese a tormentarsi un ricciolo. "Teresa però la lasci fare! Potrei prendere il suo posto, quando lei se ne andrà, questo sì che mi piacerebbe. Guadagna bene, lei!" Aveva interpretato il suggerimento del padre come un rimprovero.

"Ma che dici, dipingi così bene! E poi a te i conti non piacciono," intervenne Mariola.

"Teresa continuerà il suo lavoro a distanza."

"E magari le aumenti pure lo stipendio? Non ci ha nemmeno messo piede e già si lamenta del costo della vita in Toscana! Il mio stipendio è lo stesso da due anni!" Elisa strillava, i gomiti sulla tavola, la forchetta in mano come una lancia.

"Anche il suo," precisò Tito.

"Ma non quello di suo marito. I giudici sono strapagati, per quello che fanno. Basta, mi è passata la voglia di mangiare!"

Elisa posò pesantemente la forchetta sul piatto di insalata – non ne aveva toccato foglia. Scandendo le parole, disse ad alta voce: "Ho bisogno di una cosa mia, mia, *mia*! Pazza, pazza, divento!" e spiò la reazione degli altri. La madre si serviva di altre patatine, le bambine mangiavano di buon appetito; il padre era impenetrabile.

"Vorrei aprire una galleria-boutique. Le ho viste in altre città. Quadri e vestiti, scarpe, borse... Antonio mi aiuterebbe. Che ne dici, papà?" riprese in tono conciliante.

Elisa scattava dalla pacatezza all'incipiente isterismo, in verità non sapeva come controllare il proprio umore. E per questo tacque: era la tecnica che aveva imparato nella comunità di recupero in cui Santi l'aveva persuasa a isolarsi nel periodo più drammatico della sua dipendenza.

Tito sceglieva dal piatto di portata le patatine fritte più croccanti e le porgeva a Vera, seduta di fronte a lui, a una a una, bisbigliando: "Tieni, nicarella, mangia!". A Elisa bastò sentire quel "nicarella", il vezzeggiativo con il quale il padre si rivolgeva a lei quando era piccola, per ricadere.

"Papà, rispondi! Mi senti? Rispondi!" Adesso urlava. "Ho sentito dire che vuoi mettere su un negozio per Teresa: non si è ancora trasferita! Vero è? Per lei tutto fai, è la preferita! Ma io non sto più zitta, non più."

La madre imboccava Daniela. Elisa si guardò intorno: nessuno le dava conto, allora si alzò da tavola e corse in giardino.

Le bambine continuavano a sgranocchiare patatine fritte e si finirono tutte quelle che c'erano. Mariola seguì Elisa con la coda dell'occhio: procedeva a grandi passi per il viale, poi si appoggiò a una colonna della tettoia e si girò a guardarli, imbronciata.

"Vedi che hai ottenuto?" Mariola rimproverò Tito. "Le bambine neanche ci hanno fatto caso: chissà che inferno fa a queste innocenti, quando sono sole!"

"Ma se non le ho nemmeno risposto!" protestò lui.

"Questo è il tuo difetto: non parli. Devi parlare ai figli, discutere con loro, con carta e penna, e poi andare dal notaio. Santi sarà il prossimo a darti pensieri," profetizzò Mariola.


Nel pomeriggio Teresa era alla villa con le figlie e Titino, per dare una mano alla madre alle prese con le piccole di Elisa. I cuginetti giocavano nella zona del giardino con scivoli e altalene, sorvegliati da Manuel e Sonia. Madre e figlia ne avevano approfittato per andare in camera di Mariola e scegliere i vestiti vecchi da mandare alla fiera di beneficenza che si sarebbe tenuta in parrocchia alla fine del mese.

"Elisa mi ha appena telefonato, è ancora in viaggio," diceva Teresa, "non mi dà pace! Mi accusa di averle rovinato la carriera – ma quale? – e se la prende con me anche per il nostro trasferimento, come se lo avessi voluto io! È sempre stata gelosa, ma ora pare ossessionata dalla nostra partenza. Anche Piero lo ha notato."

"Come sta Piero?" chiese la madre, mentre frugava nel cassetto delle sciarpe.

"Il lavoro lo distoglie dalle porcherie di cui lo accusano ingiustamente. Perfino mia sorella aggiunge la sua contro di lui." Teresa si fermò, le braccia cariche di cappotti. Poi mormorò, amara, come se parlasse a se stessa: "C'ero io, in motoscafo! Lei insisteva per venire con noi, non era Piero! Sola con loro due, non potevo non vedere! Mi sarei gettata a mare... Piero accelerava, prendeva tutte le onde, gli occhi fissi su mia sorella, mezza nuda a prua! Come si muoveva, quella, a ogni colpo... Giuro che fu lei. Fu lei a provocarlo!".

Teresa piangeva sommessamente e la madre non seppe che dire.


Intanto Tito prendeva appunti per l'impianto di irrigazione.

"Sono venuto a prendere Titino. Abbiamo fotografato l'Augusta per il suo compito: adesso sta giocando con le bambine. Mamma e Teresa sono scramusciute, cosa è successo?" disse Santi.

Tito stritolò il taccuino fra le mani e ruppe il cartone di sostegno. Aveva il respiro breve. Voleva stare solo.

"Elisa ha fatto una scenata," rispose cupo.

"E stavolta perché?"

Tito fece una smorfia e riprese a camminare.

"Bastano due bocchette?" chiese, fermandosi davanti un'aiuola.

"Non lo so. Ti consiglio di chiedere prima un progetto: lascia fare a chi ha esperienza. Poi ne discuteremo."

"Vorranno un pozzo di soldi! Pensano solo a guadagnare, quelli! So io cosa si deve fare!"

"Papà, non puoi decidere sempre da solo, senza ascoltare l'opinione degli altri." Santi parlava seguendo il padre. "Per questo hai perso bravi dipendenti al pastificio. Abbiamo un consiglio d'amministrazione vero, con persone qualificate, dei professionisti. Stacci attento, devi rassegnarti a delegare. A tutti, anche a noi. Elisa avrà i suoi difetti, ma ha buone idee."

Tito riempiva il taccuino di disegni e annotazioni. La mano premeva sulla matita, forte; la punta di grafite, calcata sulla carta, quasi la strappava.

Erano nel roseto. "Quattro bastano, qui?" disse Tito.

"Penso di sì," rispose Santi.

Continuarono scambiando monosillabi: "Uno?".

"Può andare."

"Tre?"

"Forse due."


Il tracciato dell'impianto di irrigazione era completo.

Santi si parò davanti al padre. "Siamo adulti. Non vogliamo più dipendere da te, come datore di lavoro e padre generoso. Viviamo tutti e tre in belle case, per grazia tua. Anche barche, gommone e automobili d'epoca sono tuoi. Parli tanto di autonomia, ma questa autonomia dov'è? Ho avuto dei contatti, potrei anche andarmene a lavorare altrove. Devi decidere."

"È un ricatto?"

"No. Ti sto solo chiedendo di avere fiducia in me e nelle mie sorelle."

"Hai altro da dire a tuo padre?"

"Sì, ho altro. Di figli illegittimi ce ne sono tanti, oggigiorno. Tu hai un blocco sulla tua nascita. Credi che il potere sia la base della tua rispettabilità. Non è così. Sei stimato per quello che sei: un uomo onesto e dignitoso."

Mai Santi aveva osato sollevare quell'argomento con il padre. Inghiottì e riprese: "Titino si è fatto grandi pianti perché non hai voluto aiutarlo. Lui ti adora. Dagli un nome, per questa bisnonna, e la finiamo. Basta un nome qualunque".

Tito lo scansò e riprese a camminare, lentissimo.

"Anche Dante la pensa come me," aggiunse Santi calmo.

"È diventato il tuo confidente?"

Santi taceva.

"Hai parlato con lui pure della mia nascita?" incalzava Tito, sarcastico. "E consigli sulla donazione gliene hai chiesti?"

"Basta!" Santi parlava a voce bassa, livido. "Basta così! Sei stato tu a dire a Dante che non sai chi è tua madre, ricordatelo!"

Tito toglieva le foglie secche e i fiori appassiti dai gerani. Li strappava, tirandosi dietro e staccando dalla pianta fronde vive e verdi. Lasciava una scia di distruzione attorno a ogni vaso: rami spezzati, petali e interi fiori sparsi per terra assieme alle foglie morte.

"Magari ti ha suggerito anche un nome adeguato per la bisnonna di Titino?"

"Se vuoi proprio saperlo, sì. Te lo dico?"

"No!" fece Tito, rauco. "Per me va bene il nome di qualunque puttana, vergine o fimmina maritata, purché sia morta, e senza eredi. Fai tu!"

## 17.

Le rondini e il buio
*"Quante volte devo ripeterti di non accendere la luce,
Rachele?"*

Cenavano stanchi e in silenzio: badare alle bambine di Elisa aveva stremato Mariola, e perfino Tito, nonostante vi fosse stato coinvolto soltanto marginalmente. Lui mangiava in fretta, voleva completare la pulizia del bilanciere di un orologio.

"Dovresti parlare di affari con Piero e Teresa," disse Mariola, tutto a un tratto.

Tito si servì un'altra cotoletta, un avanzo del pranzo di cui era goloso. La guardò sorpreso. "Affari di Piero, o miei?"

"Di tua figlia. Ha bisogno di sapere cosa succederà del suo lavoro e quanto le passeremo ogni mese, in Toscana. Qui ha tanti altri vantaggi. L'incertezza la fa stare male e ha già abbastanza pensieri."

"Hai ragione. Ma parlerò con lei, suo marito non c'entra." Tito spremette sino in fondo un mezzo limone sulla crosta della cotoletta, facendo schizzare anche i semi.

"C'entra, eccome se c'entra, questo è il problema. Pure lui deve sapere, e da te. A Teresa potresti fare una donazione – Elisa naturalmente dovrebbe avere altrettanto –, e poi devi pensare a Santi."

"Non hai mai parlato di donazioni. Come mai proprio adesso?"

"Siamo anziani, i figli crescono. Hanno bisogno di autonomia. Le altre famiglie lo fanno, non è una novità. Dobbiamo ricordarci che i tempi sono cambiati e i giovani mordono il freno."

Tito si bevve un bicchiere d'acqua tutto d'un fiato e non rispose: Mariola diceva il vero.


"I figli vorrebbero una donazione," disse Tito alla zia. Dana era in cucina a preparare la camomilla.

"Tu che ne dici?" chiese lei, le pupille fulminanti sotto le palpebre sdillabrate.

"Non è il momento."

"Se non ti pare giusto, non cedere."

Entrò Dana con il vassoio e li servì, prima la zia e poi Tito. Adesso ascoltavano il telegiornale sorseggiando la bevanda calda. Tito sentiva crescere la rabbia contro i figli. La zia si assopì.

Seduta alle spalle della zia, Dana spostò la sua sedia perché Tito la vedesse tutta. Lui pensava con risentimento ai figli, e la guardava. Dana accavallava le gambe, poi cambiava posizione, allargandole ogni volta; si accarezzava cosce e polpacci voluttuosa, gli occhi appizzati allo schermo. Gli diede una taliata e si alzò per riportare il vassoio nel cucinino.

Tito guizzò dalla poltrona e la prese mentre era china sul lavello per sciacquare le tazze. Ritornò dalla zia per augurarle la buonanotte – il telegiornale non era ancora finito e lei non si era nemmeno accorta della sua assenza: sonnecchiava e ricordava.


*Aveva finito di leggergli un capitolo e, come soleva fare, riposava la voce e lasciava vagare lo sguardo sul giardino, in basso.*

*"Ho parlato con il notaio; ti farò la donazione di Torrenuova. Ho anche fatto testamento: la legittima a Tito, un lascito alle monache e il resto a te, come concordato," diceva Gaspare.*

Lei non rispondeva, era presa dalle rondini. Erano volate via dai fili dell'elettricità e si erano raccolte attorno al tavolo del giardino. Erano ovunque: per terra, sulle spalliere e sui sedili delle seggiole, sul tavolo. Tutte un fruscio di ali, svolazzavano qua e là, e con i becchi appuntiti raccoglievano le briciole di pane della loro colazione.

"C'è qualcosa che ti attrae, fuori?"

Era sempre così, lui intuiva i suoi pensieri.

"Le rondini piluccano i nostri resti. Sono calate sul tavolo, come le monachelle sfollate alla villa, ai tempi. Le sbirciavo dall'alto, non vista. Sembravano rondini – blu e nerovestite, con il velo puntuto in testa e l'occhio vispo. Giocavano a nascondino, a rincorrersi – le più ardite si arrampicavano perfino sugli alberi. Appena sentivano arrivare la monaca anziana, tornavano precipitosamente a ricamare e intonavano il rosario e canti religiosi. A volte li alternavano con le novene di Natale, quelle gioiose... Erano la mia compagnia, allora."

Si era girata verso di lui: ormai sessantenne, Gaspare portava bene i suoi anni. Come il silenzio riesce a trasmettere pensieri, così anche lo sguardo che non vede può ricambiare un altro sguardo: lui aveva gli occhi appizzati su di lei. Lei lo guardava e lui lo sapeva.

Gaspare le cercò la mano. Gliela strinse.

"Sapevo che ti saresti sentita sola... Me ne dispiacevo."

"Avevo i libri che mi portava suor Maria Assunta; trovavo sempre tra le pagine fiori secchi, foglie di alloro, di menta e di salvia. E c'era tanto da fare, ricamavo anch'io, e di fretta!"

"Va', accompagnami sopra, non siamo ancora tanto vecchi da non farcela..." disse lui, e le tese il braccio.

Salivano, lei avanti e lui dietro, la mano di Gaspare poggiava leggera sulla spalla di lei.

Lei aprì la porta e premette l'interruttore.

"Quante volte devo ripeterti di non accendere la luce, Rachele?"

# PARTE SECONDA

Ora a me pare che chiunque potrebbe come il ragno filare dal suo interno la propria aerea cittadella – le punte delle foglie e dei rami su cui il ragno si appoggia all'inizio dell'opera non sono molte, eppur esso riempie l'aria delle proprie circolari volute di squisita bellezza.

L'uomo dovrebbe accontentarsi di appigli altrettanto scarni sui quali appuntare la tela della sua anima, e tessere un arazzo empireo, un ordito di simboli decifrabili dall'occhio spirituale, di dolcezze godibili dal tatto spirituale, di spazio per il suo fantasticare, di immagini di esatta precisione per il suo godimento.

Ma così varie sono le menti dei mortali e dedite a viaggi così diversi, che l'esistenza di una comunanza di gusti e di una affinità tra due o tre persone potrebbe sembrare dapprima del tutto impossibile – tuttavia è vero il contrario.

JOHN KEATS, *Lettera a John Hamilton Reynolds*

*Now it appears to me that almost any Man may like the spider spin from his own inwards his own airy Citadel – the points of leaves and twigs on which the spider begins her work are few, and she fills the air with a beautiful circuiting. Man should be content with as few points to tip with the fine Web of his Soul, and weave a tapestry empyrean full of symbols for his spiritual eye, of softness for his spiritual touch, of space for his wandering, of distinctness for his luxury. But the Minds of Mortals are so different and bent on such diverse journeys that it may at first appear impossible for any common taste and fellowship to exist between two or three under these suppositions. It is however quite the contrary.*

## 18.

Una passeggiata in giardino
*"L'amore vero brucia di dentro e non si vede,
che ne può sapere una come te?"*

Passeggiavano in giardino a braccetto; la zia stentava ad appoggiarsi sul pomo della canna d'ebano.

"Questo bastone è troppo alto!" osservò Dana.

"Lo so. Ma mi ricorda gli ultimi anni di mio fratello, lo accompagnavo in giardino come fai tu con me. Anche lui aveva bisogno di aiuto, aveva gli occhi malati..."

"Dove andavate?"

"Come noi, al roseto." Poi aggiunse: "È dietro la siepe di bosso; ora ti ci porto".

Il giardino della villa era circondato da mura solide e alte come quelle di un penitenziario, senza aperture né inferriate. All'interno, il perimetro era ripreso da una seconda cinta: una siepe di bosso, anch'essa alta e inframmezzata da radi e stretti varchi. Alcuni erano bloccati da vasi straripanti di plumbago, altri erano nascosti dalle piante delle aiuole. Il largo corridoio tra la muraglia coperta di edera maculata e la verde siepe di bosso sembrava il fossato di un castello medioevale.

La zia guidò Dana verso un varco nascosto da un grande ibisco: la striscia di terreno, un prato di folte e nerbute margherite selvatiche, era tutta un gioco di ombre e sole. I fiori gialli sembravano smaltati.

Sollevando il bastone, la zia spiegava: "Qui c'era il nostro sedile, un comodo sedile di legno – lo hanno tolto, era marcito. In quell'angolo, sotto l'edera, c'erano un tavolino di pietra e due sedili, ora si intravedono appena...". Tacque, e guardava, spaesata. "Non ci vengo da tanti anni, da quando lui morì... Torniamo, sono stanca."

"Stavate seduti con un muro davanti, come in una prigione, con tante belle piante che avevate?" diceva Dana, mentre le versava la limonata.

"Quello è un posto speciale: c'è sole e ombra a tutte le ore. Io gli leggevo, parlavamo. Bisticciavamo e poi facevamo pace."

"Io pure ho un fratello. Ma non andiamo d'accordo. Lui ha sette anni più di me e non siamo mai stati amici. Adesso vive a Milano."

"Anche mio fratello era più grande di sette anni."

"Tu però gli volevi bene. Tieni la sua fotografia sul comodino."

"Certo che gli volevo bene, anche se da bambini siamo stati poco assieme. Io ero con Mademoiselle e lui aveva la sua vita. Studiava in collegio. Trascorrevamo parte delle vacanze qui e a Torrenuova. Io partivo con Mademoiselle, andavamo dalla famiglia per la quale lei aveva lavorato prima di venire da noi, e poi, in agosto, stavamo con nostro padre: loro due uscivano e io rimanevo in casa."

"Insomma, quasi non vi conoscevate... come me e mio fratello! Lui viveva dai nonni."

"Non è vero!" reagì la zia, seccata. "Lui giocava con me, era paziente... Mi faceva visita in collegio, a Roma, con mio padre. Certe volte anche da solo. Quando ero ragazzina, non lo vidi per un anno intero, lui era all'Accademia. Poi venne a Roma e prese a portarmi in giro in città, a volte a teatro, dappertutto. Voleva completare la mia educazione, ma io non imparavo."

"Non era bravo a insegnarti?"

"Bravo era, ma io non ascoltavo... Aveva occhi scuri come quelli di nostra madre..." aggiunse, vaga.

Sorseggiando la bevanda, la zia continuò: "Preferiva la limonata aspra, come questa. Avevamo gli stessi gusti, perfino sulle canzonette. Me ne accorsi io, prima di lui, che eravamo tanto simili... Ci piacevano le stesse persone, ridevamo delle stesse cose... Le ragazze che conosceva mi facevano simpatia; anche quelle a cui faceva gli occhi dolci diventavano amiche mie...".

Dana voleva abbronzarsi. Irina l'aveva invitata al concerto che avrebbe tenuto all'albergo la prima settimana di giugno e lei voleva sfoggiare una carnagione dorata come quella della russa. Fece togliere le erbacce e ripristinò l'angolo del sedile di legno con due sedie di plastica sbiadita tolte al guardiano. Quando Mariola non era in casa, vi portava la zia. La siepe attutiva le voci e nessuno poteva vederle: era un nascondiglio perfetto.

Dana si toglieva la camicetta, sollevava la gonna per scoprire le gambe e si spaparanzava al sole. La zia, seduta all'ombra, sembrava contenta. Ogni tanto mormorava tra sé, come se parlasse a un altro.

"*Non devi preoccuparti per me. Ho da fare, e c'è il bambino per compagnia. So che, quando ritorni dai viaggi, mi racconti. È come se ci fossi stata anch'io; vedo attraverso le tue parole.*"

"*Io sto bene da sola. Vengo qui e leggo ad alta voce, come se ci fossi anche tu. Certe volte mi giro: soltanto allora mi accorgo che non sei seduto accanto a me. Ma non sono triste.*"

"*Non voglio più sentirmi dire che eccedo. Non è vero. Sempre una zia sono, una zia non indulgente, e severa. Forse anche troppo. Tu invece devi viziarlo, doppiamente. È piccolo e solo. Abbraccialo, sbaciucchiatelo tutto. Lo sai fare, fallo con lui.*"

Dana, come le altre extracomunitarie, non aveva amici in paese: conosceva le case della gente del luogo soltanto come domestica. Le donne, in particolare, la evitavano. Lo aveva accettato come una caratteristica della gente del posto, ma ora sapeva che Irina era benvenuta nelle case delle famiglie più in vista del paese e lei era determinata a emularla. La cassiera della pizzeria dove si riuniva con le amiche la domenica sera, presa per la gola, l'aveva invitata la domenica successiva perché le insegnasse a cucinare un dolce tipico rumeno – un primo passo, modesto ma significativo, verso lo scopo prefisso: la conquista di Tito. Cotta dal sole e umidiccia, Dana fantasticava sul proprio futuro con lui e non perdeva l'opportunità di conoscere il suo prescelto attraverso le indiscrezioni della zia.

"Come si comportava Tito, quando era innamorato?" chiedeva.

La zia stringeva il mazzetto di margherite gialle che Dana le aveva colto.

"Era contento."

"Ma che faceva a Mariola?"

"Niente, che doveva fare?"

"Che regali le comprava? La portava a fare passeggiate, al cinema?"

La zia si rizzò sulla sedia. Gli occhi coperti dagli occhiali da sole, Dana, scivolata sulla sedia a gambe e braccia aperte, era tutta una distesa scomposta di carne chiara e arrossata.

"L'amore vero brucia di dentro e non si vede, che ne può sapere una come te?"


La zia non volle più ritornare dietro la siepe di bosso e l'abbronzatura si aggiunse agli altri sogni irrealizzabili della rumena.

# 19.

## Il concerto di Irina
### *"È come se si aspettassero un'altra orda da sfamare."*

Il paese e l'intera provincia erano immensamente fieri del nuovo albergo. Sembrava che all'estrosità degli architetti non fosse stato imposto alcun limite di spesa: cinque torri a cinque piani complete di merlatura da cui cadevano a cascata edere e pelargoni, ciascuna dotata di ascensori che portavano al grande parcheggio sotterraneo, alle piscine e alla spiaggia e collegata al fitness centre, alla sala congressi, alla piscina principale – un vero laghetto circondato da palme mature – e al teatro all'aperto, nel grande giardino terrazzato che circondava l'intero complesso. Tutto era all'insegna del concavo-convesso. I balconi erano panciuti, le finestre ovali, e perfino le porte avevano gli angoli smussati. Le terrazze sul mare erano a mezzaluna e il giardino era attraversato da vialetti serpeggianti. L'albergo aveva una sua caratteristica: ogni torre riprendeva lo stile dei popoli che si erano succeduti in Sicilia nel corso dei secoli. La torre romana aveva divani a forma di triclinio, sarcofagi che fungevano da tavolini e pavimenti di mosaico ispirati ai disegni della Villa del Casale. Quella sveva era il risultato di un compromesso: era ispirata al castello di Ludwig di Baviera e l'arredamento includeva armature e armi medioevali. Quella francese era tutta un florido rococò. Quella catalana – una ardita innovazione, perché sulla dominazione dei catalani la gente sapeva poco e niente –, dopo accese discussioni fu arredata ispirandosi a Gaudí e dunque l'intonaco color amaranto di mura, sedili, vasi e colonne era rivestito da frammenti di vetri multicolori e pezzi di mattonelle di ceramica. La torre spagnola era la più sobria: copie di quadri di El Greco e di Murillo impreziosivano le pareti tappezzate di damasco e spiccavano tra la mobilia massiccia, scura, riccamente scolpita e poggiante su piedi a zampa di leone.

L'enorme giardino digradante verso il mare sembrava nella sua piena maturità. Da vivai specializzati erano stati trasportati alberi ombrosi, palme alte, arbusti ben radicati, folti cespugli e centinaia di piante fiorite che riempivano le aiuole. Porticati dorici coperti di gelsomino fiancheggiavano le fontanelle di ispirazione islamica agli incroci dei viali piastrellati di ceramiche arabescate. Anfore, urne e archetti arabi, disseminati nelle aiuole, erano illuminati in modo suggestivo da faretti nascosti tra le piante, mentre sulle terrazze a sera venivano accese grandi lampade di ferro dai vetri multicolori. Il teatro all'aperto, ispirato a un anfiteatro greco, era descritto nella brochure dell'albergo come "un felice connubio tra la Magna Grecia e il moresco spagnolo". Circondato da chioschetti in stile arabo-normanno completi di cupole vermiglie – le buvette –, era illuminato soltanto da fiaccole a gas, fissate a mezze colonne sparse un po' dappertutto, a seconda delle esigenze dello spettacolo.

Era tutto di pessimo gusto. Ma l'intero complesso era redento dalla magnifica posizione a picco sul mare, dalla flora del giardino e dall'ottima cucina.


Il concerto cominciava alle cinque e mezzo. Un orario insolito, ma all'imbrunire la luce delle fiaccole non sarebbe bastata per la lettura dello spartito.

Era un caldo pomeriggio dei primi di giugno: l'aria era molle e il giardino tutto un profumo di tuberose e gelsomini. L'anfiteatro gremito. L'ingresso era gratuito e Irina non aveva richiesto compenso alcuno. Oltre alle autorità e ai soliti habitué delle manifestazioni organizzate da Vanna all'albergo, la gente del paese era venuta a frotte, benestanti e no, giovani e vecchi, inclusi interi gruppi familiari con bambini. Irina aveva pregato le donne dell'Europa dell'Est di indossare i loro costumi nazionali. Alcune le aveva perfino aiutate a cucirli.

Lei indossava un abito di voile, lungo e drappeggiato, al collo una favolosa collana di coralli. Aveva scelto *Il carnevale degli animali* di Debussy e *La danza del fuoco* di De Falla, musica orecchiabile e gradevole anche per i profani. Suonò con passione. Sollevava enfaticamente le belle braccia nude, altissime: ora le faceva piombare sulla tastiera, ora le calava lentissime, facendole volteggiare; a volte ammiccava al pubblico con un sorriso seducente, altre volte sembrava una santa Teresa in estasi. Ogni movimento faceva risaltare il suo magnifico corpo: distendeva le braccia e inarcava schiena e collo, mostrando i seni pieni e la silhouette snella, poi si curvava sui tasti mettendo in evidenza le spalle, le cosce e i glutei muscolosi al punto giusto; sulle labbra, un sorriso fisso e smagliante come quello delle ballerine classiche. Il concerto fu un trionfo, il pubblico era in visibilio.

Tito non amava la musica e nemmeno l'esibizionismo di Irina, che preferiva ammirare da vicino, con pochi intorno. Si sarebbe assopito, se non fosse stato per la scomodità dei sedili. Ascoltava distrattamente e lasciava vagare lo sguardo. Nei posti alti di fronte a loro c'era Dana. Lo fissava. Quando se ne accorse, Tito non distolse più gli occhi dal pianoforte.

Mentre facevano la fila per lasciare l'anfiteatro, la rumena, spingendosi tra la gente, riuscì ad accostarsi a Mariola.

"Ho telefonato a casa: Sonia dice che la zia è contenta," disse, e si tirò indietro, sbattendo su Tito che seguiva la moglie. Prolungò ad arte il contatto con il corpo di lui. Poi se ne staccò, strusciante. Un attimo di troppo: Mariola vide.


Il direttore dell'albergo teneva molto a che Tito e Mariola partecipassero al ricevimento in onore di Irina, sulla terrazza principale: quella romana. Lui aveva accondisceso, a malincuore.

Era seduto a un tavolo defilato e aspettava che Mariola ritornasse con il piatto delle fritture. La terrazza era affollatissima. In quel momento, gli invitati convergevano rumorosi sui tavoli della tablattè. Tito riconosceva molta gente, per lo più persone con le quali aveva rapporti di lavoro. Gli sembrava che volessero rifarsi del silenzio imposto al concerto – il primo in paese, a memoria d'uomo – parlando ad alta voce, spesso contemporaneamente ai loro interlocutori e senza mai smettere di masticare. Era un vociare sgraziato e lui agognava il silenzio del suo abbaino, dove a quell'ora si rintanava in attesa della cena.

Donne e uomini gesticolavano, agitandosi per mettersi in mostra e darsi un tono. Quelli che erano piombati per primi sulla tablattè erano già seduti e attaccavano con ingordigia la montagna di cibo con la quale si erano riempiti il piatto, nemmeno loro tralasciavano di parlare a bocca piena e tra una forchettata e l'altra. "Gente volgare," pensava Tito.

Aveva individuato i figli e i generi, in mezzo alla folla. Teresa parlava con delle amiche ingioiellate e vestite di paillette. Era composta, vestita con sobrietà, eppure sembrava totalmente a proprio agio. Elisa era di ottimo umore, nel gruppo dei più giovani. Anche lei, come quelli, faceva di tutto per farsi notare, e intanto squadrava gli altri invitati: sguardi fugaci ma penetranti che non perdevano un particolare delle toilette, un messaggio, uno sguardo. Non lontano, Antonio rideva a squarciagola con altri uomini; dagli sguardi e dai gesti, Tito immaginò che stessero commentando le contorsioni di Irina al pianoforte. Piero era in compagnia del presidente del Tribunale e di altri colleghi; serio e taciturno, sembrava a disagio. Santi conversava con alcuni imprenditori; era elegante, diversamente da loro. Gli ricordava il padre da giovane. Tito se ne compiaceva, ma pensava che col tempo sarebbe diventato come tutti quanti.

Dante era appoggiato allo stipite di una porta interna. Anche lui osservava Santi. Tito gli fece un cenno, ma quello non parve accorgersene.

Tre coppie di conoscenti si unirono a Tito e Mariola. Gli uomini, tutti più o meno della stessa età, preferivano concentrasi sul cibo anziché sulla conversazione: per questo avevano scelto quel tavolo. Mariola e le altre donne chiacchieravano senza entusiasmo di figli e nipoti; nemmeno lei sembrava molto comunicativa. Lui non ci fece caso.

Il ricevimento – descritto nell'invito come un "cocktail renforcé" – era diventato, su insistenza del direttore dell'albergo, un vero e proprio banchetto: antipasti caldi e freddi, primi piatti, carni, pesci, verdure, affettati e formaggi, torte, semifreddi, gelatine, gelati, cioccolatini, dolcini vari e frutta, per non parlare dei vini da tavola e da dessert e dello spumante. Tito era goloso e ci dava sotto con le squisitezze imbandite di volta in volta; andava a sceglersi le pietanze prima che Mariola si offrisse di farlo per lui, come facevano le altre mogli – loro conoscevano bene i gusti dei mariti. Non aveva notato che lei, dopo la prima volta, non si era offerta di preparargli il piatto e nemmeno che sembrava sempre più a disagio. Tito, dopo essersi sorbito tutto il concerto e ora anche la compagnia di tavolo, non intendeva perdersi i dessert, e se n'era riempito il piatto. Assaporò l'ultimo boccone di gelo di melone e fece cenno a Mariola di passare ai saluti.

Mentre lasciavano la terrazza si soffermò a osservare i camerieri, che, dopo aver cambiato le tovaglie, continuavano a riempire la tablattè di vassoi colmi di ogni ben di dio.

"È come se si aspettassero un'altra orda da sfamare, ma chi riesce a mangiare ancora?"

"Andiamo, mi viene da vomitare," disse Mariola.

Tito le calò uno sguardo di rimprovero. "Quando ho capito di che pranzo si trattava, mi sono servito di quello che mi piaceva ma in piccole porzioni e adesso sto benissimo." Poi aggiunse: "Tu avrai mangiato troppo".

## 20.

La prima lite in quasi quarant'anni di matrimonio
*"Questa storia con la rumena deve finire."*

Guidava Mariola, avevano preso la sua macchina perché era agevole da parcheggiare. Imboccò la litoranea che portava alla villa, ma all'improvviso rallentò e andò a fermarsi a pochi metri dalla spiaggia. Sul mare, il cielo era un fulgore di rosso; la villa si intravedeva in lontananza. Il primo e il secondo piano erano protetti dalle mura e dalla folta vegetazione del giardino, si individuavano dai bagliori dei vetri delle finestre colpiti dagli ultimi raggi di sole attraverso i pini marittimi. La brezza del maestrale increspava il mare e le folate umide di aria salata si mischiavano al profumo delle dune.

"Vuoi fermarti qui?" chiese Tito, lieto di godersi quel bel tramonto.

"Devo parlarti." Mariola si girò verso di lui. "Questa storia con la rumena deve finire."

"Che storia?"

"Non fingere di non capire. Lo so io e lo sanno tanti altri, che te la fai con lei da mesi."

Tito pensava a come rispondere. Lei continuò, decisa: "Gli uomini sono fatti così e tu mi sei stato fedele, almeno credo, a lungo. Potrei tollerare un'avventura, anche se mi dispiacerebbe. Questa però mi fa schifo. È una tresca sordida, e per di più approfitti dell'innocenza della zia, magari osi condurla sotto i suoi occhi. È andata oltre i limiti della decenza".

"Cosa intendi dire?"

"Intendo dire che la devi smettere, perché sei uno scimunito e secondo me ti andrà a finire male. Questa pulla vuole accalappiarti, vuole diventare padrona in casa mia. E io non lo permetterò mai. Non posso licenziarla su due piedi, come vi meritereste, perché darebbe scandalo e ti metterebbe in difficoltà. E poi la zia la difenderebbe. Ma tu, a costo di andare a puttane in paese – se ne hai di bisogno –, da ora in poi devi smettere le tue porcherie. Ci siamo capiti?"

"Fraintendi. È una brava badante e vuole ritornare al suo paese per aprire una pasticceria, non appena avrà messo da parte dei risparmi: le do dei consigli, è vero, ma questo è tutto."

"E tu la stai aiutando a farsi questo gruzzolo? Imbecille! Quella ti mangia vivo, è scaltra! Rovinerà te e la nostra famiglia. Non abbiamo bisogno di uno scandalo, proprio noi! Ti dico un'altra cosa: non sei l'unico! Cosa credi che faccia, con il maresciallo che se la viene a prendere la domenica? Sei anche un cornuto!" concluse Mariola trionfante.

"Che ne sai, hai fatto indagini?"

"Non fare lo stupido! Ho paura per te, e per noi. Quella ti potrebbe essere figlia, e ti sta prendendo in giro. Mi preoccupo per te, con il tuo passato."

"Quale passato? Io ti sono stato fedele!"

"No, Tito, non sto parlando di te. Parlo del passato della tua famiglia. I figli fanno come i padri: io non ti tradirei mai perché mia madre non lo avrebbe mai fatto. Ma tua madre..."

"Cos'hai da dire su mia madre? Era una signora e fu il grande amore di mio padre. Non osare parlarne e fare paragoni osceni e offensivi: non te lo perdonerei!" Tito era furioso. Pupazzi sghignazzanti lo beffeggiavano in un crescendo assordante. Tito si sentiva impazzire. Mariola continuava.

"Che altro avrebbe potuto dirti, tuo padre? Che avrebbe potuto dire a sua sorella, che si sacrificò per te e per lui, rinunciando a sposarsi? 'Signora' doveva essere, una donna proba che peccò una volta sola! Così dissero in giro." Mariola era senza freni. "Sappi che, quando mio padre si rese conto che la cosa fra noi era seria, mi chiamò a solo e mi disse che tua madre era una poco di buono. Io tengo a te e al nostro matrimonio e non voglio che tu ritorni alle tue origini facendoti irretire da quella rumena. Abbiamo una bella famiglia e stiamo bene insieme, o almeno così credevo io, prima che mi venisse la maledetta idea di prenderla a servizio!"

Adesso Mariola singhiozzava.

"Cosa ne sapeva tuo padre, di mia madre?" Tito l'aveva presa per un braccio e la scuoteva, tremante.

Lei ebbe paura, ma durò un attimo. Lo conosceva bene: Tito era irascibile, ma non violento. "Una volta per tutte, te lo dico chiaro e tondo. Mio padre mi voleva bene. Ricchi più di noi eravate, ma prima di assecondare la nostra simpatia lui prese informazioni da gente seria e del luogo. Puttana risultò tua madre: per questo non sai nemmeno come si chiama. Meglio non saperlo. Stai attento, Dana è pericolosissima. Non ci penserebbe due volte a farsi mettere incinta da te o da altri, e poi dirti che è tuo. E tu che faresti? Di sicuro, non troveresti un'altra come la zia, disposta ad accollarsi un bastardo di casa tua. Uno basta e avanza, in ogni famiglia."

Tito si coprì il volto con le mani.

La macchina adesso scivolava sull'asfalto, investita dalla luce ancora ardente di un sole che non c'era più.


L'ultima rampa della scala principale era aggettante sulla parete opposta alla porta d'ingresso, nella sala quadrata. Su questa aprivano due grandi porte. Una dava nella rappresentanza, l'altra nelle stanze di uso quotidiano: il salotto e la stanza in cui pranzavano normalmente, dalla quale si accedeva alla zona di servizio.

Mariola andò dritta dritta in camera da letto. Tito entrò nella rappresentanza. C'era caldo, e l'aria sapeva di chiuso.

Aprì le vetrate sul giardino; la luce ancora rosata della sera invase il salone. Si versò un bicchiere di whisky e si tenne la bottiglia in mano. Ne bevve uno; poi un altro, di seguito. Era allargato sulla poltrona, a gambe distese. Si era fatta notte. La luna gli illuminava i piedi abbandonati sulle mattonelle colorate.

*Il padre lo accompagnava in collegio. Guidava spedito. Lui, undicenne, gli era seduto accanto. "Io andai in collegio a sette anni, all'inizio non mi piaceva però poi ci stetti bene," diceva il padre. "È diverso da casa, ma ci si abitua. Fai come dicono i preti e cerca di andare d'accordo con i compagni. Rispetta e fatti rispettare."*

*La macchina si inerpicava sulle montagne: c'era una deviazione. Andavano piano sui tornanti. "Tu madre non ne hai. Devi sapere che io la amai immensamente e tu sei figlio di una donna per bene. Non potemmo sposarci," disse il padre. Si guardarono; poi lui aggiunse, tornando a guardare la strada: "Tollera le difficoltà, in collegio, e le ingiustizie: capitano. Ma non tollerare l'offesa al nostro onore. Dimmelo subito e provvederò io stesso. Ti levo e ti riporto a casa".*

*Lui ascoltava fingendo tranquillità. Della madre, il padre non parlò mai più.*

"Puttana" avevano assicurato al suocero, e "puttana" gli aveva rinfacciato la madre dei suoi figli. Tito pensava, e più pensava, più si convinceva che il padre gli aveva detto una bugia pietosa.

*Era rimasto in collegio fino alla maturità scientifica. Studiava per noia e dovere, poi si chiudeva nel suo guscio. Da quegli otto anni aveva tratto due sole nuove esperienze.*

*Sconosceva la sessualità. Appena arrivato, un ragazzo più grande lo aveva preso a benvolere. Una volta, gli aveva infila-*

to la mano nei pantaloni e lui, istintivamente schifiato, lo aveva respinto; non avvenne più. Poi capì che quello non era il solo: uno dei sacerdoti "toccava" durante la confessione faccia a faccia. La domenica sera poi, i ragazzi ascoltavano in capannello i racconti dei più grandi, reduci dall'uscita pomeridiana: anziché vedersi il film, sgattaiolavano dal cinema e andavano a puttane. Lui si fece una sua idea demoniaca del sesso e della prostituzione e imparò a starne lontano.

Sconosceva la cattiveria del branco. Una volta – aveva tredici anni ed era già bravissimo in meccanica – era in cortile con alcuni ragazzi più grandi, insieme ai quali stava lavorando a un progetto: uno di loro, un nuovo interno, veniva dalla sua stessa provincia. Si chiamava Diego, un nome che da allora aveva sempre odiato. Era di famiglia non abbiente e sapeva che invece la famiglia dell'altro possedeva il pastificio.

"Come si chiama tua madre?" gli chiese, curioso.

Lui non seppe rispondere.

"Che sei, fesso? Dillo!"

"Non lo so..." barbugliò lui. Gli altri lo sfottevano, e lo circondarono tra il faceto e il minaccioso. "Dillo!"

"Dillo!" ripeté il capobanda, che ci aveva preso gusto. Lui era terrorizzato.

"Lascialo stare, sarà morta..." disse uno.

"No, viva è, l'ho vista, con il padre!" disse un altro.

"E dillo, cretino!" insistette Diego, e lo spingeva, gli dava piccoli pugni su spalle e torace.

"Quella è mia zia... smettetela!" urlò lui.

Suonò la campana della fine della ricreazione.

"Ci siamo capiti: è figlio di puttana e se l'è preso sua zia! Con tutta la tua puzza sotto il naso, figlio di puttana sei!" disse Diego, e gli diede un colpo nello stomaco. Gli altri ripetevano: "Figlio di puttana!" scandendolo ai rintocchi della campana.

Da allora, Diego e gli altri cominciarono a tormentarlo, a solo e in gruppo. Si divertivano. Lui prese a tagliuzzarsi polsi e *braccia con il rasoio. Divenne ancor più solitario ed evitava nuove conoscenze.*

Figlio di puttana! Lo sapeva l'intera provincia. Tito, a distanza di tanto tempo, ne era sconvolto. Gli crollava il mondo addosso. Voleva farla finita. Afferrò un tagliacarte e cercò di conficcarselo in una vena. Poi lo gettò a terra e si scolò il resto della bottiglia.

Mariola si guardò la televisione sorseggiando una tazza di acqua e alloro: le squisitezze di cui si era rimpinzata al ricevimento – arancine, pizzette, fritto di verdure e di pesce e gelatini mignon – le avevano causato acidità. Prima di prepararsi per la notte scese in salotto. Non c'era luce, né rumore. Pensò che Tito fosse in giardino e guardò fuori. Non vedendolo, se ne tornò a letto.

Mariola aveva il sonno profondo, ma quella notte si svegliò di frequente: Tito non era rientrato. Stanchissima, e mangiata dall'ansia, scese di nuovo al pianterreno e si girò tutte le stanze. Lo trovò nel salone, ronfante, sdivacato su una poltrona. Le vetrate erano spalancate. Lo chiamò, lo scosse, Tito si muoveva ma non reagiva: era comatoso. Mariola gli pizzicò forte le guance e mentre cercava di fargli aprire bocca e occhi fu investita da una folata di alito puzzolente di whisky.

Facendogli da spalla, puntellandosi sul corrimano e salendo gli scalini a uno a uno, Mariola, in lacrime, si portò il marito barcollante in camera da letto.

## 21.

Una giornata iniziata male finisce bene
*"Si sa molto meno di tante famiglie di cui conosciamo
a memoria l'albero genealogico ufficiale..."*

Tito si svegliò all'ora consueta, nonostante la sbornia. Girò la testa sul cuscino: Mariola dormiva ancora – le labbra socchiuse, i capelli incollati alla fronte unta. Era assetato, aveva la bocca impastata e la testa pesante; un'amara stanchezza gli offuscava il ricordo della notte precedente. Scivolò dal letto con cautela, senza scombinare lenzuola e coperta, e andò subito in bagno. Tolse gli spazzolini da denti dal boccale d'argento e fece scorrere l'acqua dal rubinetto; bevve avidamente, ma l'arsura permaneva.

Fece automaticamente le abluzioni del mattino; a ognuna era connessa un'attività mentale: si lavava i denti e pianificava la giornata; si faceva la barba ricapitolando le domande da porre a Santi sul pastificio e mentre si pettinava decideva come vestirsi. Non volle usare lo sciacquone: temeva di svegliare Mariola e non si sentiva pronto per un ulteriore alterco.

Rinfrancato da due tazze di caffè forte e vestito di tutto punto, Tito salì dalla zia e Santi li raggiunse poco dopo.

La zia era vivace. Dana le aveva raccontato del concerto, magnificando la bravura di Irina.

"Quando ero in collegio, mio padre veniva a trovarmi a Roma. Anche mio fratello veniva, quando era lì con il suo reggimento. Mi portavano ai concerti e anche all'opera. Bei tempi erano, quelli... Sapete che vi dico? Mi piacerebbe rivedere Roma un'ultima volta, prima di morire."

"Pensiamoci, è un viaggio lungo e dovresti camminare molto. Ricordati che sei caduta e hai bisogno di assistenza," disse Tito.

"Potrebbe accompagnarmi Dana. Verresti anche tu, Tito?"


Prima di passare a salutare la madre, Santi si appartò con il padre: la sera prima c'era stata una lite violenta fra le sorelle, all'albergo.

Verso la fine del ricevimento, mentre i camerieri si affrettavano a togliere dalla tablattè vassoi ancora colmi, una dozzina di ospiti avevano chiesto di visitare la suite nell'attico della torre romana, dove Irina aveva preteso di pernottare. I pavimenti erano di marmo intarsiato; alle pareti di un rosso pompeiano, dipinti ispirati alla Villa dei Misteri. Drappi di raso blu e viola pendevano da una corona dorata di alloro appesa al soffitto e si avvolgevano intorno alle colonne agli angoli del letto. I due bagni avevano vasche circolari con idromassaggio, anch'esse di marmo, incassate nel pavimento: in una, l'acqua della doccia sgorgava dalla bocca di un Nettuno priapico; nell'altra, da quella di una formosa Venere. Vanna faceva da cicerone e le sorelle si erano accodate. Elisa sparlava di Irina accusandola di adescare uomini sposati, Teresa la difendeva. Dopo la visita alla suite si erano staccate dal gruppo e avevano imboccato le scale.

Sul primo pianerottolo Elisa, urlante, aveva cercato di spingere Teresa – muta e terrorizzata – contro il muro. Piero non si era fermato: aveva accelerato la discesa e lasciato la moglie in balìa della sorella. Elisa intanto, furiosa, a forza di spintoni era riuscita a inchiodare Teresa nell'angolo e le aveva afferrato la faccia serrandogliela in una morsa. Sentendosi tirare indietro, si era voltata di scatto e si era avventata contro Santi che tentava di bloccarla: uno schiaffo l'aveva ridotta all'impotenza. Scarmigliata, lo aveva guardato torva ed era scappata via. Santi e Vanna avevano aiutato Teresa a scendere le scale.

Per il resto della serata, che era continuata oltre il dovuto per gli inevitabili commenti, non si era parlato d'altro.

"Bisogna prendere provvedimenti, altrimenti finisce male. Mi sembra una squilibrata, quella," disse Santi.


Mariola, ancora in vestaglia, li aspettava in salotto in compagnia di Elisa. Presero il caffè insieme come se nulla fosse accaduto. Tito non voleva confrontarsi nuovamente con la moglie e quando i figli accennarono ad andarsene si alzò.

"Aspetta, devo parlarti," lo fermò lei.

Rassegnato ma non remissivo, Tito era pronto a controbattere e a negare: sentiva che la situazione era comunque sotto controllo e attese che parlasse lei. Mariola, senza trucco e spettinata, aveva un'aria disfatta.

"Stamattina mi ha telefonato Teresa. Sai cosa è successo ieri sera?" Tito annuì. "Ieri notte ti sei ubriacato, per la prima volta da quando ti conosco. Ho dovuto perfino aiutarti ad andare in bagno. Ora ti chiedo una cosa, e tu devi dirmi di sì."

"Un'altra richiesta?" disse Tito, sarcastico.

La moglie arrossì. "Hai perdite di sangue nell'urina. Stamani le ho viste di nuovo, nella tazza. È una cosa seria. Devi andare dal dottore, oggi stesso."

"Sarà fatto!" disse Tito sollevato: aveva temuto di peggio.


Moderatamente vanitoso – in una società in cui la vanità non è un difetto ma una qualità –, Tito si vantava di aver mantenuto il peso di quando era ventenne: era di costituzione robusta e per i suoi anni si conservava bene. Si infilò nel portone rimpiangendo di aver dovuto cedere alla richiesta della moglie: non amava i medici.

Da tre generazioni, la sua famiglia si serviva di medici e notai imparentati fra loro. Il medico aveva lo studio nello stesso palazzo del cugino notaio. Era coetaneo di Tito e si trattavano con reciproca deferenza temperata da vero affetto; Ernesto lo rimproverò per aver trascurato quel problema – anche se probabilmente si trattava soltanto di una banalissima infezione – e consigliò delle analisi per escludere altre diagnosi, compreso il cancro.

Tito si sentì tutto a un tratto vulnerabile.

"Vorrei essere sicuro," spiegò Ernesto, "è un accertamento di routine, ma sai che avete una predisposizione genetica: non bisogna dimenticarla."

Tito lo interruppe con foga: "Mio padre morì di infarto, vero è che era un fumatore!".

"Siamo vostri medici di famiglia da tre generazioni e abbiamo una memoria storica collettiva. Dimentichi tuo nonno."

"Che c'entra mio nonno? Rimase vittima di un incidente di caccia, c'era perfino tuo padre, quel giorno!" esclamò Tito irritato.

Ernesto lo guardò sorpreso.

"Credevo tuo padre ti avesse detto che tuo nonno era incline alla depressione e che gli era stato diagnosticato un cancro alla prostata, prima che morisse in quel modo. Mio padre lo aveva in cura da anni e decise di comunicargli la diagnosi senza dargli false speranze, come era giusto. Tuo nonno rispose: 'Non voglio soffrire come le mie mogli. Quando sarà il momento, ci penserò io'. Non si fece più visitare. La morte fu attribuita a un madornale incidente nel caricare il fucile, e mio padre così scrisse nel certificato di morte, ma non ne era convinto. Nei giorni precedenti l'incidente tuo nonno era stato cupo, taciturno: aveva deciso di suicidarsi. Conosceva bene le sue armi e sapeva quel che c'era da fare. Mio padre ne era doppiamente convinto perché aveva partecipato alla battuta di caccia su insistenza di tuo nonno: lui non gli avrebbe certamente negato il funerale religioso."

Tito era sgomento. L'instabilità di Elisa, il momento di follia la sera prima e anche i neri pensieri che andavano e venivano assumevano ora un aspetto sinistro: era tutto nel sangue.

Mentre si accomiatava, Ernesto aggiunse con un mezzo sorriso: "Non preoccuparti. Nonostante non si sappia nulla sulla linea materna del tuo patrimonio genetico, ti considero un uomo sano. Si sa molto meno di tante famiglie di cui conosciamo a memoria l'albero genealogico ufficiale...".


Il notaio faceva parte del consiglio d'amministrazione del pastificio e conosceva bene il patrimonio di famiglia. Quando Tito accennò brevemente a una eventuale buonuscita per Dana, disse che ci avrebbe pensato e che ne avrebbero riparlato il giorno seguente.

Prima di andarsene, Tito gli chiese: "A mio suocero fu detto che ero figlio di una prostituta. Tu che ne sai?".

Anche su questo, il notaio fu rassicurante: lo escludeva categoricamente. Conosceva bene la pratica, aveva dovuto studiarla a fondo quando Tito era stato adottato dalla zia, prima del matrimonio. Se si fosse trattato di una poco di buono, qualcuno avrebbe chiesto un pagamento. "Eri un neonato che valeva assai. Invece, mio padre si concentrò nel proteggere l'anonimato della puerpera e il nutrico: parto, certificato di nascita e baliato, in quest'ordine." Tito era stato affidato alla zia dall'orfanotrofio e il tutto confermava quanto sostenuto da suo padre: sua madre era una donna sposata che si era innamorata di lui, e di lui soltanto.

## 22.

### Gelosia di Tito
*"Sei più amico di Santi o mio?"*

Tito era ingolfato nel traffico. Si sentiva come i pezzi di un orologio da polso smontati e allineati sul tavolo da lavoro – più di cento, piccolissimi e leggeri –, quando la corrente d'aria provocata dal semplice aprirsi di una porta li scompiglia: Mariola che gli imponeva, contro la sua volontà, di finirla con Dana; la depressione del nonno che gettava una luce nuova sulla situazione di Elisa e sui suoi neri pensieri; il medico che gli prescriveva accertamenti: ecco, certo, un cancro, come il nonno; i figli che lo assamavano con le loro richieste di autonomia... Desiderò intensamente la sua solitudine nell'abbaino, con le cose inanimate a cui sapeva dare movimento, vita. Ma per arrivare lassù Tito doveva passare da casa, dove Mariola lo aspettava in agguato.

Squillò il telefonino. Dante.

"Sono solo. Vuoi venire a colazione? Frittata con patate e asparagi selvatici, una ricetta di tuo figlio..." Tito accettò senza esitazione.

Dante chiacchierava e sorseggiava l'aperitivo, e intanto si dava da fare ai fornelli: con gesti esperti sollevava il bordo della frittata con la spatola per controllarne la doratura, abbassava e alzava la fiamma e punzecchiava con la forchetta le patate per accertarsi che fossero cotte.

"Da voi la frittata si fa con le uova montate; aggiungete molto prezzemolo, pan grattato e un pizzico di pecorino, questo è il segreto. Santi cucina in barca. Vedessi come si destreggia, lui!"

"Io in cucina sono una nullità: preparo solo il caffè. Qualche volta."

"Peccato. Distende, cucinare. È meglio dei tranquillanti."

"Il medico me li ha prescritti oggi. Non ne avevo mai presi."

"Cosa ti è successo?"

Tito parlò di Dana e Mariola, ma non del resto.

"Capita. Tu la vuoi mollare, questa rumena?"

"Che altro dovrei fare? Creare l'inferno in famiglia?"

"Ma lei ti dà piacere?"

"Mi rinvigorisce. Sesso, e basta."


Camminando per i campi si fermarono davanti a un albero: era carico di mandorle dalla forma allungata e non ancora tondeggiante; il mallo, chiuso, era verdissimo e vellutato. Invitanti, tentatrici.

Tito fermò il braccio già teso di Dante: "Non sono mature! Aspetta!". Ed entrò nel podere. Girava attorno a ogni cippo, guardava e sceglieva. Ritornò con una manciata di mandorle. Ne poggiò una sul muretto e con una pietra diede un colpo deciso sul guscio, aprendolo verticalmente: la mandorla – bianca, appena colorata di giallo – era intatta, la buccia spessa e rugosa. "È una mennulicchia. Prendila, togli con cura la buccia o, se preferisci, succhiala."

"È diversa dalle mandorle secche: dolce, gelatinosa, profumatissima. È squisita," disse Dante, e ne prese un'altra, e poi un'altra ancora.


Erano in una trazzera. Le piante di capperi sbucavano dalle fessure dei muri a secco, verdissime e piene di larghi fiori dai petali di un bianco rosato. Gli aromi delle piante selvatiche si miscelavano nel fragrante profumo della tarda primavera.

"So che frequenti mio figlio."

"Volevo parlartene. Santi ha talento."

"Talento?" Tito non capiva.

"La fotografia: bianco e nero. È un giovane maturo, pieno di risorse e paziente. Te lo invidio."

"Quando lo vedi?"

"La sera, all'albergo. Vengono dopo cena, con gli amici: una comitiva di bravi ragazzi. A volte, quando ha del tempo libero, viene da me. Gli ho insegnato a pulire le fotografie digitali sul computer. Ti ammira e ti protegge, ma questo lo saprai già."

"Mi protegge?" Tito era sospettoso delle confidenze di quei due.

"Sì, parla con entusiasmo del pastificio e non ti critica, anche quando potrebbe."

"Tu che ne sai?"

"Un tempo facevo ritratti. Un bravo fotografo deve saper carpire l'anima, e per questo bisogna che sia anche un po' psicologo. Ho fotografato personaggi famosi e di successo – tra cui gente che ha creato grandi industrie e imperi finanziari, alcuni tramandati di padre in figlio. Parliamo, mentre lavoro. So quanto sia difficile per un figlio seguire le orme del padre, e per un padre passare il testimone ai giovani. Santi è in difficoltà, ma ti è ferocemente leale."

"Sei più amico di Santi o mio?"

"Sono rapporti diversi. Con te, mi sento amico-fratello."

"E con Santi?"

"Non sono fatti tuoi," disse Dante, e guardò altrove.


Dante rallentò il passo.

"Ci ho pensato. Tu non ti vuoi bene, Tito. Amati. Abbi

cura di te. Io ho imparato a farlo, sono solo al mondo." Poi aggiunse: "Il mio unico fratello è morto giovane".

"Non sapevo..."

"Mia madre è stata sposata, per un breve periodo, e ha avuto un figlio. Lui aveva dieci anni meno di me. Era gay, è morto di Aids."

"Un omosessuale?"

"Era buonissimo e ha avuto una vita intensa e felice, anche nella morte. Il suo compagno lo ha curato sino alla fine."

"Un finocchio per fratello!" pensò Tito, che aborriva l'omosessualità. Dante se n'era accorto e gli diede il tempo di rasserenarsi.

## 23.

La torta di ciliegie
*"Così diceva la zia... Funziona con grandi e picciriddi..."*

"È arrivato il nonno! Possiamo mangiare la torta!" Le nipotine lo accolsero giubilanti. Mariola portava dalla cucina la torta di ciliegie.

Il tavolo del giardino era stato rapidamente sgombrato e Mariola piazzò il piatto nel centro. Sonia la seguiva con un vassoio colmo di piattini, tovaglioli, posate e bicchieri.

Le bambine avevano gli occhi puntati sulla torta, impazienti. Daniela, la piccola di Elisa, batteva i piedi, una mano appoggiata al bordo del tavolo, mentre con l'altra tentava di raggiungere il piatto. Appena tiepida, la torta sprigionava l'aroma di vaniglia e della buccia di limone, irresistibile.

Durante la cottura l'impasto era lievitato e, montando, aveva spinto in superficie le ciliegie prive di nocciolo – erano una accanto all'altra, in mezzo alla pasta soffice e dorata. Mariola era meticolosa e le aveva disposte in cerchi concentrici; a cottura avvenuta, aveva cosparso il dolce con lo zucchero vanigliato.

"Aspettate il vostro turno, bambine, devo tagliarla con attenzione, il dentro è morbido... proprio come piace al nonno," diceva Mariola, e con un timido sorriso servì il marito per primo, come se volesse farsi perdonare.

Figlie e nipoti mangiavano golose. Mariola le guardava e sembrava soddisfatta.

Forzatamente disinvolta, Elisa rideva a sproposito, spingendo i capelli indietro; evitava di incrociare gli occhi della sorella e lanciava al padre sguardi di sfida. Teresa, pallida, aveva le occhiaie e il sorriso tirato.

"A me non monta bene come la tua, eppure la ricetta è la stessa," diceva Teresa, sollevando la forchetta, "il centro mi viene sempre crudigno..."

"Devi battere a neve gli albumi, e non aprire il forno per controllare la cottura. Aspetta per tutti i quaranta minuti prescritti nel quaderno delle ricette della zia. Lo ha copiato con attenzione, saranno le stesse parole... segui alla lettera, e verrà bene!" disse la madre. Poi aggiunse, con un sorrisetto: "Me la ricordo, quando te lo preparava... scriveva sul quaderno per pomeriggi interi, nella fretta di consegnartelo prima del matrimonio. Vedrai che ti riuscirà. Anch'io, da sposina, avevo dei problemi: ero impaziente, allora!".

"A me riesce benissimo, faccio come mi ha insegnato la zia, e funziona! Con Antonio e con le bambine, funziona!" diceva Elisa.

"Che significa, che con quelli 'funziona'?" Teresa era tesa, ma porse la domanda con levità.

"La zia mi ha raccontato che, quando mamma era fidanzata, lei le raccomandò di preparare questa torta per papà, ogni volta che lo vedeva di malumore, e così gli sarebbe passato. Vero è, papà?" Elisa guardava il padre con un accenno di malizia.

"A me non l'hanno mai detto, nessuna delle due," commentò Tito, laconico, e si riempì la bocca di dolce.

Mariola annuì. "Così diceva la zia... funziona con grandi e picciriddi..."


Mangiavano e chiacchieravano in apparente armonia. Le figlie si rivolgevano l'una all'altra caute e senza astio, sotto lo sguardo benevolo della madre; quando quella dava conto alle bambine, evitavano di parlare tra di loro.

Per tutta la giornata, Mariola si era data da fare a placare le figlie e a costringerle a fare la pace. Aveva trascorso la mattina al telefono, ora con una e ora con l'altra, ma non aveva dimenticato quanto era accaduto la sera prima fra lei e il marito. Quando Tito le aveva comunicato bruscamente che non sarebbe tornato a casa per pranzo, si era allarmata: ce l'aveva con lei. E aveva temuto il peggio: che Dana avesse le carte vincenti. Elisa invece, che aveva pranzato alla villa, pensava che l'inusitata assenza del padre fosse un segno di esasperazione e di minor indulgenza futura nei suoi riguardi e per questo aveva accondisceso a chiedere scusa alla sorella maggiore.

In quanto a Teresa, Mariola le aveva ribadito che Elisa, quando beveva, diventava irascibile e anche violenta – non avrebbe dovuto contraddirla in pubblico. Con ambedue, la madre non aveva parlato del vero motivo della lite: una complessa gelosia reciproca, che risaliva all'infanzia.

Dopo averle costrette all'armistizio, le aveva premiate regalando una borsa ciascuna. La torta dunque celebrava la fine delle ostilità tra sorelle e rappresentava anche una offerta di pace coniugale.

Tito la prese come il simbolo della resa di Mariola e, dopo averne mangiate due fette, rientrò in casa a fare le sue cose.


"Salgo dalla zia. Dobbiamo parlare di affari," disse Tito alla moglie dopo cena.

"Ho sonno e vado a letto; non metterti a bere, quando scendi, per favore: è tutto risolto." Poi Mariola aggiunse, esitante: "Mi dispiace per ieri. La frittura dell'albergo ci avrà intossicate tutte e tre: era pesantissima".


"Ho pensato di dare un reddito fisso alle figlie e una certa autonomia sul capitale. I giovani mordono il freno e le ragazze hanno bisogno di certezze. Ne ho parlato al notaio, penserà a uno stratagemma. Non so se chiedere consiglio anche ad altri, non vorrei fare una donazione piena..." diceva Tito alla zia.

"Fai bene," rispose quella, e tacque, pensierosa.

"Tu ti fidi del notaio?" le chiese Tito.

"Totalmente, e così devi fare tu. Non andare da altri." Dopo un momento di riflessione, la zia aggiunse: "Non perché siano i migliori, ma perché da noi hanno ricevuto più di quanto avrebbero mai potuto aspettarsi e lo sanno bene".

Dana entrò con il vassoio della camomilla. Bastò un'occhiata di Tito e lei capì. Fu così che, con il tacito accondiscendere della moglie, si godette in pieno la sua rumena. Tanto che, esausto, finì con l'addormentarsi nel letto di lei. Si svegliò all'alba e andò in camera sua. Nonostante Tito cercasse di non disturbarla mentre si cacciava sotto le coperte, Mariola sollevò una palpebra.


L'indomani, ormai ammansita, Mariola non aprì bocca.

## 24.

### La donazione
*"Intestale la villa al mare e dividi tra i figli
il palazzo in paese, tenendoti l'usufrutto."*

Tito si sentiva ritemprato: Mariola sapeva di aver ecceduto e tacitamente accettava la sua storia con Dana. Mancavano pochi giorni alla partenza con Dante per una gita alla quale teneva molto. Aveva davanti a sé una gradevole giornata di lavoro.

"Quel che fu, fu," si disse.

Andò tutto come aveva previsto.


A cena, Mariola era sulle spine. Tito se n'era accorto ed evitava la conversazione. Masticava lentamente, sceglieva con eccessiva attenzione le verdure dal piatto di portata, aggiungeva olio e limone, intingeva pezzetti di pane nel brodino. Sempre senza guardarla: non voleva sapere. Quando ebbe finito, si passò il tovagliolo sulle labbra e accennò ad alzarsi.

"Devo parlarti, si tratta di Irina."

"Con Piero?" Tito si aspettava il peggio.

"No, no, quello sarebbe niente."

"Antonio?"

"Nemmeno... Santi, pare."

"Che dici? È impazzita, Vanna? Mi sorprende, non è da lei!"

"Non Vanna, non lei. Lei non sa."

"Parla."

Nel pomeriggio, Mariola era andata in paese per cambiare la borsa di Elisa: la preferiva di un altro colore. La proprietaria della boutique le aveva raccontato che i capi di medio costo non erano più richiesti, la gente spendeva ancora e volentieri solo a patto che fosse roba firmata ed esclusiva. Volle farle vedere il più bel capo della collezione estiva di uno stilista spagnolo, un elegantissimo abito da sera. Mostrandolo, aggiunse con una punta di malizia: "Ne avevo due: uno lo ha comprato suo figlio, la settimana scorsa". Era identico al vestito che Irina aveva indossato al concerto.

"Fatti i fatti tuoi. Non tirare conclusioni azzardate. E non spettegolare con le figlie. Se fosse così, Santi non sarebbe il solo. Ma dev'esserci un'altra spiegazione. Santi sa che ne avrebbe parlato tutto il paese," rispose Tito deciso, e lasciò Mariola a sparecchiare.


Tito credeva che il matrimonio di Santi e Vanna fosse il più riuscito tra quelli dei figli, e felice. Non capiva come e perché il figlio fosse stato così incauto; e gli dispiaceva pensare che Dante fosse stato "tradito" proprio da Santi, che aveva preso tanto a benvolere. Se ne sentiva quasi responsabile. Il pensiero di Dante lo angosciava: avrebbe potuto turbare la sua vacanza.

Dell'onore ferito della nuora non si preoccupava. Poi se ne preoccupò, e molto, pensando a Titino. Tito lo adorava e all'improvviso ebbe paura che Vanna, offesa, potesse tornarsene in città, portandosi il bambino: lui ne avrebbe sofferto moltissimo. Il matrimonio di Santi doveva essere salvaguardato, nel suo stesso interesse.

Santi era scontento: voleva fare da padrone. Glielo aveva fatto capire in tutti i modi. Gli aveva anche detto che Vanna si era rassegnata a lasciare la sua città per lui e, vedendolo infelice, gli aveva suggerito di cercarsi un lavoro altrove, manageriale ma da dipendente. Tito si rese conto di non potersi alienare figlio e nuora: se Santi voleva il pastificio, suo sarebbe stato.

Quella sera parlò dei figli, con la zia: conferiva con lei come faceva il padre. La zia stava sempre in casa, ma ci teneva a essere ben informata e Tito la aggiornava sull'andamento delle loro aziende. Lei aveva tuttora una visione chiara dei rapporti di lavoro e di affari, e persino della complessa società del paese. Le sue parole denotavano saggezza e acume.

Di Teresa disse: "Rendi loro attraente il ritorno in paese. Mi auguro che Piero si trovi bene in Toscana, ma sono sicura che preferirebbe vivere qui, in un futuro. Intestale la villa al mare e dividi tra i figli il palazzo in paese, tenendoti l'usufrutto. Per un reddito, aspettiamo i suggerimenti del notaio...".

"Dovrei fare lo stesso per Elisa. È strana, non la capisco."

"Non è come gli altri due. È passionale," disse la zia. "Io invece la capisco, ma non quando si rifiuta di assumersi le sue responsabilità. Antonio è il marito adatto a lei; informati sulla sua attività, sostienilo anche con consigli: ne ha bisogno."

"Santi vorrebbe una donazione piena a tutti e tre."

"Non posso consigliartelo. Tuo padre mi fece giurare di non disfarmi di niente: era contrario a dare in vita."

"Ma dal punto di vista fiscale è vantaggioso," disse Tito.

"Esattamente quello che gli dissi io, una volta. 'Vantaggioso per chi?' mi chiese. 'Per Tito: pagherà meno tasse,' gli risposi. 'Tu devi pensare a te stessa,' mi disse lui. 'Per te è vantaggioso *avere* e non *aver dato*.'"

"Papà ti voleva bene assai," commentò Tito. "Temeva forse che ti lasciassi qui sola?"

"Lo escludo. Era saggio: gli anziani devono mantenere il controllo dei beni di famiglia, ai giovani spetta solo il frutto del loro lavoro." La zia tacque, poi riprese: "Lo sosteneva anche Mademoiselle; lei conosceva bene le famiglie per le quali aveva lavorato, alcune erano molto più abbienti della nostra: la ricchezza anzitempo danneggia i giovani. Se lo diceva lei, dev'essere così".

"Non sapevo che tenessi in tanta considerazione l'opinione della tua governante," disse Tito.

"Venne quando ero piccina e mi fece da madre. Poi le cose andarono come andarono..."

La zia chiuse gli occhi e parve assopirsi, quindi alzò le palpebre e fissò lo sguardo stanco su Tito.

"Tu non sei più giovane, a volte lo dimentico. Mi ricordi tuo padre... da anziano. Di' al notaio che una donazione a te mi sento di farla, ma a te solo... Poi tu farai quello che vorrai." E si rizzò sulla poltrona guardandolo fisso, le pupille acute come punte di spillo.

Dana rientrava nella stanza. La zia sussurrò in fretta: "A una condizione: a quella non dare più del dovuto, per le cose che fa per te. Se vuole troppo, licenziala. Ne troveremo un'altra". E gli lanciò uno sguardo con l'aria di chi la sa lunga.


A letto, Tito non riusciva a leggere. Chiuse il libro e contemplò la sua mezza stanza, che era stata la stanza del padre: il cassettone delle camicie, il servo muto, l'ampio armadio a due ante, lo scrittoio, tutto ciò che la femminilità di Mariola, alla quale era riservata l'altra mezza stanza, non aveva toccato.

Tito era completamente felice: amava la zia ed era riamato.

## 25.

L'uomo propone e Dio dispone
*"Tua zia ha scontato le sue colpe e si è comportata da santa!"*

Il viaggio con Dante era la prima vacanza dopo la morte del padre: un preludio a un cambiamento di vita. Tito desiderava una donna con cui potesse anche conversare piacevolmente, meno rozza di Dana. Ma la rumena non l'avrebbe congedata: contava di tenerla per le esigenze immediate, avevano una buona intesa. Su Mariola non aveva alcuna preoccupazione: avrebbe accettato le sue infedeltà, purché la famiglia non fosse minacciata. Tito si era scrollato di dosso ogni senso di colpa e pensava che il padre avesse agito nel suo stesso modo, nei lunghi anni di solitudine. Informò subito il notaio della decisione della zia; poi non riuscì a occuparsi di altro. Euforico, aveva una irresistibile voglia di rivedere Dante e gli telefonò con una scusa.

Si incontrarono brevemente in paese. Dante era pensieroso. Irina aveva preteso che l'albergo pagasse il vestito indossato al concerto. Vanna aveva dovuto chiedere a Santi, che era in paese, di saldare il conto. Dante era imbarazzato. Adesso Irina era in partenza; il principe di Sciali l'aveva invitata nel suo palazzo di Palermo. Tito ascoltava, esultante: la sua buona fortuna continuava, un altro problema era risolto.

Durante il pranzo gli telefonò il notaio: concordarono di incontrarsi per il caffè. Era un amico e Tito non era sorpreso dalla sua efficienza e tempestività.

"Tua zia ti ha già adottato, e dunque erediterai da lei in ogni caso. Se sopravvivrà per il periodo prestabilito, dalla donazione avrai ulteriori vantaggi fiscali. Eppure, io sono fortemente contrario. Preferirei dirti soltanto che è nell'interesse di tutti voi. Aspettiamo. Anche tuo padre le aveva sconsigliato di farti una donazione, lo sapevi?"

"Lo so, e so anche perché. Ma non ti capisco: perché non evitare le imposte di successione? Lei sa benissimo quello che fa." Tito era irritato.

"Non è questo il problema," disse il notaio, "si tratta di una questione coperta dal segreto professionale del vostro medico di famiglia, mio cugino Ernesto. Stamani ne abbiamo discusso a lungo: lui è disposto a compiere una scorrettezza nei riguardi di tua zia per proteggere lei e voi tutti, ma soltanto se tu lo esigi; preferirebbe mantenere il segreto. Fidati di noi, non insistere. Di' a tua zia, se dovesse tornare sull'argomento, che ci vuole tempo, insomma tira per le lunghe. È anziana e perde già la memoria..."

"Non sugli affari, sugli affari non la perde! Avrà pure il diritto di sapere, come ce l'ho io. Se la donazione riduce le tasse di successione, perché non farla?"

"Vuoi sapere?" Il notaio prese un respiro: "Circa trent'anni fa, tua zia ha subìto un intervento di isterectomia, da cui risultò che aveva avuto una piena gravidanza. Noi non eravamo stati coinvolti".

Tito impallidì. Il notaio continuò a parlare, lentamente: "Questo spiega perché tua zia volle essere operata a Roma. Si fece accompagnare soltanto da Ernesto, con il pretesto di non allontanarti da tuo padre e da Mariola, prossima al parto di Elisa; gli disse soltanto che si era offerta di prendersi cura di te in espiazione della propria colpa verso il figlio: quello era stato affidato a persone di fiducia, da lei stessa. Non volle aggiungere altro. Una storia triste. Ma anche un gesto estremamente generoso, da parte di una giovane donna...".

"Mi stai dicendo che c'è una persona che potrebbe avanzare pretese sull'eredità, dopo tanti anni..." Poi Tito aggiunse, con amarezza: "Un altro bastardo!".

"Uno che potrebbe ricattarvi, infangare il nome della famiglia..."

Tito si prese la testa fra le mani; la muoveva ritmicamente su e giù, le dita confitte nelle orbite.

"Tuo nonno e tuo padre ne rimasero all'oscuro, sembra che sia avvenuto quando era a Roma. Era giovanissima... Tua zia ha scontato le sue colpe e si è comportata da santa!" concluse il notaio, e poggiò timidamente la mano sulla spalla di Tito.

Tito vedeva opaco, gli occhi che bruciavano.


Era pomeriggio. Il sole batteva sull'asfalto, le mura riverberavano calore. I marciapiedi erano vuoti. Tito attraversava le strade inseguendo l'ombra dei palazzi e dei tendoni dei caffè, senza meta. I commercianti cominciavano ad alzare le saracinesche dei negozi. Tito era conosciuto da molti e trovava intollerabile rispondere ai saluti della gente. Passò davanti al Piccadilly Bar, sembrava deserto. Si accasciò su una poltrona, in un angolo. A quell'ora, dal laboratorio c'era un viavai di camerieri e aiutocuochi che riempivano i banconi di esposizione della pasticceria per la clientela pomeridiana. Tito sentiva il profumo dei cannoli ripieni di ricotta e spolverati di zucchero vanigliato, delle crostate di frutta friabili e calde, delle pastine di mandorle e pistacchi spruzzate di cannella e dei bignè al limone. Anziché risvegliargli la golosità, quegli odori gli davano un senso di nausea. Sdignato, ordinò un caffè e un bicchiere d'acqua.

"Lei è l'amico di Attanasio, il fotografo?" disse il cameriere. "Se n'è andato poco fa, con suo figlio."

"Tornerà," rispose Tito, furioso.

Aprì il giornale sul tavolino, per non essere disturbato.

Non leggeva. Chi era il seduttore della zia? Dove? Quando? Divorato dalla voglia di vendicare l'onore della famiglia, di rintracciare e punire colui che l'aveva disonorata, Tito non aveva un pensiero per la zia o per il figlio di lei. Stringeva i pugni, a testa china.

Il bar si riempiva a poco a poco. Tito sgusciò via sotto lo sguardo curioso dei camerieri. Gli parve che lo deridessero: anche loro sapevano. Per strada incrociò un generale a riposo che conosceva bene suo padre e che gli rivolse un sorriso melenso. Un ghigno? Che fosse quello? Un vecchio, noto in gioventù come dongiovanni, camminava lento sul marciapiede. Alzò la mano in un cenno di saluto. A Tito sembrò un gesto osceno. Andò a prendere la macchina quasi correndo: si sentiva braccato.

Parcheggiò in una traversa della strada che portava alla villa: serpeggiava sulle dune e poi sboccava sulla spiaggia, nascosta dalle acacie. Tito riviveva l'ansia, l'insicurezza e la vergogna dei suoi diciott'anni, quando aveva iniziato l'università. Frequentava i giovani di famiglie di conoscenti, ai quali era stato presentato dal padre. Ogni volta che sentiva pettegolezzi o carpiva accenni al passato galante di una donna sposata che avrebbe potuto essergli madre, si chiedeva se non fosse lei. A una festa venne presentato a una signora nota per la sua collezione di amanti: "Tuo padre era un bellissimo uomo," gli disse. Tito pensò che fosse lei, sua madre. Da allora, aveva evitato la compagnia della gente che conosceva la sua famiglia.

Ora ricominciava tutto da capo, con la zia. Tito era tormentato da un altro fantasma innominato, da un'altra vergogna.


Andò dritto dritto nell'abbaino. Era rimasto esattamente come l'aveva lasciato suo padre, lì non c'erano stati lavori di restauro. Tito si diresse verso l'armadio a muro nel quale teneva le macchine fotografiche. Ne possedeva molte. Alcune erano appartenute al nonno, altre al padre, e per la maggior parte erano funzionanti. Cercava la sua vecchia Leica – aveva promesso a Dante di portarsela in viaggio – e dimenticava. Aprì vari cassetti, ma non trovava quello che cercava. Gli cadde lo sguardo sulla Rolleiflex a forma di cubo, regalo della zia per la prima comunione.

Il notaio aveva detto: "Tua zia disse a mio cugino che si era offerta di prendersi cura del figlio illegittimo del fratello in espiazione della sua colpa verso il figlio". Tito dovette appoggiarsi al cassetto mezzo aperto. Gli girava la testa. Ora capiva perché la zia non l'aveva mai amato come un figlio. Lei l'aveva un figlio suo, e a quello pensava. Sempre. Quello amava. Lui ne era soltanto il sostituto.

Squarci di ricordi lontani apparivano a Tito in un frenetico carosello, sovrapposti l'uno all'altro e scanditi da un'eco rimbombante: "Amava il figlio suo e non te... amava il figlio suo e non te... amava il figlio suo e non te...".

*Era il giorno della prima comunione. Il padre diceva: "Rachele, una macchina fotografica! Lo vizi! Il regalo gliel'ho già fatto io, a Tito, da parte di tutti e due".*

*"Io volevo fargli un regalo mio, così che pensa a quanto gli voglio bene, ogni volta che la usa!" rispondeva lei.*

*Era il ricordo più felice del bambino: si era sentito pienamente amato da quella zia che così di rado esprimeva i propri sentimenti.*

Ora Tito sapeva di essersi ingannato.

*Era caduto e la zia lo baciava. Il bambino era beato. Lei non lo baciava altro che per salutarlo, non lo abbracciava, non gli sussurrava paroline dolci. Il bambino doveva fingere di essersi fatto male per starle in braccio e ricevere carezze. Anche in quelle occasioni, la zia era reticente nelle manifestazioni di affetto, come se non dovesse. Poi lo mandava a giocare, come se avesse altri pensieri.*

Ora Tito capiva che lei pensava a suo figlio.

*Era un adolescente, in vacanza dal collegio. La comitiva di giovani di buona famiglia del paese lo aveva invitato ad andare a un concerto di musica leggera, faceva parte delle manifestazioni estive del comune. Lui non frequentava nessuno e lo desiderava con tutto l'ardore dei suoi sedici anni. Il padre non lo permetteva. Lui pietiva e usava tutti gli argomenti a sua disposizione: si annoiava a stare solo alla villa; desiderava conoscere altri giovani, c'era anche Ernesto, un ragazzo sennato e figlio del medico di famiglia; e poi era studioso, ubbidiente, manteneva la parola, non beveva, non fumava... insomma era affidabile, e naturalmente sarebbe rincasato all'ora stabilita dal padre.*

*La zia non interveniva. Lui le chiedeva di intercedere, voleva sapere cosa ne pensasse lei. E lei rispondeva: "Deve decidere tuo padre". Rimase impassibile, anche quando lui scoppiò in lagrime. Allora, lei disse al padre: "Va', consolalo tu, a tuo figlio," e li lasciò soli. Il padre girò sui tacchi e se ne andò senza dire parola.*

Ora Tito capiva che il suo dolore non la toccava.

*Il bambino diventato padre porgeva Teresa, neonata, alla zia. Lei si schermiva e lui insisteva. Alla fine la zia prendeva la piccola ma non la cullava, come fanno le altre donne. Non la baciava. La teneva stretta e la guardava, triste. Poi gliela restituiva in fretta e a lui si stringeva il cuore.*

Ora Tito capiva che lei pensava al figlio del figlio suo.

Tito piangeva e accarezzava la ruvida custodia della macchina fotografica, come fosse stata la pelle del bambino che anelava carezze.

## 26

Un nipote si comporta in modo riprovevole
*"Per fortuna, ho il diploma di pronto soccorso!"*

Mariola sparecchiava. Tito rimase seduto a capotavola. La seguiva con gli occhi, senza guardarla. Aveva parlato a monosillabi durante la cena, ma questo non era inconsueto; oltre tutto, erano ambedue stanchi. Mariola però era perplessa: c'era qualcosa che non andava. Aveva tolto la tovaglia; il centrotavola era di nuovo al suo posto.

"C'è niente che vuoi dirmi?"

Tito scosse la testa.

"Allora ti lascio. Vado sopra e poi mi corico. Ricorda alla zia che domani mattina parti. Sali, sei in ritardo!"

Il telegiornale stava per finire. Gli occhi incollati allo schermo, Tito non aveva prestato attenzione. Da quando era entrato nella stanza, aveva pensato soltanto a chi gli aveva negato l'amore della zia. Avvampava di gelosia. Doveva sapere; avere una conferma.

La sigla del telegiornale.

"Vai nell'altra stanza. Poi ti chiamo," disse a Dana.

Lei obbedì senza commenti.

Tito poggiò la mano sul braccio della zia, come faceva per attirarne l'attenzione. Ma quella sera strinse la mano a tenaglia.

"Chi è tuo figlio?" chiese. "Chi è tuo figlio?" ripeté. La voce si era alzata, la mano stringeva più forte.

La zia non si mosse: lo guardava con occhi umidi, impenetrabili.

Tito sentiva attraverso la manica le sue ossa sottili. Ebbe paura di farle male e allentò la presa, ma ripeté: "Chi è tuo figlio?".

"Chi è mio figlio?" mormorava la zia, disorientata.

"Devo sapere. Chi è tuo figlio?"

Lei non rispondeva, lo sguardo fisso su Tito. Cercava di svincolare il braccio, ma non vi riusciva.

Lui la strinse di nuovo, più forte.

"Chi è tuo figlio?"

Tito aveva afferrato con l'altra mano la spalliera della poltrona, senza lasciare la morsa, e la scuoteva; il corpo minuto della zia sussultava a ogni scossa, ma lei non rispondeva. Occhi negli occhi, uno chiedeva e l'altra non diceva.

La zia ora cercava di alzarsi. Tito doveva sentirlo dalla sua bocca, il nome di quel figlio, e continuava a stringere.

"Devo sapere!" urlò.

Lei riuscì a tirarsi su, facendo forza sulle gambe: si aiutava con l'altro braccio aggrappandosi al tavolino accanto alla poltrona. Il tavolino traballò, ma Tito non la lasciava libera.

"Devo sapere!" ripeteva.

Le gambe della zia cedettero e lei cadde riversa sul tavolino: sbatté la fronte contro la lampada di bronzo, il tavolino si rovesciò e la lampada rovinò sul pavimento con un tonfo.

Tito mollò la presa. Ferita, la zia scivolò a terra.

"Che è successo?" Dana irruppe nella stanza.

"Niente, niente. Sono caduta, aiutami ad alzarmi," mormorò la zia.

Tito lasciava fare alla badante e si teneva in disparte.

La zia non disse altro.

"Portala a letto, poi torno," disse lui, rauco.

Non aveva sensi di colpa. Era lucido e distaccato, era come se dovesse aggiustare il meccanismo delicato di una pendola: concentrazione; azione precisa; ascolto attento del meccanismo. Non aveva pietà per la zia.

Come un attore che, dietro le quinte, aspetta il proprio turno per rientrare in scena e recitare le sue battute, Tito ascoltava dall'altra stanza Dana, che, subito complice, ad alta voce gli faceva la cronaca di quanto avveniva sul palcoscenico: disinfettava la ferita della zia e la preparava per la notte.

La zia adesso era quieta. Quando Dana l'ebbe sistemata a letto la congedò con un: "Dammi il rosario e vattene".


"Che hai fatto a quella poveretta? Per fortuna, ho il diploma di pronto soccorso!" Dana voleva conto e ragione.

"Dirai che è caduta dal letto, di notte. Mia moglie ti licenzierà, probabilmente. Tu non parlare, capito?" Tito era glaciale e perfettamente padrone di sé.

"Ma così perdo il posto!"

"Avrai ventimila euro, te li darà il notaio; vacci domani pomeriggio. Io sarò già in viaggio. Devi andartene dal paese, dalla Sicilia."

"E se quello non mi paga? E se rimango senza lavoro?"

"Tieni questo orologio, è d'oro e ne vale molti di più," disse Tito, togliendosi il Rolex. "Ci sentiamo. Terrò il cellulare acceso."

"Mi dispiace. Grazie di tutto," aggiunse poi, e scomparve.


Scese per le scale quasi correndo e andò dritto verso la camera da letto. Una lama di luce filtrava da sotto la porta: Mariola era ancora sveglia. Interdetto, rimase in piedi, la mano sulla maniglia. Vacillava, aveva un sapore amarognolo in bocca e credeva di svenire. Andò in cucina e bevve acqua dal rubinetto prendendola dalle mani a conca, poi se la schizzò sul volto e sui capelli. Aprì la vetrata, aveva bisogno di aria.

Tito fece per il giardino, ma si fermò sulla soglia. Le foglie frusciavano e si sentiva, lontano, il verso del cuculo. L'aria fresca e il profumo della terra innaffiata erano invitanti. Lui non si scostava dalla soglia, come se i suoi piedi vi fossero stati inchiodati da un incantesimo: era prigioniero della villa. Non più lucido, si considerava vittima di un tranello della zia. Era stata lei a incoraggiare il fratello a prenderlo dall'orfanotrofio – per attutire i propri sensi di colpa e per avere chi si prendesse cura di lei in vecchiaia. Lei a costringere Tito a portare la famiglia in paese – per non abbandonare il suo dominio. E ancora lei a proporre la donazione – aveva anticipato la reazione di Tito, informato dal notaio –, a fingere di cadere per tenerlo incatenato a sé e negargli la vacanza con Dante.

Tito se la prendeva con il padre, anche lui succube della sorella. E con se stesso, per non essersi reso conto prima di come stavano le cose. Ma non riusciva a staccarsi dallo stipite della porta.


Qualcosa di ruvido e vischioso gli inumidì il dorso della mano: Zorro, adorante. Guidato dal cane, occhi umidi e passo lento, Tito girovagò nel giardino fino a tarda notte.

## 27.

Inconsueto inizio di un viaggio di piacere
*"Io sono un viaggiatore senza memoria."*

La sveglia del telefonino suonava. Tito la disattivò e si girò verso Mariola. Dormiva, la rivista appoggiata sul fianco, esattamente come l'aveva trovata la sera prima. Andò in bagno e si preparò in fretta. Portò la valigia nel corridoio, poi rientrò in camera: un bacio veloce e subito via, lasciando Mariola confusa e insonnacchiata.

Alle sette in punto la macchina di Dante lo aspettava davanti il cancello.

Il cd era finito. Dante ne inserì un altro, canticchiava a bocca chiusa. Erano in viaggio da più di un'ora e Tito non aveva detto una parola. Alla rotonda, Dante prese la strada secondaria che saliva su per la collina.

"Non di qua!"

"Finalmente la tua voce!"

La strada si restringeva e saliva dissestata sui tornanti. La collina era schiacciata come un budino e il paese non era in vista. Come maglie di una rete sdillabrata, muretti a secco diroccati si intersecavano sui suoi fianchi delimitando piccoli poderi di forme diverse. Molti, incolti ma terrosi, erano coperti di margherite selvatiche e papaveri; altri, non dissodati, erano un campo di pietre in mezzo alle quali spuntavano ciuffi di erba e piante spontanee dai piccoli fiori gialli; in altri crescevano stentati mandorli rachitici; in altri ancora si individuavano vestigia di vecchi vigneti spampinati. Pochi, e vistosi, erano coltivati a trigonella: una massa di fiori a grappolo rosso scuro come sangue coagulato. Era una campagna sofferta e dolente.

Dopo l'ultima curva, sulla cima appiattita della collina apparve il paese: un mucchio di case a un piano e catoio, raccolte attorno alla chiesa. Sulla piazza, uno slargo della strada che li aveva condotti sin lì e che attraversava l'abitato, sboccavano da tutte le parti tortuose stradine di basole; c'erano una modesta chiesa ottocentesca e alcune botteghe sbarrate, qualcuna con il cartello "Vendesi" attaccato alla saracinesca, altre abbandonate. L'unico bar era irriconoscibile dall'esterno perché non aveva vetrina, ma avvicinandosi alla porta si intravedevano nella semioscurità tre tavolini di metallo e una decina di sedie impilate contro la parete. Dietro lo squallido bancone, un Gesù dal cuore vermiglio e la vecchia pubblicità di un aperitivo. Un solo negozio era aperto. Nella minuscola vetrina era esposta, accatastata contro il vetro, merce di tutti i tipi: carta igienica, bottoni, cacciaviti, statuine di santi, cacio e scatole di sarde salate – uno spaccio d'emergenza.

"Due caffè e due cornetti, per favore," ordinò Dante entrando nel bar.

"Genovesi ci sono." L'uomo dietro il banco li guardava sospettoso. "Le piace la genovese?"

Tito gli venne in soccorso: "È un pasticciotto di pasta frolla ripieno di crema gialla, ne prendo uno anch'io". Poi aggiunse: "Scusami, sono stato un pessimo compagno di viaggio".


Sbocconcellavano il pasticciotto sulla porta del bar.

Uomini vecchi e curvi – la coppola calcata sulla testa e la sporta della spesa penzoloni in mano – strascicavano verso la piazza. Tutto era grigio: case, tegole e strade. L'unica traccia di colore era offerta dai manifesti elettorali, sbiaditi e incollati strato su strato.

"È un paese di vecchi. I giovani sono emigrati in massa in Australia negli anni cinquanta. Da lì, non si ritorna. Sono rimasti in pochi e aspettano di morire," spiegava Tito.

"Mademoiselle diceva che nei bar dei paesi non riusciva a farsi capire. Sembra che non sia cambiato nulla."

"La conoscevi anche tu?"

Tito venne interrotto dallo squillo del telefonino. Era Santi.

"Non allarmarti, ma stamattina mamma ha notato una ferita sulla fronte della zia." Santi diceva che la zia non aveva saputo dare una spiegazione, probabilmente non voleva mettere in difficoltà Dana. Né lui, né la madre, e nemmeno il medico, erano riusciti a farla parlare. "Ernesto l'ha visitata con cura: ha dei lividi sul braccio destro. Sembrerebbe una caduta non seria, data l'età. Comunque, ha predisposto gli esami di controllo."

"Come sta adesso?"

"Bene. La teniamo a letto per precauzione. C'è altro. Dana sostiene che è caduta di notte, da sola. Forse cercava di alzarsi. Le ha messo un cerotto, e non dice altro. Poi ha insultato la mamma. Bisogna licenziarla." Santi fece una pausa e aggiunse: "È necessario, papà".

"Per me va bene, dillo alla mamma. Vuoi che torni a casa?"

"Assolutamente no. Lascia che se ne occupi lei, mi sembra giusto. Adesso è venuta Elisa. Io penserò al resto. La zia sta bene, te lo assicuro."

"Grazie. Dammi notizie."

"Salutami Dante. Divertitevi."


Scendevano a valle. Attraversarono un banco di nebbia. Poi, cielo grigio, sole velato di caligine. Dall'alto i poderi sembravano il costume di Arlecchino, a rombi gialli, rossi, verdi, marroni e grigiastri. Un nuvolone vagante aveva coperto completamente il sole e tutto a un tratto i campi assunsero una tonalità metallica. La massa di nuvole si spostava lentamente, radi e stretti fasci di raggi la perciavano e colpivano la terra e, come fari, esaltavano i colori quasi fossero di smalto. Cristalli di gesso riverberavano dalle pietre colpite dalla luce e mandavano bagliori. La scena aveva un non so che di surreale, minaccioso.

Dante volle fermarsi a fotografare. Tito scattava di malavoglia. Aspettava che l'altro finisse, seguendo i propri pensieri. Dana gli sarebbe mancata. Ricordava il suo corpo robusto e la sua schietta sensualità.

Dante intanto si inginocchiava, si alzava, si piegava, saliva su un muretto, si sdraiava sull'erba, prendeva l'esposimetro, lo posava, controllava il termo-colorimetro, cambiava i filtri dell'obiettivo. Meticoloso. Si muoveva con gesti ora misurati, ora velocissimi. In silenzio. Quando la macchina fotografica era predisposta, aspettava la luce giusta. Paziente. Poi scattava. I sensi di Tito si risvegliavano. Teso come un felino in agguato, vigoroso come un cacciatore in cerca della preda, pronto a scattare al momento decisivo, Dante possedeva una sensualità animalesca.


Erano in coda dietro un camion.

"Ti vedo pensieroso. Quando sono in viaggio, io le preoccupazioni me le lascio alle spalle. A volte dimentico persino me stesso. Se ricordo cose mie, è come se non mi appartenessero: le distorco, le immagino. Io sono come le lastre delle macchine fotografiche d'anteguerra: assorbo e sublimo."

"Anch'io, quando lavoro sugli orologi, dimentico: pastificio, affari, famiglia. Apro uno sportello alla volta, e chiudo gli altri. Ma non so ricordare, come fai tu, e nemmeno immaginare. Insegnami."

"Cominciamo dalla storia di qualcuno che è diventato un personaggio immaginario. Siamo nel 1917, nella Russia bolscevica. Una famiglia facoltosa impiega una giovane straniera, Elsa, perché insegni le lingue ai figli. I rivoluzionari irrompono nella casa e trucidano padroni, servi e bambini. Elsa acchiappa la figlia più piccola, di appena un anno, si rifugia nella sua camera e tenendola abbracciata a sé si nasconde sotto le coperte. Quelli le scovano e cercano di strapparle la bambina. Lei finge di essere la madre e li supplica di non ucciderle: sono straniere.

"Senza mezzi né conoscenze, in un paese dilaniato dalla guerra civile, Elsa cerca di rimpatriare. Patisce fame e gelo, corre gravi pericoli, ma va avanti, vendendo il proprio corpo in cambio di cibo e trasporto per lei e la bambina.

"La famiglia non l'accoglie come lei aveva sperato: la accusa di essere la madre della bambina e la caccia di casa. Una donna di facili costumi se ne impietosisce e le offre ospitalità. Povera ed emarginata, Elsa si affanna alla ricerca di parenti della bambina sfuggiti alla strage. Rintraccia degli zii, ai quali porta la piccola, che ormai ha tre anni. Le accolgono in casa loro, ma è lei che la bambina considera la propria madre e dei parenti non vuol saperne: una situazione impossibile. Elsa deve andarsene, e trova lavoro nella stessa città. Ma pena per la bambina e va a trovarla spesso: e poi la piccola vuole lei. Elsa decide di partire, di andare lontano, e si prende cura di una bambina d'oltremare. Ma ogni anno torna a trovare la bambina russa e si affeziona ai nuovi nati in famiglia.

"Elsa ama molto la bambina d'oltremare e rimane con lei fino a quando diventa una giovane donna: pensa che non la lascerà mai. Ma a un certo punto si crea fra loro un disaccordo insanabile. Elsa non sa cosa fare, e nemmeno dove andare. Intanto la bambina russa, ormai madre e sposa felice, offre rifugio a una cugina e al figlio che quella ha in grembo. Elsa la raggiunge e si prende cura del neonato. Ma non è felice: ha il pensiero alla ragazza d'oltremare e fa promettere al bambino che, quando sarà grande, la cercherà e le porterà il suo messaggio di perdono. Da vecchia, muore in pace: ha sempre fatto quello che considerava giusto per gli altri."

"E quello, la trovò la ragazza d'oltremare?"

Dante stava superando due macchine. "Io sono un viaggiatore senza memoria." E pigiò sull'acceleratore.

## 28.

Dana in città
*"Tu sei giovane e hai il futuro davanti."*

Dana usciva dallo studio del notaio speranzosa.

Furiosa contro Mariola, si era rivolta a Irina con il pretesto di chiederle consigli, per far sì che Tito sapesse dell'accaduto. L'inatteso invito a Palermo le era sembrato un segno di buon augurio.

"Vado nel palazzo di un principe, altro che lavorare per quei miserabili dei tuoi padroni!" aveva detto al guardiano della villa, che l'aveva accompagnata in macchina alla stazione. Gli aveva ingiunto di portarle le valigie fin sul treno e poi lo aveva congedato con una mancia.

Il grande portone di legno mangiato dal tempo e chiuso, l'intonaco a pezzi, le ringhiere dei balconi arrugginite, le persiane scrostate: dalla facciata il palazzo sarebbe sembrato abbandonato, se non fosse stato per il pannello d'ottone del citofono.

Dana entrò nell'androne attraverso la porticina ricavata in una delle ante del portone. Era un ingresso gentilizio ampio e a volta; terminava in un arco colonnato che dava sul cortile – un tempo giardino. Addossata al muro, una catasta di sacchi pronti per la raccolta differenziata – attorno, sagome di polistirolo, una sedia sfondata e un cartone di bottiglie di vino. Per terra, volantini scoloriti, cicche di sigarette e cartacce diventati tutt'uno con le lastre di pietra. Dana avanzava esitante.

Da una vetrata aperta a metà si intravedeva la scala monumentale del piano nobile. Dana entrò nel cortile interno diretta alla scala indicata da Irina. Latrati. In un angolo, dietro le auto e i motorini parcheggiati tra le palme e gli arbusti selvatici, con della rete metallica era stato ricavato un canile. Due alsaziani ringhiavano, le zampe anteriori aggrappate alla rete.

Irina preparava il tè e Dana, nel salotto, l'aspettava e si guardava intorno. La volta del soffitto, sbiadita da vecchie macchie di umidità, era affrescata con scene mitologiche dai colori chiari. Specchiere dorate e quadri scuri erano appesi alle pareti rivestite di carta stinta e rattoppata con ritagli dello stesso disegno arabescato, ma dai colori vividi. Le tende di broccato, stinte anch'esse, erano appesantite dalla polvere sedimentata nei drappeggi delle cadute. I divani di velluto maltrattato respingevano, anziché invitare sui loro cuscini. Eppure, in quel salotto un tempo sontuoso, rimaneva un certo pudore gentilizio: una felce troneggiava in un braciere di ottone, i due balconi aprivano su una terrazza piena di piante rigogliose e vasi e oggetti antichi erano disposti con gusto sui mobili intarsiati.

"Non è affascinante?" diceva Irina porgendole la tazza di tè. "Qui abitava la suocera del principe di Sciali: una contessa. Sarà completamente ristrutturato, nel frattempo il principe me lo ha offerto per un mese. È un appartamento ideale per ricevere: basta ripulirlo e tornerà a essere splendido. Te lo faccio girare."

Le altre stanze diedero a Dana un senso di profondo sconforto. I pavimenti erano crepati, le mattonelle bianche e verdi a spina di pesce consunte, anche se negli angoli e sotto i mobili il gioco dei colori era intatto e lucido. La vernice di porte e finestre era screpolata. I bracci dei lampadari di Murano avevano tante lampadine quante bastavano per una fioca illuminazione – le corolle e i petali di vetro soffiato che ne erano privi sembravano dita brancolanti nel vuoto. I mobili erano malandati – vecchi, non antichi. La zona dei servizi era rimasta tale e quale da decenni, e sapeva di unto. In quelle stanze dominava impietoso un degrado privo di dignità.

Dana ascoltava dubbiosa il cicalare di Irina e rimpiangeva la villa, dove imperavano l'ordine e la pulizia.

"Romantic Luxury, un'agenzia di viaggi internazionale che vuole incrementare il turismo d'élite in Sicilia, mi ha chiesto una consulenza. Qui i palazzi nobiliari si affittano per ricevimenti; alcuni proprietari offrono anche bed & breakfast. Devo trovare contatti. Voglio dare dei pranzi... Tu potresti cucinare e servire a tavola. Non mi pagherai per la tua camera, ma divideremo i lavori di casa e le spese." Irina tacque, si guardava intorno. Poi aggiunse, con un lieve sospiro: "Sono a corto di denaro. Un tempo, ero convinta che non mi sarebbe successo mai più...". Si girò a guardare Dana. "Tu sei giovane e hai il futuro davanti. Non li dimostro, ma io ho tanti anni più di te..."


Era sera. Irina era andata a un ricevimento. Dana vagava per il labirinto di stradine della città vecchia. Le mura erano coperte di graffiti e manifesti. Bottegucce di artigiani e negozi apparentemente abbandonati si alternavano a bar e vinerie alla moda. Case dirute convivevano con edifici in stato avanzato di ristrutturazione. Alcune strade erano deserte; in altre, quelle sulle quali si aprivano i locali, c'era folla. Dana si ritrovò davanti alla chiesa di San Francesco.


"*Dammi la collana di granati,*" diceva la zia.

"*Anche questa ci sta bene,*" rispondeva lei, pigra, porgendole quella di perle.

"*No, quella voglio.*"

*Le dita rugose giocherellavano con le perline amaranto intercalate ad altre d'oro. "Compivo diciannove anni. La guerra non era ancora cominciata. C'era poca scelta nei negozi, e lui* se ne scusava. Ma a me parve bellissima. Volle mettermela subito al collo, davanti agli altri. Mi sfiorava la pelle e io mi sentivo desiderata. La portavo spesso. Lui se ne accorgeva. Quando meno me l'aspettavo, mi si avvicinava e la tirava dalla chiusura. Le sue dita mi solleticavano la nuca e io rabbrividivo.

"Un pomeriggio ero con Mademoiselle alla chiesa di San Francesco; parlava un predicatore famoso. All'uscita era già buio. La focacceria era aperta. C'erano degli ufficiali che lui frequentava, allora rallentai. Mademoiselle mi faceva premura. Lo sapevo che lui non era tra quelli, ma lo stesso non staccavo gli occhi dai giovani in uniforme.

"Da dietro, un braccio mi prese per la vita. Una mano si infilava nella collana di granati. La tirava. Ebbi paura. Prima che Mademoiselle potesse aprire bocca, lui mi girò e mi strinse fortissimo. Affossata nel suo petto, piangevo e quasi senza accorgermene gli coprivo di baci leggeri un quadratino di uniforme. Non riuscivo a staccarmi da lui. 'Rachele, ricomponiti!' diceva Mademoiselle. Io mi asciugavo le lagrime con la punta del fazzoletto e guardavo altrove. La facciata della chiesa illuminata dalla luna era pallida e il rosone era come un occhio immenso; il cielo pieno di stelle sembrava un paramento di velluto disteso sulla piazza. Mi sentii protetta dall'occhio di Dio.

"Poi lui raggiunse i suoi amici e noi ce ne tornammo a casa. Mademoiselle non mi rivolse la parola per tutto il cammino, ma io non ci facevo caso, mi tormentavo la collana..."


Faceva caldo. La focacceria brulicava di giovani e turisti. La gente aspettava che si liberassero i tavolini all'aperto. La voce di una cantante jazz usciva dalla vineria all'angolo e annegava nel brusio della piazza. Una coppietta si baciava appiattita contro un muro.


Dana desiderò le umide vasate risucchianti di Tito.

# 29.

Un diverbio tra amici
*"Ti piacciono le cose inanimate, senza sentimenti."*

Stavano bene insieme. Tito non si stancava di ascoltare Dante e contribuiva alla conversazione. Passavano da una cosa all'altra e a volte si irritavano a vicenda: era parte del processo di conoscersi.

"Non parli mai di te. Che lavoro avresti desiderato fare, quando eri piccolo?"

"Mi sarebbe piaciuto essere un ingegnere meccanico. Giocavo con il meccano. Ricordo il primo che ho avuto. D'inverno andavamo in vacanza sulle Dolomiti, dove avevamo una baita. Mio padre e io andavamo a sciare, la zia rimaneva in casa. Quando faceva buio mi annoiavo. Mio padre mi regalò quel meccano e la sera mi divertivo a costruire case, ponti, mulini. Mi piacciono le costruzioni, ma i macchinari ancora di più. Prima dell'informatizzazione, per me le macchine del pastificio non avevano segreti. Sapevo smontarle e rimontarle. Mi piaceva sentire la connessione tra utensile e movimento. Verificavo la tensione delle pulegge, la presa degli ingranaggi... Ora mi piace aggiustare orologi antichi e anche vecchi, e perfino i giocattoli dei nipoti."

"Ti piacciono le cose inanimate, senza sentimenti."

"Sì, se la metti così, purché si muovano."

"Tuo padre giocava con te?"

"Ogni tanto. C'era una tedesca che badava a me. Lui e

la zia uscivano o stavano per i fatti loro. Erano belle vacanze, quelle."


Si fermarono in un agriturismo dell'entroterra: una fattoria ottocentesca fra dolci colline di frumento maturo, circondate da altre colline che, innalzandosi, diventavano brulle e rocciose. Su una di queste, la più alta, era aggrappato un paese; la circondava, come un bracciale. Le case finivano ai piedi di un enorme masso di roccia rosata; dal centro di questo si levavano altre rocce – altissime, le pareti a picco e lisce – come una mano gigantesca dalle dita di pietra, dritte e appiccicate una all'altra, e stagliate contro il cielo azzurro.

Lì faceva fresco; dopo cena, Tito e Dante sorseggiavano vino accanto al caminetto acceso. Erano soli.

"Ho parlato con Santi. La rumena è stata licenziata, dopo una scenata."

"Con tua moglie?"

"Non soltanto con lei, anche con Elisa." Tito si versò un altro bicchiere.

"Anche Irina se ne andrà prima del previsto. Non mi dispiace. Non credere che io abbia continuo bisogno di donne. La mia passione va e viene. Fondamentalmente, amo la tranquillità."

Tito osservava il soffitto. "Il gestore mi ha detto che durante la guerra una bomba americana ha squarciato il tetto. Guarda, il restauro è grossolano."

"Raccontami dei tempi di guerra... che ti diceva tuo padre?"

"Il pastificio non chiuse mai, nemmeno dopo la morte del nonno. Mio padre combatté con l'esercito fino al congedo: prima fu ferito e poi cominciarono i problemi con la vista. Rimpiangeva di non aver potuto difendere l'Italia sino alla fine. Ma avrà avuto anche dei periodi piacevoli," aggiunse Tito ammiccando, "io sono nato durante la guerra."

"Da un grande amore?"

"Così mi disse lui, e io gli credo."

"Dov'era Rachele, a quel tempo?"

"All'inizio della guerra si trovava a Roma; seguiva un corso di stenodattilografia. Il nonno poi la volle a casa e, a quanto mi risulta, restò a Palermo."

"Aveva ancora la governante?"

"Sì, era rimasta da noi anche quando la zia era andata in collegio. Dava lezioni di tedesco, aveva le sue amicizie e pensavano che sarebbe rimasta per sempre, quasi come una di famiglia. Sarebbe stata lei ad allevarmi, e non la zia, se non ci fosse stata la guerra: ma quando scoppiò volle tornare dai suoi, in Svizzera."

Soltanto allora Tito collegò la partenza di Mademoiselle con la decisione della zia di prendersi cura di lui: lei non avrebbe voluto, vi era stata costretta dalle circostanze. Altro che la storia raccontata al suo medico! Tito si scolò il vino e sbatté il bicchiere sul tavolo.

"Sei mai stato curioso su tua madre?"

"Raramente."

"E su Rachele?"

"Curioso sulla zia? Mai. Le ero grato, come mio padre. Ma anche lui si era sacrificato per lei: la lasciò padrona in casa nostra e per questo non poté prendere moglie."

Il tono di Tito era sprezzante: e disprezzo era proprio quello che sentiva. Si riempì un altro bicchiere. La zia aveva rovinato la vita del padre. Ma quello, ignaro, non lo capiva e la adorava. Più Tito beveva, più la collera aumentava.

"Rachele era intelligente, bella e anche ricca, da parte di madre. Aveva davanti a sé un futuro brillante. Rinunciò a tutto questo per amor tuo, non lo capisci?" La voce di Dante era dura. Tito avvampò. Dante continuava. "Santi mi ha ripetuto una bellissima frase di Rachele: 'Da quando è nato tuo padre, non ho desiderato altro che vivere con lui e mio fratello e non me ne sono mai pentita'."

Tito era sul punto di scoppiare. Rovesciò il portacenere dal bracciolo e se ne andò senza salutare. Dante lo raccattò e prese la guida. Ma non la apriva. Poi la gettò sul divano e rimase a contemplare la cenere e le cicche sparpagliate sul pavimento.

A notte fonda, Tito si svegliò per andare in bagno. Si era addormentato vestito. Inciampò nella valigia, ancora chiusa e in piedi di fianco al letto, come un secondino.

# 30.

## Le Macalube
*"Il tradimento li ferisce più della violenza fisica,
eppure continuano ad amare chi li offende."*

"Sei sicuro che sia la strada giusta? Non vedo anima viva," diceva Tito arrancando. Dante aveva insistito che bisognava andarci a piedi. Né la guida né i passanti a cui avevano chiesto indicazioni erano stati chiari su come raggiungere le Macalube. Seguivano un sentiero invaso da erba stentata. Dante andava spedito, carico di macchine fotografiche, dimentico di avere un compagno.

Abbandonò il sentiero e procedette a grandi passi sulle zolle rivoltate. La terra era dissestata, poi divenne sconvolta. Non c'era traccia di vegetazione e nemmeno di insetti. Tutto taceva. Più si avvicinavano, più prendeva corpo una piattaforma ondulata con dei pinnacoli neri. Dante prese a correre.

Era sul gradone del deposito più recente: una distesa di argilla bluastra coperta da un reticolo di crepe fresche e dalla quale emergevano decine di neri coni eruttanti, la riproduzione su minuscola scala di un paesaggio vulcanico. Dante si sentiva un gigante. Il cielo era solcato in lungo e in largo da stormi di uccelli in formazione: deviavano per evitare le Macalube.

I coni erano di tutte le forme e misure, alti, schiacciati, tozzi, esili, panciuti. Ognuno aveva il proprio ritmo, secondo la frequenza dell'emissione di argilla mista a metano che usciva dalla bocca e colava da un solo cedimento del bordo. Anche le colate erano diverse per portata, densità e velocità. Una, incanalata nell'argilla soffice, seguiva un percorso tortuoso apparentemente senza fine. Alcune si congiungevano come fiumare confluenti; altre si allargavano in polle minuscole, altre correvano ripide e scomparivano in spaccature profonde, altre ancora si coagulavano in molle argilla.

Dante, da un vulcanello all'altro, seguiva un percorso immaginario.

L'argilla rigurgitata si era solidificata alla base di un cono sottile, creando un argine; la colata, lentissima, non si incanalava. Densa, si ripiegava invece su se stessa, in pieghe lisce e lucide, come lo strascico di raso di una sposa nerovestita che, con un gesto del braccio, lo sollevi e lo lasci ricadere leggiadro al proprio fianco.

Un altro cono – basso e a bocca larga – eruttava acqua quasi limpida. Una farfalla, attratta da quel gorgoglio invitante, sbatteva frenetica le ali maculate di marrone. Il bordo vischioso del cratere minacciava l'imprudente sosta. Con rinnovata energia, la farfalla riprese a sbattere le ali e volò via.

Dante assaggiò l'acquetta del cratere. Anche Tito vi immerse un dito, dubbioso. "Amara, salata!" esclamò disgustato.


Scendevano dal lato opposto.

La vista era desolata, grigia e priva di colore come la superficie della luna. Il nuovo gradone poggiava grumoso sull'argilla rigurgitata dal deposito della precedente eruzione, come il guano scuro di un uccello gigante del quale si pascevano neri mosconi. Si individuavano bene i vecchi gradoni che scendevano in basso; in svariate tonalità di grigio, a seconda della vetustà, erano spennellati di strisce di sale cristallizzato che luccicavano sotto i raggi del sole. Fenditure profonde, strette e lunghissime, formavano grandi riquadri, a loro volta suddivisi in altri, e altri ancora, ognuno attraversato da crepe fitte e sottili, come la pelle rugosa di un vecchio.

Anche lì c'era vita. Come pus, fughe di acqua e metano si sprigionavano ancora dalle bocche di coni erosi e formavano polle di melma di diversa grandezza. Ogni polla tremolava, palpitante. Era come se sotto terra ci fosse un'immensa bolla di gas che voleva affiorare. La superficie, lucida e densa, opponeva resistenza, poi cedeva ed eruttava; la colata debordava e seguiva l'antica incanalatura.

Più in alto, una distesa di grandi polle di fango – a forma di imbuto, la parte interna profondissima – gorgogliavano placide. Il gas affiorava in piccole bolle e la melma si allargava attorno in cerchi concentrici dalle diverse gradazioni di grigio. L'argilla, apparentemente solidificata ai bordi, era traditrice: simile alle sabbie mobili, inghiottiva gli incauti.

Sul livello inferiore, tuttora sconvolto dalle eruzioni, spuntavano – rade – le piante assuefatte alla salinità. Lì le falde di argilla, costrette in pieghe e contorsioni, avevano creato dei valloni. Alcuni erano diventati stagni d'acqua piovana e rifugio di uccelli. In altri c'erano laghi piccoli e stretti; profondissimi, venivano alimentati da acque sotterranee.


Piovigginava. Aspettando che schiarisse, Dante e Tito guardavano dall'alto uno di questi laghetti. Era fiancheggiato da pareti nude e rugose. Il giallo ocra dell'argilla contrastava con le sfumature blu scuro dell'acqua che culminavano in nero pece, sopra la profonda spaccatura da cui affiorava la vena, come la pupilla di un occhio. Stupendo ma letale: le emissioni di gas alla superficie sopraffacevano chiunque si avvicinasse.

Dante inspirava. "Siamo sulla crosta della terra. Le sue viscere esalano odore di vita e di morte, come gli odori del nostro corpo: quello unto dei capelli, quello salato della pelle calda, quello acido della cavità dell'orecchio. Ma anche sentori diversi, agri, che sanno di pesce e perfino di marcio e che risvegliano gli istinti. C'è qualcosa di sacro, qui."

Tito non lo capiva. A lui le Macalube non piacevano.

Due cani scendevano correndo da un'altura. Cambiarono direzione e deviarono verso di loro. Si fermarono. Seduti sulle zampe posteriori, ansavano assetati – il muso girato verso le polle. Non osavano scendere a bere; guardavano gli uomini e aspettavano l'ordine. Puntavano gli occhi sull'acqua, poi sugli uomini – le mandibole aperte, le lingue penzoloni – e poi di nuovo acqua-uomini-acqua. Quindi, all'unisono, si rizzarono sulle zampe e scapparono via nella direzione da cui erano venuti.

"A un nostro cenno, sarebbero discesi in quell'inferno di metano e avrebbero bevuto," osservò Dante. E poi aggiunse, piano, come se pensasse ad alta voce: "Sono come i bambini: fiduciosi e bisognosi di affetto. Il tradimento li ferisce più della violenza fisica, eppure continuano ad amare chi li offende".

Tito si alzò di scatto e si diresse verso la collina da cui erano sbucati i cani. Camminava in linea retta, senza guardare dove metteva i piedi. Inciampava sulle pietre, sprofondava in pozze di fango, saliva su crateri spenti, attraversava rigagnoli, sbriciolava zolle di terra sotto le suole. Quasi sbatté contro la recinzione di filo spinato. Oltre, le pieghe della terra erano coperte di pascoli, come un mare di onde dolci e verdi. Il vento trasportava il frinire delle cicale, il brusio degli insetti e un tenue profumo di erba. Più lontano, le bianche groppe di un gregge; lente, le pecore si inerpicavano brucando, seguite dal pastore e dai due cani di prima. Le nu-

vole correvano nel cielo. Timido, appariva il sole. Tito sentiva il suo tepore e capiva che, come le Macalube si trasforma-
vano in pascolo, così il bambino tradito dentro di lui doveva
farsi uomo.


Lontano da casa e solo, Tito cresceva. Lagrime rade
gli scorrevano sulle guance. Il vento gliele asciugava, a una
a una.

## 31

## Mariola
*"Cosa vuoi che faccia? Che mi separi per una cameriera?"*

Mariola era abituata alla lontananza dal marito. Anche nei primi anni di matrimonio, quando Teresa e Santi erano piccoli, lui la lasciava a Palermo per andare in paese, dove spesso pernottava. Da quando vivevano alla villa, ogni anno lui partiva per le fiere e lei faceva brevi visite a Palermo o partiva per rinnovare il guardaroba a Roma. Non avrebbe mai ammesso che ormai l'assenza di Tito le era gradita, ma in genere era proprio così: mangiava quel che le piaceva – lui aborriva le frattaglie e il fegato, mentre lei ne era ghiotta – e poteva dedicarsi a se stessa senza il pensiero di accudirlo. Inoltre, era coccolata dalle figlie: le mandavano una nipotina, a turno, per la notte, e lei se la coricava nel letto grande. Ma quella volta le cose andarono male sin dall'inizio: la ferita della zia e il confronto con Dana, culminato nel suo licenziamento, avevano creato un pandemonio.

Pranzava con Elisa. Aveva perfino dimenticato di dare disposizioni per il pranzo e adesso stavano mangiando riso e curry di pollo e verdure: quello che Sonia e Manuel avevano cucinato per sé.

Elisa era su di giri: era venuta alla villa di prima mattina e non se n'era più andata. Era stata la prima a parlare di furto; la madre non aveva ancora indagato, ma adesso erano entrambe sicure che Dana avesse rubato, e molto, oltre alla sciarpa recuperata. Elisa aveva visto di sfuggita nella valigia della rumena anche l'orologio del padre, regalo di compleanno della madre. Per questo Dana le aveva afferrato il braccio ed erano venute alle mani. Quell'informazione Elisa se la teneva per sé: era una carta da giocare dopo. Teresa invece era rimasta a casa dicendo di avere molto lavoro; sarebbe venuta nel pomeriggio.

"Non so cosa avrei fatto, senza te e Santi," diceva Mariola, servendosi di un'altra cucchiaiata di riso, "speriamo che la zia si riprenda presto. Santi dice che non c'è bisogno di far tornare papà, tu che ne pensi?"

"Gliela potremmo ben guastare, la vacanza con quell'intrigante! Ma noi affidiamo tutto a Santi, come sempre..."

"Santi è saggio, anche tu segui i suoi consigli. E poi lascialo in pace, è preoccupato per Titino. Secondo me è colpa di questi computer, ai bambini non fa bene stare ore intere davanti allo schermo..."

"Sentiremo cosa dirà l'oculista." Elisa fu sbrigativa. Anche lei era preoccupata. "Intanto devi decidere cosa dire a papà."

"Cosa vuoi che faccia? Che mi separi per una cameriera?"

"Devi cantargliele tutte: non può più recitare la parte dell'uomo probo," sentenziò Elisa. Accusò il padre di aver fatto un'inutile tragedia sull'albero genealogico: lo sapevano tutti che durante la guerra le mogli dei militari si erano date alla pazza gioia, e il nonno ne aveva approfittato. "Santa non sono stata, ma lo divento, a paragone di quelle!" esclamò. E continuava: "Chissà che faceva la zia, durante la guerra. Vero è che badò a papà, ma sempre con tanto di bambinaia! Non la sentivi, oggi? Io sì!". Diceva che la zia ripeteva frasi d'amore, parlava di attese, perfino di aborti. Ignorando lo sguardo tra il severo e il sorpreso della madre, Elisa ora insinuava che la zia, con il pretesto di far visita a una vecchia monaca, da giovane se ne andava in vacanza altrove. "Chissà dove e con chi! Certo è che voi tutti, nonno compreso, non ne sapevate niente." Lei invece sapeva, perché un vecchio psichiatra che faceva volontariato nella comunità di recupero una volta le aveva raccontato che da giovane avrebbe voluto sposare la zia, ma lei lo aveva respinto; l'aveva rivista, anni dopo, in Norvegia: era su una nave da crociera diretta al sole di mezzanotte, bella come ai tempi, aveva detto il medico, si era fatta donna e rideva, i capelli al vento. Lui era sulla banchina e le aveva rivolto un cenno. Era sicuro che lo avesse riconosciuto, ma forse non aveva voluto essere vista. Comunque non era riuscito a parlarle. Ed era rimasto sorpreso quando Elisa gli aveva detto che non si era mai maritata.

"La zia, per buona che sembri, soltanto a lei stessa ha pensato, sempre!" concluse.

"Che stai dicendo! Niente si è mai detto su di lei, e quei pochi viaggi che si faceva erano con il nonno e basta. Finisci il caffè, presto, devo andare dalla zia."

Mariola non faceva più caso alle sparate di Elisa e, infilando il tovagliolo arrotolato nell'anello d'argento, sospirò: "Niente riposino, oggi! Chissà se si ricorda che abbiamo licenziato Dana". Badare alla zia le pesava. Ineccepibile, discreta e affettuosa, la zia si era tenuta a distanza ed era rimasta sostanzialmente un'estranea. Quando poi aveva fatto quella caduta l'anno precedente, Mariola aveva appoggiato Tito nella decisione di prendere una badante a tempo pieno; da allora con la zia aveva trascorso poco tempo e non le era dispiaciuto.


La zia era in dormiveglia: Ernesto le aveva prescritto un tranquillante. Mariola preparava la stoffa per il ricamo a punto smock dei vestiti delle bambine di Teresa.

"Dov'è andata Dana?"

"Zia, abbiamo dovuto licenziarla: ha mancato di rispetto a me e a Elisa, ha anche rubato..."

"Lo so. Ma voglio sapere dov'è andata."

"Non ne ho idea, si è fatta accompagnare alla stazione. Tornerà al suo paese, o forse andrà altrove, a cercare lavoro."


La zia voleva della musica: la fine della prima parte del secondo atto di *Madama Butterfly*.

*Che tua madre dovrà prenderti in braccio ed alla pioggia e al vento andar per la città a guadagnarti il pane...*

"Avrei voluto darle un regalo, per il figlio..." mormorava.

"Un bambino di Dana!" esclamò Mariola; stava infilando nell'ago il filo per imbastire e si punse, subito allarmata: che Tito la conoscesse da prima?

"Un ragazzo tredicenne, vive con una cugina; lei gli manda denari ogni mese. È una brava donna."

"Almeno se ne occupa così..."

"Non si fa chiamare mamma e questo non mi piace. Lui non sa chi sia, lei..." La zia si interruppe: ascoltava – *e starem zitti come topolini ad aspettar* – le ultime parole di Butterfly prima dell'inizio del coro a bocca chiusa. Poi cominciò a seguire il mormorio – dolcissimo, struggente – con piccoli movimenti del capo, gli occhi vacui. Anche Mariola ascoltava; le piaceva.

"Dare il figlio ad altri è uno dei dolori più grandi, anche se il bambino se ne va con il padre!" esclamò la zia.

Mariola la guardò e perse il conto dei quadratini della stoffa, adesso doveva ricominciare. "Povera Madama Butterfly!" disse, e riprese a contare.

"Ma lo è anche non poter essere chiamata mamma da un figlio." La zia puntò gli occhi su Mariola. "È bellissimo essere chiamata mamma, vero?"

Mariola volle metterci la sua. Appuntò l'ago sulla stoffa e disse, seria seria: "Ma Dana è così. Solo una madre snaturata può voler nascondere a un figlio di essere sua madre".

La zia la fissava, negli occhi verdi una luce tagliente. "Rimetti quella musica, va'," le ordinò, e ascoltò l'opera con le palpebre abbassate senza più aprire bocca.

L'indomani al medico la zia non piacque per nulla; probabilmente aveva avuto un leggero colpo: sembrava più stanca del giorno prima e parlottava da sola. Bisognava tenerla d'occhio.

Mariola dispose tutto, e bene: Sonia avrebbe fatto da badante e lei e i figli si sarebbero dati il turno accanto al letto della zia. Ora riposava sdraiata sul letto, mentre Sonia era di sopra. Le telefonò Antonio, aveva bisogno urgente di parlarle. Di persona e a quattr'occhi.

Mariola si precipitò a chiamare il marito. Gli disse, senza tanti giri di parole, che Antonio le aveva riferito un fatto grave, riguardava Elisa e Piero. Li aveva trovati soli, a casa sua. Era deciso a non perdere Elisa per quella che considerava un'infatuazione, e ci teneva che i suoceri lo sapessero: chiedeva aiuto per tenere insieme la famiglia.

"Che vuole da noi? Denari?"

"No, vuole Elisa."

"Dopo quello che ha visto?"

"Le vuole bene. Hanno due bambine e fra loro c'è un'intesa..."

"Che tipo d'intesa può mai esserci!"

"Un'intesa tra loro, fisica, passione... Come tra noi, ai tempi," aggiunse Mariola in un pudico bisbiglio. Poi riprese: "Dimmi almeno che devo fare".

"Niente! Non fare niente e non parlare. Intendo, non fare ramanzine e poi regali. Se ci sono problemi, ne parleremo al mio ritorno."

"Posso almeno dirlo a Santi?"

"Assolutamente no."

"Se lo dici tu..."

Mariola riattaccò e scoppiò a piangere. Poi si ricompose: aspettava Santi e Vanna, per il loro turno con la zia.

Li accompagnava alla porta d'ingresso. Santi si fermò di botto nel centro della stanza e disse: "Vanna e io dobbiamo parlarti. A papà non l'ho ancora detto. Sai che il nonno aveva la retinite pigmentosa... è una malattia ereditaria". Guardava fisso fuori dalla finestra. Poi ficcò gli occhi umidi in quelli della madre e aggiunse, in fretta: "È possibile che l'abbia anche Titino, non è una certezza...". Prese fiato e continuò senza interruzione: "Bisogna esaminare il Dna di tutti, te compresa; le donne sono portatrici sane. Dovresti informarti sulla tua famiglia".

Non le diede il tempo di assorbire quanto detto e aggiunse: "C'è dell'altro. Oggi Piero è venuto al pastificio, a sorpresa. Mi ha raccontato una storia inverosimile. Che gli ha telefonato Elisa, voleva che andasse da lei per mostrargli il quadro che stava dipingendo per lui e Teresa: lo ha accolto seminuda e agitata. Temendo di essere accusato di stupro o altro, è rimasto con lei, per placarla. Secondo lui, niente è successo. Nell'andarsene, però, ha visto la valigia di Antonio nell'ingresso: sarà entrato in casa e, vedendoli, avrà frainteso. Piero era terrorizzato. Voleva farmi credere che è tutta colpa di Elisa. Che facciamo con questi due?".

"Niente! Non fare niente e per ora non parlare, nemmeno di Titino. Aspettiamo papà." Mariola aveva risposto decisa, e con foga, mentre lagrime silenziose le gonfiavano gli occhi. Sommessa, mormorava: "Titino... Titino mio...". Vanna la abbracciò sussurrandole paroline di conforto.

Santi le osservava, disfatto. Non aveva detto alla madre che al pastificio c'era stato un incendio, nel magazzino. "Va bene, ma papà deve tornare: sarebbe stata una gita breve, in ogni caso." E si portò via la moglie.

Mariola rimase nell'ingresso: era di nuovo come quando era entrata alla villa la prima volta, da fidanzata, e le era apparsa una casa vecchia, fredda, cupa, inospitale. Nascosta fra le tende e la porta finestra, guardava, non vista, Santi e Vanna. Si tenevano per mano. Lui aveva le spalle curve e sembrava rimpicciolito; l'andatura dinoccolata di Vanna era quella di un'adolescente: magrissima, in blue-jeans e canottiera, i capelli corti, da dietro sembrava un ragazzino. Vanna gli parlava, a ogni frase gli stringeva forte la mano, e lui rispondeva.

## 32.

Le lettere della zia
*"Non sempre la verità nuoce."*

"Qui la gente sembra ignorare le Macalube: non c'era nessuno!" diceva Dante a cena. Spalmava il pâté di olive su una fetta di pane e se la mangiava a piccoli morsi.

Puntellò i gomiti sul tavolo e parlò tutto d'un fiato, come se avesse paura di essere interrotto:

"È il vostro modo di vedere la vita. Accettate l'inverosimile come se fosse normale e viceversa. Le situazioni più assurde vi sembrano razionali. Fate drammi per nulla e sdrammatizzate le tragedie. Anche la vostra religiosità ha qualcosa di pagano: qui i santi – veri o falsi – contano più di Dio!".

Tito ascoltava, e sorseggiava l'acqua dal bicchiere.

"Vedi, mia madre era sempre in giro per il mondo. La ragazza di cui ti ho raccontato la storia era Mademoiselle, l'istitutrice di tua zia: la mia unica figura materna. Mi parlava spesso di Rachele, è come se la conoscessi: era una pietra di paragone, e anch'io finii con l'amarla, come una parente." Tito sgranò gli occhi. "Mia madre mi ripeteva che, se non fosse stato per il suo incoraggiamento, io non sarei nato. 'È la tua seconda madre,' diceva. Mademoiselle aveva un messaggio da darle. Ieri ho percepito dell'astio nelle tue parole su Rachele e l'ho difesa. Non avrei dovuto, mi dispiace. Ho reagito male."

Tito ora lo sbirciava ansioso, quasi spaventato. Barbugliò un "non importa", e tracannò quel che rimaneva nel bicchiere.

"Non sempre la verità nuoce," continuò Dante. "La Rachele delle lettere è una bella persona. Desidererei che tu le leggessi: allora la conosceresti per intero."

Tito era solo nel salotto degli ospiti; Dante era andato a fotografare i campi di frumento di notte, accompagnato dal gestore. Raccolse la carpetta dal tavolino sul quale l'aveva posata Dante prima di uscire e si versò un bicchiere di vino, rassegnato. La palpava, la lisciava, la soppesava tra le mani, ma non l'apriva.

Era stanco di emozioni, non c'era abituato. Desiderava i suoi orologi e il suo abbaino.

Pensava a Mariola. Si era fatta carico della responsabilità dei figli – senza intaccare la sua dignità di padre – e così gli aveva permesso di prolungare la sua adolescenza. Nei momenti difficili era rimasta, salda, al suo fianco. Tito rivedeva la giovane moglie – il volto paffuto illuminato da un sorriso contagioso, il corpo sodo e tondeggiante. Ricordava la foga di un tempo, ma nemmeno quella era stata passione. Non l'aveva mai amata come il padre aveva amato sua madre: immensamente. *Tu madre non ne hai. Devi sapere che io la amai immensamente e tu sei figlio di una donna per bene. Non potemmo sposarci*, gli aveva detto.

Una coppia di turisti danesi era seduta sul divano. Si baciavano senza pudore. Imbarazzato, Tito aprì la carpetta. C'erano tante lettere, che sfogliava come fossero pagine di un libro senza fermare mai lo sguardo, senza distinguere il senso delle parole benché – questo lo notava – la calligrafia fosse precisa, pulita, leggibilissima. Egualmente faceva con i due giovani che, bocche incollate, insistevano. Gli caddero gli occhi su alcune frasi: *Quando mi manda a chiamare, io volo... Ci illuminiamo non appena ci vediamo...* Chiuse precipitosamente la carpetta: gli sembrava di violare il segreto della zia.

Il danese aveva infilato le mani sotto la maglietta della ragazza e le palpava i seni. Tito ebbe la percezione di essere un voyeur e guardò sconsolato le fiamme crepitanti nel camino. Un grosso ramo di olivo bruciava, dritto contro la cappa. Erano rimasti i neri spuntoni dei rametti, alcuni con piccole foglie secche. Da quelle attaccate in alto guizzavano fiammelle gialle. Sembrava un albero genealogico settecentesco con i nomi degli antenati in fiamme. Tito fu risucchiato nel proprio tormento: chi era sua madre?

## 33.

Un silente addio nel bosco
*"Era Santi: purtroppo devo rientrare prima del previsto."*

Tito era stato svegliato da un brutto sogno nel mezzo della notte.

Era bambino, a tavola con la zia. Lei era come lui preferiva ricordarla: snella, vestita di verde – il colore che le donava di più, simile a quello dei suoi occhi screziati di grigio –, alle orecchie le perle montate con un brillante, i capelli castani raccolti in un soffice chignon da cui sfuggivano un paio di ciocche sulla nuca.

"Tito, sei incorreggibile. Usa il coltello tenendolo dal manico; mangia per bene, a bocca chiusa. Sono sicura che mio figlio è più bravo. Mademoiselle gli avrà insegnato le buone maniere. Mi vergogno di te. Quando lo incontrerai, ti renderai conto di non essere alla sua altezza."

Tito si tirò su a sedere: aveva dimenticato di aprire gli scuri per avere uno spiraglio di luce e c'era buio pesto. Lui aveva la fobia del buio, e perfino del colore nero; ebbe subito paura e ricadde in un incubo.

La camera da letto girava su se stessa e diventava la Stanza di Nuddu. Al posto del pavimento c'era un campo fitto di frumento maturo, le spighe gialle e pungenti. Il balcone era spalancato. Le porte sbattevano. Raffiche di vento formavano un vortice che risucchiava tutto quello che c'era sui tavoli e nelle scatoline: pinzette, soffietti, apricasse, cacciaviti, monocoli, levasfere, coltellini, morse a mano, bariletti, bilancieri, molle, rotelle, lance, quadranti, vetri, fondelli, strumenti moderni e antichi e preziosi pezzi di ricambio raccolti negli anni. Le cose che amava di più. Tito, raggomitolato in un angolo, si copriva occhi e orecchie con le mani.

Poi, come uno sciame di vespe che irrompe, punge, scappa e poi ritorna, ronzando, ecco un altro turbine: lancette – di tutti i tipi e di tutte le misure – turbinavano in un folle carosello. All'improvviso, non un soffio di vento, non un rumore. Tutto divenne immobile. Tito sbirciava attraverso le dita: le lancette erano sospese a mezz'aria in un folle barbaglio. Poi si componevano in formazione come un esercito di soldatini di stagno e piombavano su di lui, diventato calamita. Gli si conficcavano nelle carni e si attaccavano una all'altra in un groviglio di metallo tintinnante.

"Ascoltami! Ascoltami, Tito!" La voce profonda di Dante lo chiamava, da fuori. Lui scostava appena le dita e subito il vento tagliente gli colpiva gli occhi. Riusciva a vederlo attraverso una fessura: era sul terrazzino appoggiato alla ringhiera e lo osservava languido – non un capello fuori posto. Dietro di lui, il cielo stellato e la luna, calmi, luminosi. Dante sorrideva. "Sono io, il figlio della zia. Devi leggere. *Devi* leggere."

Lontana, risuonava stridula la voce di Elisa: "È figlio della zia... Te l'avevo detto che non mi convinceva... Quello vuole diventare padrone della villa e di Torrenuova e ti vuole togliere il pastificio...".

"Non è possibile! Lui non è figlio della zia!" urlava Tito, e così facendo si svegliò.


Nell'oscurità di una stanza estranea, rigido e madido di sudore tra le lenzuola odorose di candeggina e dure d'appretto, Tito ripeteva: "Non è il figlio della zia!". Poi ci ripensava: Dante sapeva. Le lettere della zia lo avrebbero dimostrato, ecco per quale motivo insisteva tanto perché lui le leggesse. Era semplice: la zia rimane incinta a Roma e l'amica del cuore e Mademoiselle concordano di prendersi cura del neonato. Prima di morire, l'amica cerca di rintracciarla; non riuscendovi, ingiunge a Dante di farlo lui stesso e gli consegna la corrispondenza rivelatrice. Dante voleva conoscere sua madre e reclamare la propria eredità.

Adesso tutto aveva un senso: l'affinità tra loro, la perseveranza di Dante nell'accattivarsi le simpatie dei suoi figli, l'amicizia con Santi e il netto rifiuto della zia di incontrarlo. Esausto, ricadde nel sonno e da lì nell'incubo di prima. Ora la Stanza di Nuddu era scossa dal terremoto. Tremava tutto: quadri, tavoli, sedie, cuscini. Il lampadario oscillava, prima le ante degli armadi e poi le pareti si aprivano come i petali di un fiore che sboccia e nello stesso istante appassisce. La villa, sconquassata, si sgretolava e crollava su se stessa in un boato di polvere, pietre, travi, mobili e infissi, trascinandosi Tito.

"Devi leggere!" Tito alzava gli occhi e vedeva Dante, ancora appoggiato alla ringhiera sospesa nell'aria. Con un ghigno crudele ripeteva: "Devi leggere, *devi* leggere...".


L'indomani mattina a colazione, Dante era di buon umore. Aveva parlato con Irina, che aveva bisogno di denaro contante, e le aveva proposto un incontro alle terme non lontane dal sito archeologico che intendevano visitare quel giorno. Poi domandò a Tito, casualmente, se avesse letto le lettere. Tito aveva rimosso i pensieri notturni ed era lieto di rivedere Irina; rispose che vi aveva dato soltanto una sbirciata.

Squillò il telefonino. Santi chiedeva al padre di anticipare il ritorno; l'indomani aveva un appuntamento dall'oculista per Titino: la scrittura al computer aveva acuito i problemi con la vista. Sul volto di Tito, una smorfia. Lottando contro il proprio demone, fissava i capelli di Dante, chino sul taccuino a disegnare. Erano schiariti da discrete mèches bionde. Quella vanità muliebre, che normalmente avrebbe deriso, gli apparve legittima e commovente: voleva bene a quell'uomo che cercava di mantenersi vitale e non cadeva nel ridicolo. Determinato a non lasciarsi amareggiare l'ultimo giorno di vacanza, Tito inghiottì il cutugno.

"Guarda, una macaluba eruttante!" Dante gli porse lo schizzo.

"Bravo!" Tito gli restituì il taccuino con uno sguardo riconoscente. "Era Santi: purtroppo devo rientrare prima del previsto."

"Anch'io pensavo di anticipare la partenza, potremmo tornare stasera tardi."


C'era maltempo. La strada era allagata e file di automobili rallentavano per guadare le pozzanghere. Incuranti, Tito e Dante chiacchieravano fitto con il sottofondo dell'aria della lettera di *Onegin*. Si volevano bene e sapevano che a sera si sarebbero separati.

*Ya Lyblyu vas, Ol'ga*. "Olga, ti amo," cantava Lenskij.

"L'idea alla base della partitura di Čaikovskij è semplice: saper vivere è impossibile," disse Dante. "Ma importa? Di certo sanno amare, questi ragazzi non ancora ventenni... Irina si identifica nel tragico poeta Lenskij e perfino nel cinico Onegin, ma per me lei è Olga, la deliziosa Olga, superficiale ma istintivamente saggia, l'unica che da adulta – forse – saprà vivere." Alzò il volume: Tatiana dichiarava il suo amore a Onegin e quello rispondeva rifiutandola, ogni verso una sferzata, ogni nota musica sempre più splendida. "*Ma io non sono nato per la felicità; la mia anima le è estranea; sono vane le vostre perfezioni... la tortura, Io, non importa quanto vi amassi, con l'abitudine mi disamorerei subito*. E poi stronca qualsiasi residua speranza Tatiana possa serbare: *I sogni e gli anni non hanno ritorno; non rinnoverò la mia anima...*"

Dante adesso era silenzioso. Tito conosceva l'opera e la seguiva, anche lui era immerso nei propri pensieri: sentiva la mancanza di Dana e considerava che avrebbe desiderato amare, almeno una volta; si chiedeva se e come avrebbe trovato un'altra donna. Dante intanto aveva cambiato il cd.

Erano sui tornanti di una montagna, non pioveva più. Si fermarono sul largo di una grande curva e scesero dalla macchina. L'aria era limpida e sapeva di fresco. I campi erano turgidi d'acqua, l'erba lucida. Nembi scuri erano ammassati sull'orizzonte e, in alto, il cielo pallido era attraversato da larghe strisce di nuvole bianche, soffici e vaporose, come se la terra fosse avvolta in un enorme foglio di carta fermata da grandi nastri di mussola.

Dante fotografava. A un certo punto abbassò la macchina fotografica e guardò Tito negli occhi. "C'è anche il tuo stesso sesso: io, per esempio, sono bisessuale." E riprese a scattare.


La macchina procedeva veloce nella vallata.

"Se me lo avessi detto il mese scorso, quando ci siamo conosciuti, mi avresti fatto schifo. Ora no, anche se non capisco," disse Tito.

"Il vero amore è raro – spesso lo si confonde con l'attrazione. L'omosessualità non ha nulla di perverso. Mademoiselle era una donna moderna e dalla mentalità aperta, e così mi insegnava: l'amore, qualunque esso sia, merita rispetto. Con Rachele avrà fatto lo stesso. E lei, mai te lo ha detto, questo?"

Tito mormorava, insieme a Dante, seguendo la musica: la morte di Lenskij.

Poi Dante aggiunse: "Eppure Mademoiselle aveva disapprovato Rachele al punto da lasciarla, proprio mentre da voi infuriava la guerra. Mi disse soltanto che era stato per un amore sbagliato. Mi chiedo cosa fosse mai...". Non disse altro. La fronte aggrottata, aveva smesso di mormoriare.

Tito pensava e le preoccupazioni si accavallavano le une sulle altre: il ritorno a casa, i figli, Mariola, la zia. Cadde in un silenzio simile a quello dell'inizio del viaggio. Cercava di distrarsi. Pensava al pastificio – le procedure di confezionamento dovevano essere controllate –, passava alle auto d'epoca – il prossimo raduno si avvicinava e il cambio della Bentley aveva bisogno di una revisione – e poi agli orologi; ma non riusciva a concentrarsi e ricominciava da capo. *Pastificio-macchine-orologi.* La risata beffarda del Jack-in-the-Box risuonava nel momento meno opportuno e ogni ghigno lo riportava al punto irrisolto: sua madre. *Pastificio-macchine-orologi.* A quello, se ne aggiungeva un altro: chi e dove fosse il figlio della zia. Ora sapeva che la sua storia risaliva ai tempi della guerra, non si era svolta a Roma, come gli aveva fatto capire il notaio. Lei era a casa. Mademoiselle doveva essersi rivolta al nonno, o a suo padre, che sicuramente ne era stato al corrente – erano unitissimi. *Pastificio-macchine-orologi.*

Perché il padre non gliene aveva mai parlato?

Si fermarono in una trattoria vicino a un bosco, un tempo riserva di caccia reale: pasta con l'olio e l'aglio, perfettamente al dente, con una spruzzata di prezzemolo e ragù di castrato. Rinfrancato dal cibo e sciolto dal vino, Tito ora parlava. Dante rimaneva pensieroso.

"Facciamo una passeggiata?" Tito aveva imparato a intuire, e lo sentiva mesto. "Forse sarà l'ultima," e aggiunse, pudico, "di questa nostra prima vacanza."

Era un bosco maturo: pini, noccioli, querce e altre specie. Era piovuto anche lì, il cielo era coperto. Abbandonarono il sentiero e si addentrarono fra gli alberi. Dal terreno bagnato esalava l'odore di humus. Le pigne nuove – verdi, chiuse, affusolate – splendevano pulite sui rami. Sotto gli alberi, la bassa vegetazione era rigogliosa e timidamente fiorita: mancava dell'esuberanza di quella in pieno sole. Le foglie e gli aghi dei pini, lavati dalla pioggia, erano lucidi nelle loro diverse gradazioni di verde. Lumache di tutte le grandezze e di tutti i colori erano uscite dai nascondigli. Rinvigorite dall'umidità, pasturavano sulle piante. Altre si inerpicavano solitarie sui tronchi degli alberi.

Il silenzio era rotto dal calpestio di Dante e Tito e dallo scambio di brevi frasi che accompagnavano le loro azioni.

"Hai visto il passero su quel ramo?" chiedeva Tito, che aveva l'occhio acuto dell'indigeno; e prendeva il braccio di Dante per indirizzarlo verso il punto di osservazione.

"Attento, qui ci vuole lo zoom." Dante lo preveniva, cogliendo in lui una certa esitazione: quello lo ringraziava con uno sguardo più lento del necessario.

Non si allontanavano l'uno dall'altro; si sfioravano, timidi; bevevano dalla stessa bottiglia; si chiamavano a vicenda perché l'altro notasse quello che era ovvio e a vista.

"C'è una macchia di funghi."

"Sembra un tronco malato."

"Qui è piovuto molto."

"Attento, scivoli!"

"Stavo inciampando!"

"Quel ramo è spinoso."

Pause, gesti, occhiate che assumevano profondità crescente con il passare del tempo: Tito e Dante si preparavano al commiato.

## 34.

### Come le formiche
*"Non l'avrei mai immaginata, la zia innamorata."*

Il guardiano staccava i biglietti malvolentieri e con un cenno della mano·indicava la scala d'ingresso. Scendevano nelle terme sacre, appartenenti a un popolo orientale giunto lì migliaia di anni prima. La vasca era alimentata dalla sorgente di un fiume caldo; l'acqua correva da un'apertura e cadeva tra i vapori nella prima vasca, poi scendeva più in basso, in un'altra vasca, e da lì si snodava in un meandro diventato fanghiglia in cui cresceva rigoglioso un canneto. Il corso, a valle, era segnato dal verde ondulare delle canne che mormoravano piegandosi, fruscianti, al vento. L'umidità era opprimente. Incrociarono dei turisti e poi rimasero soli. Tito era molto interessato alla struttura delle terme e seguiva il percorso delle acque.

Dana era al seguito di Irina; Tito non si aspettava di rivederla.

"C'è un caldo insopportabile!" si lamentò Irina, e trascinò Dante all'aperto, lasciando soli gli altri due. Dana portava scarpe a punta con i tacchi, indossava un vestito a fiori e vistosi orecchini ed era truccata. Così conciata, Tito non riusciva a concupirla.

"Irina non voleva che venissi anch'io, ma ho insistito. Tieni!" gli disse porgendogli una bustina di plastica.

Tito la guardava.

"Hai dimenticato il tuo orologio? Non era di valore?" Dana era offesa.

"Lo è... Grazie." Tito non lo prendeva.

"Cos'è, vuoi lasciarmelo?"

"Se vuoi, o se può esserti utile..." barbugliò lui. Una coppia di turisti si avvicinava.

"Preferisco denaro: quella me la fa pagare cara l'ospitalità. Dormo in un bugigattolo: la mia stanza al palazzo!" fece Dana sarcastica. "Ma questo devi prenderlo: tua figlia me lo ha visto nella valigia. Mi hanno cacciata come una ladra... Bella è, la tua famiglia!" E glielo ficcò tra le mani.

"Grazie. Dimmi dove posso mandarteli, i soldi."

"Al palazzo certamente no, quella tutto arraffa! Con me piange miseria, ma stasera parte per una crociera. È qui per farsi dare denari e poi fare bella figura con i suoi nuovi amici. Da lì me ne andrò appena posso. Dalli al notaio, poi gli dirò io cosa fare." Dana aveva un tono altero; poi si addolcì: "E tu come stai? Mi manchi, vecchione!".

Tito non sapeva che dire.

"Non offenderti, è vero che mi sei mancato. Dovrei avercela con te, per come l'hai trattata male, quella povera donna. Credevo fosse tua madre, quando sono venuta a servizio da voi. Rispettala, ti vuole bene. Dille che baderò a mio figlio, è così che deve fare una brava mamma. Rimarrò qui ancora un po' e poi aprirò la mia pasticceria, con i denari che mi hai dato tu e quelli che mi regalava lei."

"Hai un figlio..." mormorava Tito.

"L'ho avuto giovane. All'orfanotrofio, scimunito me lo facevano diventare! L'ho portato via da lì e ora devo pagare quella che gli bada. Per questo sono qui: per guadagnare."


Avevano deciso di fare uno spuntino al posto della cena per vedere il tramonto dalla vallata, e poi fare tutta una tirata nel viaggio di ritorno. Costeggiavano un viottolo appena tracciato sulla scarpata che, scendendo, si allargava in una valle stretta e chiusa da una parete di roccia a strapiombo, alta come quella su cui si innalzava il tempio. Questo appariva sul bordo della scarpata, come un lombrico curioso e sonnolento che, stiracchiato in lunghezza, scruta il panorama e si crogiola sotto i raggi del sole morente.

Dante si accovacciò su una pietra; si guardava in giro e annotava sul taccuino. Il terreno era pietroso e incolto; arbusti selvatici, olivastri, mandorli e melograni crescevano in disordine tra le erbacce e le spine, c'erano anche alberi di mirto. Erano assenti le piante introdotte e diventate parte integrante della flora dell'isola: fichi d'india, agavi e l'ultimo arrivato, l'eucalipto. A quell'ora era tutto un brusio di insetti e un misto di profumi agresti, sottili e fragranti.

Tito frugava nella sacca. Palpava la copertina ruvida della carpetta. Si sentiva addosso lo sguardo di Dante.

"Quante sono?"

"Molte. Le ho messe in ordine cronologico. Le prime cinque sono le più recenti. Le altre sono tipiche lettere di due giovani: descrittive, piene di riferimenti poetici, romantiche, ma anche vivaci e argute. Fanno capire chi era Rachele..." Dante riprese a scrivere.

Tito aveva in mano la prima lettera. La carta celeste era pergamenata e aveva il bordo sfrangiato. Riconobbe l'alta grafia della zia e si sentì a disagio. Leggeva, intento.

TORRENUOVA, MAGGIO 1940

*Carissima Marta,*

*sei innamorata pazza del padre del figlio che porti in grembo, e sai che non lo vedrai più. Non ti capisco. Proprio perché non lo vedrai più, non devi abortire: non te lo perdoneresti mai. Quel bambino sarà la testimonianza di un grande amore: il solo vederlo ti darà gioia e conforto. E ha il diritto di esistere.*

*Certo, è difficile allevare un bambino da sola; è anche co-*

stoso. Mi dici che la tua famiglia ti sostiene e che tua cugina ha offerto di ospitarti. Tu non vuoi dipendere da loro, ma non sarà per sempre. Quando parlavamo del nostro futuro, in collegio, eravamo ambiziose: volevamo lavorare, anche da maritate, ed essere indipendenti. Tu sei brava e avrai successo in qualsiasi cosa vorrai fare; il bisogno di guadagnare per mantenere il bambino ti spronerà a fare del tuo meglio.

Lo so che essere una giovane madre non sposata è un grosso problema. Ma non sei la sola, e hai il supporto dei tuoi. Il rispetto degli altri te lo guadagnerai. Quando avrai dimostrato di essere una brava madre, la gente ti ammirerà. Sarà un punto a tuo favore: attrarrà uomini di valore e allontanerà chi non è degno di te.

Mi dici anche che non posso capirti, perché non sono mai stata innamorata pazza. Ti sbagli. Lo sono, da prima di essere tua amica, e sempre dello stesso uomo, anche se all'inizio non me ne rendevo conto. Lui non lo sa. Non te ne ho mai parlato perché è un amore senza futuro. Non potremo mai sposarci; sarei ostracizzata dalla famiglia e dagli altri. Penso continuamente al mio amato. Ho sogni arditi. È un tormento non sapere se sia vivo: soltanto io fra tutte le altre – innamorate, mogli e madri – non posso parlare di lui. Nascondere l'amore è insopportabile. Mi vengono malanni veri e immaginari; devo nascondere anche quelli. Quando ho sue notizie canterei dalla gioia, ma mi trattengo.

Eppure, se rimanessi incinta sfiderei il mondo e lo terrei, questo figlio che mai mi chiamerebbe madre e moglie di suo padre. Dai a tuo figlio la vita alla quale ha diritto e benedicilo, come lui benedirà te, grato, per avergli concesso di vivere.

TORRENUOVA, GIUGNO 1940

Carissima Marta,
mi dici che ti conforta sapere del mio amato e, riluttante, te ne parlo. Con lui ho fatto il mio primo ballo; avevo quindici anni e non conoscevo il desiderio. Ora so che lo amai sin d'allora.

*Lo vedevo la domenica. Andavamo in giro per Roma e poi mi offriva la cioccolata calda a piazza di Spagna. Ero completamente felice, come fossimo le due metà di un cerchio ricomposto.*

*Il colpo di fulmine è giunto anni dopo. È un amore fatto di cose semplici. Ci illuminiamo non appena ci vediamo. Ridiamo delle stesse cose, leggiamo gli stessi libri, abbiamo gli stessi gusti e gli stessi pensieri. Basta uno sguardo per farmi felice, un tocco di mano per infuocarmi. Non mi ha ancora detto che mi ama, ma lo so. Lui però non si rende conto di quanto e come io lo ami: ne sarebbe sconvolto. Non siamo mai soli e le licenze sono rare.*

*Mademoiselle mi trova strana e mi controlla. Frequento altri giovani per sviare i suoi sospetti; uno di questi mi corteggia. Ogni complimento, ogni occhiata languida, ogni tocco di quello mi fa ribrezzo.*

*Il mio è un amore impossibile. Pur sapendo di non avere un futuro, vivo nella speranza di rivederlo. A volte penso che dovrei porre fine a questa pazzia, e rinunciarvi. Non ne sono capace. E se anche lo fossi, non vorrei.*

*Preferirei non vivere.*

PALERMO, LUGLIO 1940

*Carissima Marta,*
*quello che temevo è avvenuto, ma lui è vivo. È in licenza di convalescenza: sta ancora male. Devo trattenermi dal correre da lui, per curarlo.*

*Quando mi manda a chiamare, volo. L'emozione di essergli vicina mi rende muta. Eppure, quei lunghi silenzi mi hanno fatto capire che anche lui mi ama. Vivo del presente.*

*Tornerà al fronte: lo vuole. Il tormento di questa passione inappagabile riprenderà. Mademoiselle e mio padre mi spronano a prendere marito.*

Tito calò la mano, lo sguardo fisso sulla grafia della zia – alta, ordinata, spigolosa. Un'ape si posò sul foglio e lui la scacciò, ma quella continuava a ronzargli attorno. La raggiunse un'altra e insieme si allontanarono piroettando in giri larghi e sinuosi, poi scomparvero nell'aria dorata. Tito riprese a leggere. Le ultime due lettere, senza intestazione e non firmate, erano brevi. I caratteri, tracciati nella stessa grafia, erano cubitali e riempivano la pagina.

*La nascita non è lontana. Ti penserò e mi sentirò mamma, insieme a te. Io che non avrò figli, vorrei essere la madrina del tuo bambino. Lui è stato congedato dall'esercito: non sarà mai sano. Non ho più freni. Sfido tutti e gli sto accanto, quando mi vuole. Leggiamo poesie ad alta voce, e così ci amiamo: felici e senza speranze.*

*Qui bombardano. Mademoiselle ci ha lasciato. Me l'aspettavo. Sola e duplicemente orfana, mi sono votata a una vita di silenzio e invisibilità. Non mi fa paura: mi ci adatterò contenta. Talvolta però mi chiedo se, cambiata, riuscirò a mantenere e alimentare l'amore del mio amato. Non voglio pensarci: è una strada senza ritorno.*

La schiena curva, i gomiti sulle ginocchia, Tito teneva la carpetta tra le mani molli, come se volesse farla scivolare a terra. Lì, le formiche erano tutte un brulichio. Avevano scoperto la lattina di aranciata. Tito l'aveva poggiata in bilico tra le zolle di terra, in mezzo alle gambe aperte, e quella si era rovesciata riversando il liquido zuccherino sul terreno. Attirate dall'odore, file ordinate di formiche convergevano a raggiera verso la lattina. Una volta raggiunti i bordi, esitavano perplesse; si scomponevano e poi riprendevano la marcia, arrampicandosi assatanate sulle pareti appiccicose. Altre sopravvenivano e, impazzite dalla voglia, scavalcavano le compagne per raggiungere l'oggetto del desiderio. Formavano un nero grumo pulsante attorno al buco della linguetta da cui Tito aveva bevuto; avide ed ebbre, si scalzavano e lottavano inferocite – ognuna contro tutte le altre – alla ricerca del piacere. Le formiche sconfitte ritornavano alla loro casa sotterranea, in mesta fila.

Nelle ultime settimane la vita di Tito era stata sconvolta e lui stesso non si riconosceva più. Non sapeva come fare per tornare alla quieta esistenza di prima, e se mai vi sarebbe tornato. Guardava le formiche che sciamavano tutto intorno alla lattina e all'improvviso si scoprì simile a loro: obbedienti, guidate dal senso del dovere, le formiche lavoravano ordinate e tenaci, poi l'odore dell'aranciata le aveva fatte deragliare e adesso correvano di qua e di là, impazzite. Come fare a riprendere il proprio posto nella fila?, si chiedeva Tito. La zia sì, dopo quello che le era successo, lei era riuscita a riprendere il proprio posto e adesso sembrava impossibile che lo avesse mai lasciato. Tito faceva fatica a figurarsela giovane e passionale: le sue lettere erano inverosimili come un romanzo.

"Non l'avrei mai immaginata, la zia innamorata," disse Tito, e sollevò la testa. "Eppure amò, con una potenza che mi sorprende."

Le pupille di Dante erano fisse sulla carpetta: dilatate, coprivano le iridi e sembravano pistole puntate. La sciarpa di cotone bianco drappeggiata su collo e spalle, il volto impassibile, sembrava un sacerdote arcaico che lo spronava a risolvere l'enigma della sua origine attraverso il recupero del passato. Tito non riusciva a muoversi, né a distogliere gli occhi da lui, era un coniglio abbagliato dai fari.

"Torrenuova?" si chiese, e finalmente abbassò le palpebre.

La luce residua del tramonto si ritirava davanti all'ombra della notte che avvolgeva il fondo della vallata e si ispessiva, salendo, inesorabile. Tutto era bruno. Gli ultimi raggi di sole – veloci, barbaglianti, convulsi – colpivano la parte alta del costone e lambivano le pareti di roccia frastagliata in un gioco di ombre e fiamme amaranto.

Per un solo attimo il cielo brillò come se fosse smalto blu. Poi si fece notte.

Tito agognava la Stanza di Nuddu, lì sarebbe stato di nuovo se stesso e avrebbe ritrovato l'uomo di prima, quello che sublimava la passione negli orologi e dimenticava i sentimenti.

"Fa fresco, andiamo," disse Dante, alzandosi. Lui non si mosse.

Dante si piegò per raccogliere la lattina vuota fra le gambe di Tito: allungò il braccio, la prese e la scosse per far cadere le formiche. Gli insetti giravano frenetici su se stessi; nello scuro, erano diventati tutt'uno con le zolle. Tito era sbiancato. Sembrava che la terra intera tremolasse.


Dante si affaccendava, tranquillo, a riempire la sacca.

## 35.

### La bougainville
### *"È stato un viaggio di scoperte."*

"Non mi hai detto cosa pensi delle lettere," disse Dante, guidando.

"Ho letto le prime cinque, come mi avevi suggerito. Chissà chi era quell'uomo: sembrerebbe un uomo sposato, forse un parente." Tito, spento, aveva la voce stanca.

"Io direi un parente stretto." Dante non distoglieva gli occhi dalla strada.

"Che intendi dire?"

Dante lo guardò con la stessa intensità con cui aveva fissato la carpetta, nel pomeriggio.

E Tito pensava, pensava all'innamorato della zia. Prendeva frasi, parole e riferimenti dalle lettere e li puliva, li calibrava, li classificava, come se fossero stati pezzi di un orologio da montare.

*È un amore senza futuro. Sarei ostracizzata.* Ma poi, dopo la morte del padre, *sola e duplicemente orfana*, si era arresa e aveva abbracciato una *vita di silenzio e invisibilità* – nella villa, *contenta*. Ma lo vedeva, questo amato, perché aveva dubbi se, *cambiata*, sarebbe stata capace di *mantenere e alimentare* l'amore di quello. Tito non capiva chi potesse essere: la zia non vedeva altri che il fratello.

*Non potremo mai sposarci*, scriveva all'amica. Tito ne deduceva che l'innamorato fosse già sposato, come lo era stata certamente anche sua madre. Il padre a lui aveva detto: *Non potemmo sposarci.* Due frasi simili, in bocca a fratello e sorella.

"Fratello e sorella," si ripeteva Tito.

Fratello e sorella.


Tito, allibito, si spremeva alla ricerca di ricordi, gesti, abitudini, parole – dette per caso, sottintese, non dette –, mezze parole, sguardi, silenzi. Li metteva in ordine e li incastrava nelle lettere della zia. La rivedeva alla villa: bella e curata nell'abbigliamento; restia ad allontanarsi perfino per una passeggiata; schiva e silenziosa davanti agli estranei. La paragonava alla donna sicura di sé e piena di curiosità, nei viaggi che facevano tutti e tre insieme, in Italia. Rivedeva sotto altra luce le serate di lettura ad alta voce e l'intesa fra il padre e la zia.

*Ridiamo delle stesse cose, leggiamo gli stessi libri*, raccontava all'amica. Lui non ci aveva fatto caso. La sintonia fra di loro, quasi una simbiosi, per lui era parte del vissuto.

Adesso ricordava il silenzioso benvenuto che la zia porgeva al padre, al ritorno dai viaggi di lavoro. Lei scendeva per le scale e gli andava incontro; si fermava sull'ultimo gradino e si appoggiava al corrimano. "Vai, vai da tuo padre!" diceva poi a Tito, dandogli una leggera spinta. Il padre lo sollevava, gli dava un bacio e poi rivolgeva lo sguardo alla sorella. "Sono tornato, Rachele."

Tito lo sentiva subito distante. Tenendolo per mano, il padre si avvicinava alla zia; le sfiorava la guancia e ripeteva: "Sono tornato, Rachele". Non una parola di benvenuto da parte di lei, mai. Era sempre così.

Un altro ricordo, questa volta di un avvenimento preciso, rimosso: il padre era reduce da un viaggio. "Sono tornato, Rachele." Lui, rannicchiato fra le braccia del padre, si era girato verso la zia: come sempre, lei era sulle scale. Tito aveva avuto paura. Occhi negli occhi, era come se un cavo di acciaio fosse agganciato dalle pupille dell'uno a quelle dell'altra, dilaniandole. Poi i loro volti si erano illuminati come scossi da una scarica elettrica. "Sono tornato, Rachele," aveva ripetuto il padre. Lo aveva poggiato a terra e insieme erano andati verso la zia. Anche quella volta, lei non aveva aperto bocca. E poi aveva scritto: *L'emozione di stargli vicina mi rende muta. Ci illuminiamo non appena ci vediamo.*

Ma Tito aveva bisogno di una prova tangibile. Scavava alla ricerca di ricordi, spasmodicamente.

*Mi portava a prendere la cioccolata a piazza di Spagna.* Proprio quello era il rito del primo giorno delle vacanze romane, che lui aveva tramandato ai figli: la cioccolata da Babington, la sala da tè inglese in piazza di Spagna. Nitido gli affiorava il ricordo di un pomeriggio da Babington. Il padre aveva ottenuto una ordinazione importante per il pastificio ed erano tutti di buon umore. Prendevano la cioccolata. "Qui portavo la zia, quando aveva la tua età, nei suoi giorni di uscita dal collegio," aveva detto; e poi aveva aggiunto, rivolto a lei: "Era bello... ricordi, Rachele?". Lei era arrossita e non aveva risposto, ma lo guardava; sorseggiava la cioccolata calda, tutta occhi dolci e conturbanti. Lui, ragazzino, si era sentito a disagio.

Tito aveva freddo. Agghiacciava. Scivolò sul sedile e abbandonò il capo sul poggiatesta, lo sguardo puntato nel buio della notte. Due farfalle notturne erano entrate nella macchina e svolazzavano leggere; volteggiavano attorno alla sua bocca, i battiti delle ali silenziosi. Lui non le scacciava. Una volta, da bambino, aveva tagliato il bozzolo di una farfalla, non ancora formata. Aveva asportato, metodico, la lanugine, strato per strato; poi era apparsa – molle, glutinosa e cieca – la larva. Tito, adesso adulto, si sentiva sbudellato e nudo come quella larva. I fari delle macchine che venivano nella direzione opposta lo alluciavano e lui non sbatteva nemmeno le palpebre: non sentiva, non pensava.

La villa apparve in fondo alla strada; si intravedeva la sagoma delle mura. Dante gli posò la mano sulla gamba e Tito si riebbe. La torretta della Stanza di Nuddu si rizzava scura contro il cielo stellato.

"È stato un viaggio di scoperte," disse Dante, e ritirò la mano.

I fari illuminarono la cinta della villa e la bougainville che se ne riversava fuori. La fioritura, copiosa, ricadeva con un bordo smerlato in un misto di rosso violaceo e cremisi. Pennacchi di rami giovani ancora non piegati si protendevano verso l'alto, anch'essi carichi di fiori. Abbagliato, Tito sbatté le palpebre.

La villa, rimpicciolita, era diventata una scatola di latta; lui era un uccello notturno che, solitario, la sorvolava nel buio della notte. Il coperchio aveva la forma della Stanza di Nuddu ed era poggiato di sghimbescio: lembi di stoffa ricadevano sui bordi della scatola, dentro la quale, avvolto nel velluto spinoso, era riposto il segreto, non più segreto. L'uccello si era trasformato in bambino: cercava di sollevare il coperchio, ma era incollato. Si affannava, disperato. Il pupazzo a molla non c'era più. La scatola era ritornata villa. In punta di piedi, il bambino cercava di arrampicarsi sul muro; si aggrappava ai tralci fioriti che, accoglienti, si porgevano alle sue mani ansiose. Ma la fioritura celava le grosse spine dei rami, che si conficcavano nelle dita e nei palmi del bambino, respingendolo.

Tito aveva paura.

# PARTE TERZA

Biblide, presa da passione per l'apollineo fratello, lo amò non come una sorella un fratello, lo amò come non doveva.

Publio Ovidio Nasone, *Le metamorfosi*, IX, vv. 455-456

*Byblis Apollinei correpta cupidine fratris;*
*non soror ut fratrem, nec qua debebat, amabat.*

## 36.

### Il ritorno di Tito
### *"Non devi piangere, Tito mio, mi fa piacere..."*

La scatola di cioccolatini era aperta sul tavolino. La rivista le era scivolata di mano ed era rimasta impigliata nelle pieghe della vestaglia: Mariola – il volto lucido di crema da notte – si era assopita nella poltrona della camera da letto, aspettandolo. Si scambiarono poche parole e poi andarono a dormire.

Il loro letto era formato da due letti singoli di ferro battuto, legati da lacci; e singoli erano anche i materassi. Ognuno rimaneva nel proprio spazio; non si sfioravano nemmeno quando Mariola, che aveva avuto una menopausa lunga e difficile, smaniava e si dimenava nel sonno. Il lenzuolo di sopra era abbastanza ampio da permettere che si formasse una piega al centro del letto, dividendoli.

Tito non aveva sonno. Mariola si era riaddormentata subito, ma era irrequieta; il suo respiro regolare, intercalato da leggeri sospiri, anziché irritarlo lo confortava: non era solo. Ora Tito pensava a se stesso. Che ruolo aveva avuto lui, nell'amore tra suo padre e sua madre?, si chiedeva. Era stanco di tormentare la memoria dolorante. Ma doveva, bisognava.

Negli ultimi anni, i giovani del paese avevano preso l'abitudine di fare passeggiate notturne sulla strada di accesso alla villa. Parcheggiavano la macchina e si appartavano al buio, spesso con la musica in sottofondo. Tito la sentiva in lontananza. Accese la luce sul comodino e si alzò per chiudere la finestra, ma poi ci ripensò. Era una canzone della sua gioventù. Sollevò le stecche delle persiane: la macchina non si vedeva. Spense la luce e si rincantucciò a letto.

Il ritornello gli ricordava il suo primo amore, una lontana parente, una storia fortemente contrastata dal padre; e lui aveva ceduto. In premio, una Giulietta rossa, il primo coupé.

Tito ricordava le belle pomiciate, le rimpiangeva ancora. Pochi mesi dopo aveva conosciuto Mariola e, incoraggiati dalle rispettive famiglie, si erano fidanzati. Mariola lo attraeva e sarebbe stata una moglie su cui contare, come i fatti avevano dimostrato.

Adesso era la volta di una canzone napoletana cantata in inglese: melodica, struggente. Tito, sveglio, pensava alle sue tre donne – la prima, mai goduta; la moglie e la rumena – e le confondeva, le impastava in una sola femmina. *It's now or never*, cantava Elvis Presley. La musica sembrava più forte, ora. Infilò, veloce, la mano sotto le lenzuola. Poi si fermò: dove e quando suo padre e sua madre si erano congiunti? Avevano continuato il loro insano rapporto, dopo la sua nascita? dove? come?

Una fitta di dolore. Invasato, Tito si rizzò nel letto e guardò Mariola: gli dava le spalle; il lenzuolo seguiva le sue forme abbondanti: le spalle arrotondate, ancora un accenno di vita, le anche forti. La girò sulla schiena e le tirò su la camicia da notte – gliela lasciò avvoltolata sotto le mammelle corpose e appiattite. La prese senza neppure aspettare che si svegliasse. Mariola sussultava ma lo lasciava fare, anzi accennò qualche movimento con il bacino. Non ce ne fu bisogno.


Tito, ancora ansante, si puntellò sulle braccia. Scavalcò il corpo di Mariola e le si gettò di fianco. Le carezzava il ventre molle e, senza che se ne accorgesse, lagrime consolatorie gli sgorgavano silenziose dagli occhi, tante, tante, tante...

"Non devi piangere, Tito mio, mi fa piacere..." mormorava lei, e fece per carezzargli il petto.

Ma Tito, stremato, dormiva già.

## 37

Una giornata traumatica
*"Da quando in qua fai il baciamano alla zia?"*

Mariola gli aveva portato il caffè a letto. Tito ne era infastidito e anche imbarazzato: lei non gli avrebbe fatto dimenticare cosa era successo nottetempo. Era tutta un cicalio.

"Vai subito dalla zia, prima che arrivi Santi. Non l'abbiamo mai lasciata sola. Ernesto è stato affettuosissimo: è venuto mattina e sera e a mezzogiorno telefona sempre per avere notizie. Lei sta molto meglio ma è vaga, e ogni tanto parla a vanvera. Voleva che le leggessi poesie – non sapevo che avesse tanti libri. Li tiene nell'armadio, glieli compra Santi.

"Le figlie verranno in mattinata. Elisa aspetta te, ne sono sicura. Sembra contrita: le colpe sono sempre di due, non di una. Se colpa c'è... Era in bikini, forse stava prendendo il sole..." Tito le lanciò uno sguardo severo; ma, anziché rimproverarla, le porse la tazzina vuota e non aprì bocca. "Ora c'è anche la preoccupazione per Titino..." aggiunse lei con un velo di mestizia.

"Una cosa alla volta, Mariola. Chi c'è, con la zia?"

"Sonia, al momento. Ma stiamo cercando un'altra badante. Teresa ha offerto la sua cameriera, l'altra figlia di Sonia: rimarrà senza lavoro, quando loro se ne andranno... Aspettavo il tuo ritorno, per decidere."

"Sono cose tue."

Tito salì al secondo piano. Trovò la zia già sveglia e pettinata, seduta sul letto e appoggiata ai cuscini. Indossava una liseuse color malva annodata da fiocchetti di raso: un tocco di vulnerabile leggiadria che dava risalto alla pelle liscia e ai folti capelli grigi, che Sonia le aveva raccolto in una treccia adolescenziale. Tito la salutò con il consueto doppio bacio sulle guance. Le raccontò del viaggio, ma lei sembrava non ascoltare; seguiva con la coda dell'occhio Sonia, intenta a mettere ordine in un cassetto. Poi quella andò nell'altra stanza. Tito finì la frase, e tacque. Si guardavano in pudico imbarazzo.

"Scusami, Tito..." E gli sfiorò la mano.

Lui gliela prese, non sapeva che fare, e poi, per la prima volta in tutta la sua vita, le diede un timido bacio sulle nocche. "Non dovevo... non capivo... non sapevo. Non sapevo," ripeté, la voce piatta.

Lei scivolò sui guanciali, le pupille stanche e afflitte.

"Io ti ho sempre voluto bene... tanto." E tacque. Lo sguardo dell'uno non lasciava quello dell'altra.

"Vuoi leggermi? Così facevamo, tuo padre e io."

Tito aprì il libro alla pagina indicata. Si fermò perplesso: "*I cry your mercy-pity-love! aye, love...*". Era un libro con il testo a fronte.

"*Grazia ti grido, pietà, amore – sì, amore!*
*Amore provvidente che non dà tormenti...*"

Lei aveva chiuso gli occhi. Bisbigliava in inglese, e parve assopirsi di nuovo, le labbra increspate in una smorfia che poteva essere un sorriso.

Mariola e Santi entravano nella stanza.

"Si è assopita," disse Mariola, "resto io, voi andate giù."
E lasciò padre e figlio al loro rendez-vous mattutino.

Prendendo il tono che il padre usava con lui nel parlare di affari, Santi aveva messo Tito al corrente delle condizioni della zia e non accennò al pastificio. Aggiunse però che il notaio aveva dei suggerimenti concreti e poi disse di Elisa e Piero.

"E Titino?"

"Vedremo che ci dicono." Una nuvola passò sul volto di Santi.

"Venite a pranzo?"

"Io ho un impegno. Vanna vuole mangiare sola con Titino, l'appuntamento con l'oculista è nel primo pomeriggio."


Tito non aveva alcun desiderio di andare al pastificio. La diagnosi di Titino aveva un non so che di ineluttabile; le difficoltà delle figlie impallidivano, al confronto. Il pastificio non lo interessava per niente. Ora che tutti i pezzi della sua esistenza erano davanti a lui, si sentiva come la cassa sventrata di un orologio e non osava metterci mano. Voleva la verità, tutta, eppure ne aveva paura. Non aveva il coraggio di leggere le lettere da solo, voleva – doveva – leggerle soltanto con lei presente. Tito gironzolava in giardino come un'anima in pena e finì verso il muro di cinta. Zorro gli stava alle calcagna. Si fermava quando Tito si fermava e sobbalzava a qualsiasi rumore, pronto a proteggerlo: lui sì che capiva il padrone.

"Papà, dove ti eri ficcato?" Elisa lo raggiunse sotto i banani: "Qui c'è stato l'inferno!".

"La zia si riprenderà presto."

"E mamma, a lei non pensi?" Elisa infieriva contro Dana, la accusava di essere una ladra e di aver insultato la madre. Aggiunse, con tono saccente: "Per non parlare del resto...". E sollevò le sopracciglia, sprezzante.

"Elisa, smettila; fatti i fatti tuoi."

"Ma gli altri non se li fanno, i fatti loro! Lo so io, quello che si dice di me! Sono calunniata e nessuno mi chiede cosa è successo veramente!" Elisa strillava. Zorro sollevò le orecchie e si accostò al padrone.

"La rumena se n'è andata; hai altro da dire su tua madre?"

"Se la metti così, sì. Lo sappiamo che hai fatto con quella! Non è stato soltanto uno sgamo! Che stupido!" E continuò: "Tradire mamma sotto lo stesso tetto, coprire di regali una puttana straniera e darle perfino il Rolex che hai avuto da tua moglie per il compleanno nemmeno un mese fa! Devi essere proprio impazzito!".

Tito si allontanò. Elisa lo seguiva come poteva, con i tacchi a spillo faticava a mantenersi in equilibrio sulla ghiaia e ripeteva: "il Rolex-il compleanno-la puttana straniera-stupido", intercalando con "aspettami!-sto cadendo!-aspettami!".

Con le spalle alla bougainville, il padre la aspettava.

"Stammi a sentire, una volta per tutte. I fatti tra tuo padre e tua madre non devono riguardarti, come a me non riguardano quelli fra te e tuo marito. Non sono disposto a tollerare oltre questo tuo comportamento. Sei un'irresponsabile, e continuando così non puoi che causare danno a te e agli altri. La donazione, per ora, te la puoi scordare. Invece sono pronto ad aiutare tuo marito, anche in una nuova attività commerciale: se Antonio vuole, potrai lavorare con lui."

"E chi sono io? La figlia non voluta?"

"Credi che io fossi un figlio voluto?" disse Tito, impassibile, levando il braccio. Il cinturino del Rolex barbagliava al sole.

Ritornarono verso la villa, uno accanto all'altro, silenziosi come Zorro che li seguiva mogio.


Mariola, tutta un sorriso, chiamava Tito perché raggiungesse lei e le bambine e lo trascinò nei semplici giochi di nonni e nipoti. Elisa si arrese. Spalle al muro, con un gesto secco più rassegnato che rabbioso si cavò prima una scarpa e poi l'altra, si lasciò scivolare a terra e si raggomitolò vicino a Zorro, rincantucciata contro il muro tra due grandi vasi di gerani.

I ricci castani dell'una e gli occhi chiari dell'altra nipotina erano un potente richiamo alla zia, e Tito disse: "Vado io, sopra, e ci resto fino all'ora di pranzo".


"Ti dispiace se sfoglio delle carte mentre sto qui con te?" le chiese, e le prese la mano per baciargliela, non più timido.

Tito leggeva le lettere in ordine cronologico e imparava a conoscere la donna di suo padre. Lo sguardo gli vagava sulla fotografia di lui da giovane, sul comodino. Fratello e sorella si somigliavano: occhi profondi, labbra carnose e volto deciso.

Dalle lettere balzava fuori una giovane socievole e desiderosa di conoscere il mondo, di lavorare: una donna moderna. Passionale. Colta. Lui l'aveva sempre vista come una zitella ritrosa, cauta e conformista.

"Perché l'hai fatta cambiare tanto?" chiedeva Tito al padre in un colloquio silente.

*"Io voglio vivere con te. Tua moglie: questa mi sento di essere."*

*"Rachele, non è possibile! Non capisci? È vietato, è un peccato!"*

*"Allora, quando finirà la guerra, vendiamo tutto e andiamo lontano, dove nessuno ci conosce."*

*"Vaneggi! C'è papà... il pastificio, le nostre proprietà..."*

*"Lo terremo nascosto, ci riusciremo! Ci sono tanti fratelli e sorelle che non sposano e vivono insieme... Ne conosci anche tu!"*

*"Nasconderlo agli altri sarà impossibile. A te piace la compagnia, uscire, ballare! Dovresti cambiare completamente la tua vita."*

*"Insegnami tu: lo farò."*

*"Dovresti diventare una fimmina di casa, lo reggeresti? Io invece dovrò continuare la vita da scapolo."*

*"Se poi ritorni da me, io sarò felice anche così!"*

"Perché negarmi la madre, perché non dirmi mai?" chiedeva Tito al padre, e anche a questa domanda non trovava risposta.

*"Abbiamo concordato che non dovrà mai sapere che sei sua madre. Se mai dovesse chiedertelo, nega."*

*"Dovrei mentire a mio figlio?"*

*"È tuo nipote, ricordalo. Allora, non rispondere. Da zia devi comportarti. Sempre, capisci?"*

*"Non ci sarà mai bisogno che tu me lo ripeta."* E copriva il bambino di piccoli baci.

Tito si girò: anche lei teneva gli occhi fissi sulla fotografia del fratello. Poi li spostava su Tito e lo guardava, senza difese, tranquilla, leale al suo uomo. Ogni volta, dopo essersi scambiati quei lunghi sguardi, Tito ritornava al padre e credeva di capire.

Mariola portò il vassoio del pranzo. Si sedette in disparte sulla poltroncina, silenziosa. Poi Sonia li raggiunse con le pietanze calde; era ora di andare. Tito ripose le carte e baciò la zia sulle guance. Poi, d'impulso, le sollevò la mano destra e, come prima, poggiò le labbra sul dorso in un bacio leggero.

"Da quando in qua fai il baciamano alla zia?" gli chiese Mariola, per le scale.

"Non importa," rispose Tito, e le fece una carezza sul mento.

## 38

## La Stanza di Nuddu
*"Stacci attento a quello che ti ho detto;*
*ricordati che ho due figlie."*

Piero e Teresa erano piombati a pranzo con le bambine. Mariola aveva preparato quello che piaceva a Tito: sarde fritte all'agrodolce e biancomangiare, quello vero, con il latte di mandorle. Tutti si erano serviti una seconda volta di pesce, tranne lei che si era riempita il piatto di insalata di finocchi e arance.

Allo sguardo interrogativo di Teresa, Mariola arrossì. "È che vorrei dimagrire." Poi aggiunse, in fretta: "Alla mia età, bisogna pensare alla salute". E guardò il marito. Tito era soprappensiero e non l'aveva udita, ma le diede comunque un mezzo sorriso. Quando Sonia le porse il dolce, Mariola rinunciò anche a quello. Le fece cenno di portarlo alla figlia, ma non prima di aver preso una lunga sciaurata del pestato di pistacchio, cioccolato e cannella cosparso sul biancomangiare. Poi, con la stessa voluttà, allungò la mano verso la fruttiera colma di albicocche.

Mentre prendevano il caffè, Piero non si staccava da Tito, che infine gli disse: "Andiamo a vedere che hanno fatto con la Bentley mentre non c'ero". Piero, le mani in tasca, le spalle tirate indietro, lo seguiva e camminava a passi lunghi, guardandosi intorno.

"Saprai da Santi che penso di fare una donazione a tua moglie. Non che tu non sia in grado di mantenere la famiglia più che decorosamente, ma spero che vi sia d'aiuto. Ne farò una anche alle bambine. Resta inteso che, se avrete altri figli – come spero –, farò altrettanto per loro." Piero abbozzò un "grazie".

"Vivrete lontano da noi," riprese Tito. "Teresa avrà bisogno di maggior affetto e attenzione da parte tua. E rispetto. Sono sicuro che sarà così."

Lo guardò di sottecchi: le spalle cadute, il torace succhiato in dentro, le gambe molli, Piero sembrava perfino rimpicciolito. Aveva paura, e Tito ne ebbe quasi compassione: Teresa aveva sposato un infingardo. Pensò a Elisa e gli si torsero le budella. Tirò di scatto la portiera della Bentley e mostrò al genero il cruscotto e i comandi – gelido, cortese.

Mentre stavano per raggiungere gli altri, gli disse: "Stacci attento, a quello che ti ho detto; ricordati che ho due figlie".

Piero sembrò barcollare e per un pelo non cadde.


Nel primo pomeriggio, mentre Sonia rigovernava e preparava la cena, Mariola era di turno con la zia. Tito doveva rimettere a posto le macchine fotografiche e saliva riluttante per la scala a chiocciola. Senza nemmeno aprire gli scuri, fece quel che doveva, in fretta. Poi si guardò intorno. Di suo, in quella stanza, c'erano soltanto il tavolo da orologiaio con il suo sgabello basso e le lampade da lavoro. L'arredamento nello stile moresco del primo Novecento era rimasto immutato: sedie e tavolini di legno traforato con intarsi di madreperla, pouf di marocchino e tende dai disegni cachemire. L'ottomana che riempiva l'alcova era incassata tra due armadi a muro molto profondi ed era nascosta da una tenda. Lui la usava come ripiano per conservare le riviste di auto d'epoca. Tito ora vi avvertiva un non so che di sensuale e decadente, coperta com'era da grandi cuscini bordati di passamaneria e galloni dorati, con nappe di seta lucida. Si sentiva a disagio, ma non se ne andava. La calura era insopportabile, e si passò la lingua sulle labbra: sapevano di polvere amara. Tutto a un tratto, Tito ebbe la sensazione di soffocare e dovette fuggire.


La zia dormicchiava; Mariola leggeva una rivista.

"Io rimango qui, di' a Sonia che la chiamerò quando me ne vado." Tito prese il suo posto accanto al letto e cominciò a leggere.

Poi smise. Guardava angosciato la fotografia del padre. Aveva creduto che non ci fossero segreti fra loro; adesso doveva ricostruire il passato dei genitori.

Fino ai dieci anni lo avevano educato in casa: una vita regolata come quella di un militare, con orari e compiti ben definiti, solitaria ma non infelice. Nei giorni di scuola veniva la maestra, ogni mattina. Poi c'erano le vacanze a Torrenuova, il soggiorno nell'appartamento di Roma nel mese di maggio, il viaggio "d'istruzione" in una città d'Italia in estate e le vacanze sulla neve a Natale. In albergo lui divideva la camera con il padre e di giorno erano sempre insieme, tutti e tre.

Tito trascorreva alla villa tutte le vacanze dal collegio; negli anni c'erano stati dei piccoli cambiamenti. Soli, fratello e sorella avevano preso l'abitudine di passare le serate nel salottino adiacente alla stanza di lei, al secondo piano: una soluzione pratica e razionale. A Tito avevano fatto trovare in camera un televisore – una spesa stravagante, per quei tempi –, ma lui spesso guardava la televisione con loro, nel salotto della zia, dov'era sempre benvenuto. Da anziani diradarono i soggiorni romani e i viaggi in crociera, che avevano intrapreso dopo il matrimonio di Tito. Poi sopravvenne la cecità totale e il padre non si mosse più dalla villa.

Tito voleva sapere se si erano amati in pieno, alla villa, dopo. Lui, che non aveva mai conosciuto l'amore, non sapeva riconoscerne i segni intangibili. Doveva rivangare nella memoria.

*Era bambino. La domenica, i domestici avevano il pomeriggio libero. La zia riposava nella sua stanza. Il padre non dormiva dopo pranzo: a seconda dell'umore, passeggiava in giardino o leggeva in salotto; o ancora, più sovente, andava nella Stanza di Nuddu, dove lui non aveva il permesso di entrare. Allora si ritirava in camera sua; studiava o giocava con il meccano, fino a ora di merenda, quando la zia lo chiamava giù.*

*Quel giorno non riusciva a finire un compito difficile e voleva l'aiuto del padre. Non lo trovava. Salì la scala a chiocciola; era nascosta, vi si accedeva dal pianerottolo del secondo piano. Bussò alla porta della Stanza di Nuddu e non ricevette risposta. Esitante, girò la maniglia. Tende e finestre erano chiuse. Anche allora, la stanza sapeva di rinchiuso. Accatastati sul tappeto accanto all'alcova, grandi cuscini di velluto bordati di passamaneria dorata, dello stesso velluto del sommier, su cui giaceva addormentato il padre. La lampadina dell'abat-jour batteva fioca sul libro aperto che teneva sul petto. Lui richiuse la porta e scappò giù.*

Era ritornato nella Stanza di Nuddu poche altre volte: una notte per guardare l'eclissi di luna dal terrazzino e in qualche altra occasione per aiutare il padre, anziano, a portarvi alcuni oggetti pesanti. Tito pensava che il padre si sentisse ospite della zia – la padrona era lei – e che quello fosse l'unico posto tutto suo, che custodiva gelosamente come tale. Non aveva mai avuto la curiosità di entrarvi.

La Stanza di Nuddu: la stanza di nessuno. "Dove nulla avviene," gli aveva insegnato suo padre. Il ricordo diventava più nitido, e Tito rivedeva il padre addormentato sul sommier con indosso la sola vestaglia, una a disegni cachemire, rossa e gialla, che non gli aveva mai visto. Nei movimenti del sonno si era aperta rivelando il pene riverso sull'inguine e le gambe nude.

La zia si era svegliata. Era disorientata.

"Sei tornato dalla vacanza?"

"Sì, ieri. Ci siamo già visti, stamattina."

"Ah, vero... Eri partito con il figlio di una mia compagna di collegio... come si chiamava? Non ricordo..."

"Marta: era la tua amica del cuore, quella che voleva farti avere le lettere che le scrivesti, per anni. O ce n'era un'altra? Biblide? Parli anche di lei, nelle tue lettere," disse Tito, curioso.

"No, quella non c'entra. Marta, sì, era mia compagna..." E si fermò: un guizzo di panico. "Suo figlio se n'è andato?"

"Non ancora. Mi ha dato le lettere che avevi scritto a sua madre, ricordi?"

"Ci scrivevamo..." E lo guardava desolata.

Tito le prese la mano. "Ho voluto leggerle e mi ha fatto piacere, ora ti conosco meglio." Tito la carezzava e lei lo lasciava fare e si calmava.

"Pensi che mio padre ne sarebbe stato contento...?"

"Di che? Lui non conosceva Marta." La zia guardava la svolta del lenzuolo e con il dito seguiva il ricamo, un festone di fiori rosa. Poi mormorò: "Ero gelosa, temevo che se ne innamorasse...".

"Parlavo delle lettere, pensi che lui avrebbe preferito se io non le avessi lette?"

Lei ritrasse la mano dalla sua e staccò il capo dai guanciali.

"Può darsi. Io ho sempre avuto il dubbio che lui proteggesse me, per prima, e poi gli altri, te compreso... Ma forse mi sbaglio: ti voleva moltissimo bene."

"E tu?"

"Io ti ho voluto." Gli occhi straziati erano asciutti. Poi aggiunse, la voce chiara: "Non so se abbiamo fatto il giusto. Per te".

Tito le riprese la mano e gliela carezzò. La zia si riassopì. Anche allora, lui continuava a passare e ripassare le dita su quelle scarne e rugose di lei, sotto lo sguardo curioso di Sonia.

A ogni tocco, l'affetto di Tito per sua madre cresceva.

## 39

Dante si prepara a partire
*"L'animo del giardiniere si rivela
con una trasparenza straordinaria."*

Dopo aver riaccompagnato Tito alla villa, Dante era stato preso dalla frenesia di lasciare il paese. L'indomani mattina si era svegliato di buon'ora e pieno di energia. Aveva organizzato il materiale fotografico del viaggio e le copie da consegnare a Tito nel pomeriggio. Sarebbe partito l'indomani. Non gli restava altro che fare le valigie e preparare il pasto di mezzogiorno: aspettava Santi a pranzo.

Dante sapeva che Titino aveva dei problemi alla vista. Con lui e soltanto con lui Santi si era lasciato andare allo sconforto: i medici gli avevano fatto capire che la diagnosi era pressoché certa, anche se per confermarla aspettavano i risultati degli esami suoi e di Vanna. Sorseggiavano una spremuta sotto la tettoia della terrazza e parlavano seguendo il volo degli uccelli. Dante incoraggiava Santi a sperare e quello scopriva in lui una sollecitudine quasi paterna e inaspettate capacità consolatorie. L'amico gli parlava dei progressi della medicina e, andando sul concreto, offrì di telefonare a un insigne oculista svizzero, che conosceva bene, per ottenere un appuntamento per Titino. Accennava alla qualità della vita dei non vedenti, agli strumenti e alle apparecchiature ora disponibili, gli portava a esempio persone che conosceva e raccontava aneddoti su personaggi politici, manager e perfino artisti che convivevano con quella menomazione.

Suonò il telefono. Era Irina, balbettava parole sconnesse: parlava di un ospedale, e poi di un'operazione, e dell'elica di un motoscafo.

Dante scattò in piedi e si allontanò precipitosamente. Santi, esausto, non ci fece caso: osservava gli stormi di uccelli. In formazioni diverse – file singole o duplici, triangoli e gruppi folti e disordinati – seguivano tutti la stessa rotta: puntavano sul crinale delle colline dell'entroterra, lo superavano e poi riapparivano solcando il cielo in ampie curve, alcuni stormi ancora interi, altri frammentati in stormi più piccoli.

*"Cosa ne sarà stato di Olga? Avrà sofferto a lungo il suo cuore, o sarà passato presto il tempo delle lacrime?..."* mormorava Irina. Cadde la linea, Dante richiamò. La voce di un uomo. "Sono il dottor Foti del Policlinico di Messina. La signora è in condizioni molto critiche... Ha insistito per chiamarla, non avrebbe dovuto. Stamani è stata ferita dall'elica di un fuoribordo e ha riportato lesioni gravissime. Tenteremo il possibile."

Dante tornò da Santi: stringeva convulso la spalliera della sedia; per il resto, sembrava normale. "Chissà cosa vedono dall'altro lato delle colline, qualcosa che li spaventa..." mormorava Santi.

"Non lo sapremo mai. Invece so che a Zurigo c'è una pasticceria dove vendono il miglior cioccolato della Svizzera, a Titino piacerebbe molto! Potrei accompagnarvi, se volete."

"Lui e Vanna ne sarebbero felici, e anch'io!" E Dante ebbe da Santi il primo sorriso della giornata.


Le fotografie del viaggio erano disposte, in sequenza, sul tavolo da pranzo. Lo coprivano interamente. Tito passava da una all'altra, totalmente assorto. Dante si teneva in disparte. Gli caddero gli occhi su una foto di Irina. L'aveva scattata alle terme. Lei era di profilo e guardava lontano, pensosa. La sollevò. Irina era morta prima di entrare in sala operatoria, quel pomeriggio. Glielo aveva comunicato il principe di Sciali. La sera precedente si erano imbarcati sul panfilo di un amico, diretti alle Eolie; appena sveglia – e senza aspettare il resto della comitiva – si era tuffata per andare alla grotta della quale avevano parlato a cena e dove si arrivava a nuoto attraverso un passaggio sotto gli scogli. Era un posto molto visitato dalle imbarcazioni e pericoloso; al ritorno, Irina era affiorata ed era stata travolta da un fuoribordo che andava a tutta velocità troppo vicino alla costa. L'avevano portata al pronto soccorso di Lipari, e da lì – in elicottero – all'ospedale di Messina, ma non c'era stato niente da fare. Irina era rimasta lucida sino alla fine, il figlio era già in viaggio per raggiungere la Sicilia.

"È come mi piace ricordarla," pensava Dante guardando la foto. Una donna complessa, un'anima sensibile ma avida. Di tutto. Dopo la caduta del comunismo, si era messa in testa di fare i soldi ed era diventata la compagna di un giovane milionario russo, un uomo senza scrupoli e privo di cultura, desideroso di aggiungere alle sue conquiste una donna bella e sofisticata. Lui allora faceva ritratti ed era stato mandato a fotografarlo da una rivista americana. Irina era stupenda e aveva chiesto di fotografare anche lei. Da allora e per un breve periodo, grazie a Irina aveva fatto ritratti alla nuova oligarchia russa: una miniera d'oro. Poi quelli erano passati ad altri, ai fotografi famosi... Dante ricordava Irina raggiante, calata nel nuovo ruolo di padrona di casa del jet-set: le sue feste avevano un tocco di classe che in quell'ambiente costituiva una rarità e se ne scriveva nella cronaca mondana dei rotocalchi. Ma la ricordava anche umiliata e furibonda dopo essere stata congedata dal suo compagno, che peraltro l'aveva lasciata molto benestante: se non avesse sperperato quello che le aveva dato, Irina non avrebbe mai più avuto bisogno di lavorare, ma lei, livida, lo accusava comunque di ogni bassezza e si era alienata gli amici comuni, che si erano prontamente schierati dalla parte del vincente. Poi, silenzio. Si erano rivisti per caso, pochi mesi prima; lei usciva da una storia finita male ed era malinconica. Oltre tutto, aveva fatto una serie di investimenti sbagliati e si trovava anche in difficoltà finanziarie. Cercava qualcosa di diverso e gli si era offerta per quella vacanza siciliana.

"Una donna intelligente e coraggiosa. Molto sola. Un temperamento focoso, a volte sgradevole, ma anche generoso," mormorò Dante, e poi aggiunse, rivolto a Tito: "Una vita dei nostri tempi. Sprecata".

Ma Irina non interessava più Tito, lui ora aveva Mariola e, come faceva con la moglie, non prestava attenzione a quel parlare di Dante; passava da una fotografia all'altra e imparava. Poi, scorgendo un velo di mestizia sul volto dell'amico, pensò che sentisse la mancanza di Irina come lui aveva sentito quella di Dana, in viaggio.

"Lasciala andare, quella," gli disse rassicurante. "Ne troverai un'altra... anche tu..." E lasciò la frase a metà, imbarazzato. Ritornò a guardare le fotografie e aggiunse: "Mi piacerebbe averne delle copie. Ne hai?".

Dante le aveva dimenticate in auto.


"Posso farti una ultima richiesta?" azzardò Dante.

"Certo, purché non sia di conoscere..." Tito si fermò.

"Lo so, non ti preoccupare. Vorrei fare un giro del giardino: lo ha creato lei, vero?"

Tito fece strada. Il giardino era strutturato in modo da sembrare più grande di quanto non fosse. Piante e viali creavano scorci e prospettive che davano un'illusione di spazio. Entrandovi dentro ci si trovava in un labirinto ordinato e sorprendente: dappertutto era un misto di orto e giardino secondo criteri ben precisi dettati dal colore e dalla forma del fogliame, dei fiori, dei frutti e degli ortaggi. Le piante delle melanzane erano accanto ai gladioli. I piccoli fiori a grappolo – petali viola e pistilli gialli – e gli ortaggi già sviluppati – ovoidi scuri, lucidi e invitanti al tatto – contrastavano con l'arancione brillante dei gladioli. La macchia di banani aveva un fitto bordo di piante di cotone; le foglie trilobate cominciavano a seccare e le capsule erano già formate; dalle valve socchiuse di alcune, grosse come uova di gallina, usciva candida la lanugine. Altre, chiuse, sembravano boccioli spinosi pronti a scoppiare.

"In primavera i cespugli del cotone sono rigogliosi e compatti; poi esplode una fioritura abbondante e di breve durata. Lei coltivava diverse varietà, oltre a quella comune delle nostre campagne; una ha un fiore bianco e giallo che diventa di un rosa violaceo, dopo la fecondazione. Un'altra ha grandi fiori gialli," spiegava Tito.

Erano davanti le plumerie. "È riuscita a far crescere anche queste!" esclamò Tito con orgoglio. Originarie dalle Antille, erano state introdotte nell'Ottocento, come tante altre piante tropicali. Le avevano nella terrazza di Palermo e la zia aveva fatto trasportare i vasi alla villa. Lei stessa le aveva propagate per talea. "In inverno sembrano arbusti moribondi," diceva Tito, "soffrono il freddo e un tempo mettevamo gusci d'uovo sulle gemme e sui rami, per proteggerli. Ora, sacchetti di plastica." Fece una smorfia e poi aggiunse che in piena estate la fioritura era magnifica. Indicava a Dante le alte pannocchie di fiori bianchi dal centro giallo intenso, i cinque petali carnosi, distesi e sovrapposti. E ne colse uno. "Plumeria palermitana, *pomelia* nel linguaggio comune. Quando ero piccolo, a Palermo si vendevano per strada, in mazzetti profumatissimi, sferici: ogni fiore infilzato su uno stecco. Mio padre si fermava sempre a comprarne uno, me lo dava perché lo offrissi alla zia."

Dante era silenzioso. Osservava, annusava e ogni tanto si

girava a guardare la villa. "L'animo del giardiniere si rivela con una trasparenza straordinaria," disse alla fine della visita, "questo è un giardino sereno, fantasioso e originale, dentro uno schema tradizionale; ma è anche una prigione. Quello di Torrenuova invece è tutto tuo padre: un groviglio di sensi, un conflitto costante..."

"Mio padre era un uomo razionale, contemplativo, severo..."

"Ma trasgressivo..."

Tito ficcò gli occhi in quelli di Dante. "Tu sapevi."

"No, però ho capito prima di te. Conosco molto bene Rachele, anche se non l'ho mai incontrata. Eppure mi domando perché abbia scelto di vivere qui."

Si salutarono senza tristezza: si sarebbero rivisti. Tito se ne andò dritto dritto al secondo piano.

## 40.

### Le domande di Tito
*"Il binocolo usavo, per vederti meglio."*

"Perché non avete scelto la casa di paese, o quella di Palermo?" Da molto tempo Tito voleva porle quella domanda. Poggiò la carpetta sullo sgabello. Aveva aspettato, impaziente, che la zia si svegliasse e, assorto com'era a leggere, non si era accorto che lei non dormiva più e lo guardava, tacita.

"In effetti tuo padre avrebbe preferito vivere in città, o almeno in paese, sarebbe stato più comodo per tutti..."

"Allora perché? Ti piaceva la villa?"

"Nemmeno." Alzò la mano, e gli fece una carezza leggera. "Era per vederti meglio, da lontano." Tito era perplesso, e lei spiegava: "Tu avevi le bambinaie, non dovevo essere io a badare a te... Una zia ero... Dal secondo piano guardavo in giardino, ti seguivo quando andavi in bicicletta nei viali, quando correvi... Il binocolo usavo, per vederti meglio".

Tito ora capiva.

"E poi qui sei nato, nella Stanza di Nuddu... C'era suor Maria Assunta, accudiva lei..." La zia cercava una parola, sembrava agitata. Poi finì la frase in un sospiro: "...tua madre".

*In occasione di una morte, era consuetudine fare offerte ai poveri in denaro o in natura attraverso istituti religiosi. Il pastificio era stato precettato e l'offerta più ovvia – pasta e farina – era dunque preclusa. Fratello e sorella allora offrirono la villa alle* monache di San Vincenzo, per un anno intero: sarebbero state loro ospiti e si sarebbero ritemprate dalle fatiche dell'apostolato.

"Una sorella anziana baderà alle monache che vi manderò, a turno. Noi due sole sapremo. Non voglio essere ringraziata: io considero che privare un figlio della madre sia il peccato maggiore. Lei prenderà il bambino dall'orfanotrofio..." aveva detto suor Maria Assunta fissando Gaspare, quando lei li aveva fatti incontrare.

Mademoiselle li aveva lasciati dopo la messa del trigesimo: un triste addio. Fecero credere che fossero partite insieme, ma lei già si trovava nell'abbaino della villa. Vi avevano portato soltanto lo stretto necessario: così avrebbe potuto abbandonarlo all'improvviso, se la minaccia dei bombardamenti lo avesse reso necessario, senza lasciare traccia della sua presenza.

La stanza era molto luminosa. La porta finestra apriva sul terrazzino e in alto, sopra l'alcova, una vetrata stretta e lunga illuminava il centro della stanza. Da fuori sembrava una decorazione architettonica: mattonelle colorate rettangolari erano disposte contro il vetro in un reticolato a nido d'ape, attraverso il quale il sole colpiva il pavimento di legno lasciando al buio il sommier nell'alcova. Fu grazie a quel fascio di luce che lei poté leggere e ricamare.

La solitudine non le pesava. Di giorno teneva chiusi gli scuri e sbirciava le monache nel giardino attraverso le stecche delle persiane, ascoltava il tubare dei colombi che nidificavano tra i mattoni della vetrata e perfino canticchiava, per esercitare la voce. Di notte spalancava la porta finestra e i suoi occhi erano finalmente liberi di spaziare sul cielo.

Tito era un neonato tranquillo, ma lei era ansiosa. "Dorme troppo: è letargico." "Piange: sta male." "Succhia poco: non mangia abbastanza." Allora, la solitudine si trasformò in isolamento, e da lì in incubo. Suor Maria Assunta decise di mandare a chiamare il fratello.

Era un tardo pomeriggio. Lei cullava Tito, che le si era ad-

*dormentato fra le braccia. Il fascio di raggi alle sue spalle bat-*
*teva sul pavimento infuocandolo; il resto era buio. Accovaccia-*
*ta sull'ottomana, la schiena contro la parete, si era abituata a*
*vedere nell'oscurità e guardava il figlio.*

*Riconobbe il passo di Gaspare per le scale; non volle alzar-*
*si per non svegliare il bambino.*

*Lui aprì la porta deciso e si fermò, interdetto. La lama di*
*luce tagliava la stanza in due: dietro, buio denso e silenzio.*
*Non la vedeva. A ogni suo movimento il pavimento di legno*
*scricchiolava, ogni passo sembrava un boato.*

*"Rachele! Rachele, ci sei?" sussurrava.*

*Lei sollevò la mano per attirare la sua attenzione. Ma era*
*invisibile. Tito si agitò nel sonno.*

*"Oh, oh, oh... e Titino fa la vovò..." Cantava, sommessa,*
*una ninnananna. "Nannu, nannu, nannu... e Titino va cami-*
*nannu..."*

*Gaspare fu da loro in un lampo. Inginocchiato davanti l'ot-*
*tomana, allungava le braccia. Intonando di nuovo la nenia, lei*
*gli guidò le mani sulla testa del figlio, poi sulle spalle e sui pic-*
*coli pugni chiusi. E poi su di lei.*

"Mio padre mi voleva?" Un'altra domanda. Tito aveva
bisogno di sapere.

"Io credo di sì, sin dall'inizio, e voleva il tuo bene... si dispiaceva quando questo non era possibile."

*Gli abiti da monaca erano piegati in una borsa rettangola-*
*re di tela grigia. "Prima di indossarli, lavati con questo sapone:*
*è quello che usiamo noi, ha un odore particolare. I carabinieri*
*lo riconoscono," aveva detto suor Maria Assunta. "Quando*
*torno, ti aiuterò a metterti il velo. Tito dovrà essere già nella*
*borsa. Ricordati: bado io a lui, è un trovatello. Domani matti-*
*na il padre e la zia verranno a prenderlo all'orfanotrofio. Tu non*
*aprirai bocca per tutto il viaggio." Tito sembrava capire, non a-*

veva pianto quando lei lo aveva adagiato in quella culla improvvisata e dormiva sereno.

Due monache si infilarono svelte nel sedile posteriore dell'auto parcheggiata davanti il cancello. Gaspare mise in moto e partì. Era una notte senza luna. I fari, schermati quasi per intero con la tela cerata, mandavano una sottile striscia di luce. Lui conosceva bene la strada e andava veloce, ma spesso doveva rallentare: controlli, frane, deviazioni. Il bambino vagiva e suor Maria Assunta gli metteva il mignolo in bocca, per calmarlo.

Avevano dovuto prendere una secondaria. La strada era dissestata, l'auto ebbe uno scossone e la borsa sbatté contro il sedile anteriore. Un gemito di paura e di vero dolore. Lei si pigliò il figlio in braccio, d'istinto. Lo teneva stretto al seno, contro la stoffa ruvida. Le fasce del velo le ricadevano sul volto abbassato mentre lo carezzava con le dita odorose di liscivia. Tito si agitava, nel buio sentiva la voce della madre ma quel corpo gli era sconosciuto. Più lei lo stringeva, più lui si strusciava contro l'abito nero e smaniava per la madre che non riconosceva più. Poi ruppe in un pianto disperato, puntando i pugni contro il petto di lei. Suor Maria Assunta lo prese e lui si confortò immediatamente, quindi si addormentò succhiandole il dito. Lei non si mosse per l'intera durata del viaggio, gli occhi fissi sulla nuca di Gaspare.

Erano a Palermo. Le due monache entrarono nel convento da una porticina laterale. Gaspare aspettava.

Poi l'uscio si schiuse quel tanto che bastava a far passare una giovane donna con un abito attillato. Si sedette accanto al guidatore e l'automobile partì.

Gaspare chiuse la porta d'ingresso. Lei fece qualche passo; si guardava attorno, cercava di ristabilire familiarità con la casa che aveva lasciato sei mesi prima. Lui le posò la mano sulla nuca e cercò di tirarla verso di sé.

"Aveva paura di me, lo capisci? Non mi riconosceva, al

buio... sua madre vestita da monaca." Aveva rotto il silenzio della notte e parlava con foga, resistendo a Gaspare.

"Si abituerà anche lui...!"

"A che? A non avere madre? Che mondo è questo, che nega la madre a un innocente?"

Gaspare la forzò contro il suo petto, alto sopra di lei che gli resisteva e insieme si abbandonava minuta fra le sue braccia.

"Calmati, Rachele, lo sai che non potremo amarci, e amarlo, alla luce del giorno: finiremmo in prigione."

"In prigione perché ci vogliamo bene."

Gaspare allentò la stretta e si piegò su di lei, le braccia arrese sulla schiena di Rachele, la testa sulla sua spalla. E pianse a dirotto.

Sonia entrava nella stanza, pronta ad accudirla. Tito si abbassò per il bacio del commiato. Lei gli appoggiò il braccio sul collo e mormorò: "Dammene un altro, bedduzzu mio". Mai prima di allora gli aveva chiesto un secondo bacio.

Erano in città, con il bambino appena preso dall'orfanotrofio. Le amiche erano in visita e andavano in visibilio per il figlio di Gaspare. Lo prendevano in braccio, se lo sbaciucchiavano. Maniato da estranee, il piccolo piangeva e la guardava, pietente. La ragazza che gli faceva da bambinaia era lì vicino, ma non si offriva: era tutta occhi per la casa di ricchi in cui era capitata, i vestiti delle signorine, il loro modo di fare.

Il bambino si protese verso di lei. Allora se lo prese in braccio, e lui subito si rasserenò. In quel momento, Gaspare entrò nella stanza. Le calò uno sguardo severo, poi sorrise alle altre.

"Rachele, devi controllarti! C'è la bambinaia per lui, non devi tenerlo in braccio. E nemmeno baciarlo in quel modo! Tu sei la zia e vi conoscete appena!"

"*Piangeva! Le mie amiche se l'erano preso e se lo baciava-no, perché io no?*"

"*Lascialo piangere. Lascia che le altre lo sbaciucchino. Tu non devi. Ricordalo.*"

"*Posso almeno stargli vicino, guardarlo?*"

"*Non sempre: deve staccarsi da te. E poi, dipende dalle ta-liate!*"

*La situazione divenne insostenibile. Le visite si susseguivano e lei era sempre sotto lo sguardo scrutante degli altri.*

*Alla fine, concordarono di trasferirsi alla villa, non appena le monache se ne fossero andate. Era la scelta più razionale: il pastificio era in paese, le strade dissestate dai bombardamenti rendevano azzardosi gli spostamenti in automobile e si pensava che il paese non sarebbe diventato bersaglio degli aerei nemici. Lei, lontana dalle amiche, avrebbe avuto il bambino sott'occhio e si sarebbe abituata al suo nuovo ruolo.*

*Così avvenne. Lasciava fare alla bambinaia. Quando Tito cominciò a parlare, se desiderava qualcosa lei gli aveva insegnato a rivolgersi al padre; quando piangeva, era lui a consolarlo.*

Sonia le inumidiva il volto con un batuffolo di cotone tiepido e le parlava, ma lei non rispondeva; aveva il viso contratto e l'espressione sofferente. Poi si rischiarò e sembrava tranquilla. Ma più Sonia le asciugava il viso, più quello si bagnava.

Rachele si era sciolta in un pianto liberatorio: suo figlio sapeva e accettava.

## 41.

Tutta la mia vita sei tu
*"Non mi dire che questa è la sorellina di cui parlavi!"*

Era il turno di Teresa al capezzale della zia, ed era venuta con le bambine. Sandra e Marò, vivacissime, avevano rispettivamente sei e otto anni. Teresa si era portata una borsa piena di giochi: le bambine si sarebbero trastullate con le Barbie o con le matite colorate, senza disturbare la zia. Quel pomeriggio, erano molto eccitate: un'amichetta era nata lo stesso giorno della bisnonna e l'indomani avrebbero festeggiato insieme gli otto anni dell'una e i settanta dell'altra. La famiglia aveva organizzato una sorpresa: la nipotina e alcune amichette, vestite alla moda degli anni trenta, si sarebbero esibite in un piccolo concerto di canzoni dell'epoca.

Marò intonava: *"Maramao perché sei morto, pan e vin non ti mancava... l'insalata era nell'orto e una casa avevi tu..."*, e accennava un passo di charleston.

"Zia, vero è che allora i gatti mangiavano verdura?" chiedeva Sandra.

"Certo che no, a loro il pesce piaceva." La zia preferiva Sandra, ma non lo mostrava altro che con lo sguardo: gli occhi dolcissimi e carezzevoli rimanevano posati a lungo su di lei.

"Ma lo dice la canzone!" insisteva Marò, più estroversa.

"Non devi credere a quello che si diceva a quei tempi: cambiavano i fatti... li porgevano come verità..." Era come se la zia parlasse a se stessa.

"Zia, questa ti piace?" Sandra si mise a piroettare cantando *Parlami d'amore Mariù*.

Marò le faceva da coro e Teresa si unì, cercando di tenere basse le loro voci.

*Dimmi che sei tutta per me...*

Dal letto si levava, fioca, la voce della zia. Cantava anche lei...


*Era ospite da amici del padre. La figlia minore era sua compagna di classe. La sorella compiva ventun anni e loro, non ancora sedicenni, in via del tutto eccezionale avrebbero partecipato alla festa: era il loro primo ballo.*

*Aveva seguito affascinata i preparativi: il tavolo da pranzo era stato smontato e rimontato nel salotto per il buffet; la stanza da pranzo adesso era sgombra e gli uomini vi avevano trasportato il pesante mobile radio-grammofono che troneggiava nella sala da ballo improvvisata.*

*La festeggiata aveva preso a prestito dalle amiche altri dischi di canzonette e li provava insieme a quelli che aveva già, a uno a uno, abbozzando dei passi di danza.*

*Le ragazzine aiutavano le donne e trasportavano nel salotto piatti, posate e bicchieri. La madre li disponeva sulla tovaglia, pronti per la tablattè. Ritornando in cucina, a mani vuote, anche loro accennavano una piroetta, un timido passo di danza, alzavano il braccio destro come se cingessero la spalla di un cavaliere immaginario: non sapevano ballare.*

*Ora erano pronte. Lei era trepida, ma contenta. Mademoiselle le aveva comprato le sue prime scarpe con il tacchetto, una gonna godet verde e una camicetta bianca a maniche corte, attillata e con ricami sul davanti. La madre aveva passato un velo di cipria sul viso della figlia e le aveva inumidito i lobi delle orecchie con un tocco di acqua di colonia. Fece lo stesso con lei.*

*"Ti rifaccio la treccia: ti sta meglio più morbida," le diceva,*

"ecco, sei proprio carina... hai bellissimi capelli, folti e lucidi. Oggi avrai una bella sorpresa!" Lei pensava che avrebbe rivisto il padre, in visita a Roma, e ne era contenta.

C'erano già una dozzina di coppie danzanti. Lei e l'amica, imbarazzate e sognanti, si erano rifugiate nel balcone della stanza da pranzo e da lì guardavano i ballerini. Sentendosi a loro volta guardate, fingevano di chiacchierare animatamente fra loro; ma non perdevano un gesto, una risata, un incrocio di occhi; contavano i giri di ballo di ognuno, osservavano chi ballava con chi e notavano i minimi particolari degli abiti.

Un amico della festeggiata si avvicinava al balcone: due cuori palpitanti e ansiosi battevano all'unisono. Il giovane invitò l'amica a ballare.

Rimasta vistosamente sola, lei avrebbe voluto sprofondare.

Le venne in soccorso la padrona di casa. "Rachele, vieni con me: una signora vuole conoscerti." La seguì attraverso la sala da ballo, tenendo gli occhi bassi ed evitando i ballerini.

Gli adulti erano accampati sulle sedie da pranzo nel salottino. Una signora minuta e con gli occhi scuri venne loro incontro: "Sei precisa a tua madre, nel portamento e di faccia! Gli stessi bellissimi occhi, ma i tuoi sono verdi! Sarebbe stata felice di vederti così cresciuta, e carina, la povera Teresa. Ti voleva tanto bene...".

Le due ragazzine erano di nuovo al loro posto di osservazione. Il disco era finito, ma nessuno provvedeva a metterne un altro: la sala si andava spopolando. Dall'ingresso adesso si sentivano voci alte e risate: era appena arrivato un gruppo di ufficiali. L'eccitazione dei giovani era al massimo, la musica ricominciò e tutti ripresero a danzare con rinnovato brio. Le coppie volteggiavano senza quasi toccare terra.

Erano tutte occhi e orecchie. Seguivano la musica con il tacchetto e squadravano i ballerini senza paura di essere notate: sembrava loro di essere diventate invisibili. Spalle alla *ringhiera, le braccia penzoloni dietro, si tenevano per mano canticchiando e si dondolavano al ritmo della musica. L'innocente spinta in avanti del busto le gonfiava i seni acerbi e rotondi e le tirava le asole della camicetta, così ebbe a dirle lui in seguito.*

*Mormoriava, seguendo la musica, e pensava a sua madre. Le parole di quella signora l'avevano rallegrata e intristita allo stesso tempo. Della madre non aveva alcun ricordo, ma ne conosceva i tratti a memoria: teneva la sua fotografia sul comodino.*

*"Dove ti eri nascosta, Rachele? Ti ho cercata dovunque!"*

*Un giovane in uniforme le si parò davanti. Lei sussultò. Gaspare. Non lo vedeva esattamente da un anno, da quando era entrato all'accademia militare. Si raddrizzò subito, e si guardarono. Poi gli porse la guancia.*

*"Ti sei fatta proprio bella! Vieni!" E, cingendole la vita, lui se la portò a ballare.*

*Poggiò il braccio sulla spalla del fratello – rigida, esitante – e lo guardava con l'intensità con cui aveva pensato alla madre poco prima: lui aveva i suoi stessi occhi frangiati da ciglia di seta, le stesse sopracciglia folte, la stessa carnagione chiara.*

*"Non dirmi che è il tuo primo ballo, sarebbe un vero privilegio per me!" Lei annuì. Era tutta un rossore.*

Come sei bella, più bella stasera, Mariù, splende un sorriso di stella negli occhi tuoi blu... *E cominciarono a ballare.*

*Sbagliava il passo – gli pestava i piedi –, sbatteva contro il suo ginocchio.*

*Gaspare allora si fermò e le disse, in tono deciso: "Lasciati andare e seguimi".*

*Iniziava il ritornello.* Parlami d'amore, Mariù. Tutta la mia vita sei tu... *Attenta a seguire i suoi movimenti e timorosa di inciampare, ma al tempo stesso fiduciosa tra le braccia del fratello, lei imparava a ballare.*

Dimmi che illusione non è... Dimmi che sei tutta per

me... *Gaspare la stringeva forte, obbligandola a seguire i suoi passi.*

*Qui sul tuo cuor non soffro più... Adesso danzavano perfettamente a tempo. Lui allentava la stretta e, piroettando, la guardava incoraggiante. Lei si dischiuse in un grande sorriso che non la lasciò più.*

"*Rilassati, è sempre così la prima volta. Tu segui bene il ritmo, lascia che ti porti.*"

*Obbedì, felice, e piroettarono assieme alle altre coppie. Un ufficiale ballava con la festeggiata. Le due coppie si sfioravano e il giovane bisbigliò: "Non mi dire che questa è la sorellina di cui parlavi!".*

*Lei avvampò. Gaspare sollevò le sopracciglia e rispose all'altro con un cenno del capo; poi la strinse fortissimo e la portò, veloce, lontano da quei due.*

*Si guardarono.* Dimmi che sei tutta per me...

"*Non credevo di dover cominciare sin d'ora a essere geloso della mia sorellina,*" *mormorò Gaspare. La guardava. La guardava. "Mi ricordi nostra madre; crescendo le somigli sempre di più, Rachele mia..." E se la strinse al petto.*

*Il disco era finito. Si fermarono nel mezzo della sala da ballo, uno di fronte all'altra. Si guardavano ancora. Lui non si muoveva. Alcune coppie si erano già sciolte e ognuno andava per i fatti suoi. Impacciata, lei non sapeva che fare.*

"*Concedimi un altro ballo. Il primo non valeva: era di prova!" E Gaspare le prese la mano.*

*Ballava, ballava e seguiva il fratello senza pensare a dove metteva i piedi. Lui le parlava, ma lei non lo ascoltava.* Parlami d'amore, Mariù... *Radiosa e abbandonata tra le sue braccia, guardava adorante il fratello bello come la mamma.*

*Gaspare la accompagnò al balcone e invitò la sua amica a ballare. La magia del ballo era scomparsa, lasciandola desolata e preda di un acuto disagio del quale non si rendeva piena-*

mente conto. Li cercava tra le coppie e poi non li perdeva d'occhio. Se ridevano, si chiedeva cosa si stessero dicendo; se le davano le spalle, si domandava che facessero. Doveva esserci lei, con il fratello, e gliel'avrebbe strappata a morsi dalle braccia, quella. Orgogliosa, respinse le lagrime che le avevano riempito gli occhi.

Gaspare riportò l'amica al balcone. Non si accorse del suo sguardo ferito, e con un "ci vediamo dopo" se ne tornò a ballare con le altre ragazze.

"È bellissimo, tuo fratello!" le disse l'amica. Lei nemmeno le rispose.

Per il resto della festa non fece altro che contare i balli e le compagne di Gaspare. Una ragazza dai capelli corti e ricci sembrava la preferita. La odiava.

Durante la pausa per i rinfreschi, il fratello le si accostò:

"Rimarrò a Roma fino a Natale, lo sai? Domenica ti porto fuori: non dobbiamo mai più permettere che passino mesi senza vederci e neppure scriverci. Promesso?".

Lei annuì. Lui la guardò. Poi le disse a voce bassa: "Stai diventando bellissima!".

## 42.

Tito non è solo nella Stanza di Nuddu
*"È di mio padre che stai parlando?"*

"È stanca, forse è meglio se la lasci dormicchiare da sola. Basta Sonia: si è portata la roba da stirare nella stanza accanto," disse Teresa.

"Resto io qui. Porta le bambine dalla mamma." Tito era di nuovo al secondo piano, la carpetta delle lettere in mano. Incurante di destare la curiosità della figlia, voleva rifarsi degli anni perduti.

"Era bella Roma, a quei tempi..." sussurrava lei nel dormiveglia.

Tito ascoltava attento, ma non osava chiedere. Di tanto in tanto afferrava qualche parola.

*"Le chiese non mi interessavano, preferivo la cioccolata calda da Babington. Certo che fingevo, non volevo perderti... Ti mangiavo con gli occhi, altro che musei... Ma mi piaceva andarci con te: mi poggiavi la mano sulla spalla e mi insegnavi a 'vedere'...*

*"Io preferivo il pezzo duro, ma chiedevo sempre il cono... Tu non lo prendevi – ti pareva indecoroso che un ufficiale andasse in giro leccando un gelato –, ma volevi assaggiare il mio. Io leccavo dove era andata la tua lingua, cercavo il tuo sapore...*

*"Mi piacevano tanto le canzonette... Quando eravamo soli,*

*tu cantavi con me... camminavo leggera come una piuma, ero felice...*

"*Certe volte mi trattavi da bambina... me ne dispiacevo... Una volta un'amica mi prestò delle calze di seta. Mi facevo tutte le scalinate per fartele notare... 'Rachele, un po' di contegno, sei una signorina! La gente ti guarda!'... Ma io volevo solo che mi guardassi tu!*

"*A volte non capivo se mi portavi fuori per dovere o per piacere... Un giorno ti fermò una bella signorina... parlavate fra voi... io ero un di più... Lei ti disse: 'Arrivederci a domani...'. E io stetti male tutto il giorno...*

"*Attraversavamo la strada e mi misi a correre. Una macchina frenò di botto... Sul marciapiede mi rimproverasti, seccato. Io mi misi a piangere... Mi accarezzasti il mento e dicesti: 'Lo capisci che sei tutto quello che ho?'. Io piangevo ancora di più... Tu non capivi.*

"*Poi il reggimento ti portò altrove... Ci vedevamo poco, ma ci scrivevamo... Copiavo delle poesie per te... Mademoiselle ne era contenta. Ma nulla mi dicevi delle ragazze che conoscevi... sapevo che ce n'erano tante... Papà diceva che eri un donnaiolo. Me ne martoriavo... ma eri di tanto più grande di me!*"

"È di mio padre che stai parlando?" Tito non seppe trattenersi.

Lei non rispose. Ogni tanto sorrideva, sospirava, aggrottava le sopracciglia, ma non parlò più; e poi scivolò nel sonno, serena. Tito rimase con lei fino all'ora di cena; anche lui a volte sorrideva, altre volte sospirava.

La cena non era ancora pronta. Aspettando, Tito gironzolava per casa; la sentiva diversa, come diverso si sentiva lui. Mariola lo chiamava dalla cucina perché la aiutasse ad apparecchiare: era la prima volta. Non gli dispiacque, aveva un desiderio urgente di parlare con lei – anche questa era una novità – ma non sapeva da dove e come cominciare a spiegarle che era cambiato.

Si dava da fare con buona volontà, cercava di apparecchiare la tavola e di trovare il modo di iniziare il suo discorso, ambedue compiti nuovi e difficili. Non sapeva dove mettere le posate e chiamava Mariola perché controllasse. "Il coltello va a destra! Che sei diventato, mancino?"

Il mezzo cucchiaio era a lato del coltello. "Quello è per la macedonia, e va sopra!"

Non trovava il cestino del pane. Accanto a lui, Mariola glielo indicava sulla credenza – era coperto da un tovagliolo, perché si mantenesse fresco e pulito. Prendendo ispirazione dal pane, pronto a spiegare le sue nuove priorità, Tito le poggiò la mano sulla spalla, timido. "Ti sarai accorta che non sono ancora andato al pastificio..." cominciò a dire.

"Non devi preoccuparti, domani ci sto io con la zia. Anche oggi avresti potuto andarci, c'era Teresa," disse Mariola interrompendolo.

Scoraggiato, Tito abbassò il braccio e non ci provò più. Versava acqua dai lavadita. Dimenticava di mettere l'oliera a tavola. E prendeva i rimproveri della moglie con sollievo e ironia: anche quelli erano una distrazione e un modo di avvicinarsi uno all'altra.

Stavano per sedersi a tavola quando telefonò Santi: dovevano ritornare all'ospedale l'indomani mattina e non avrebbero potuto mantenere il loro turno con la zia. Tito offrì di sostituirli.

Marito e moglie non parlarono di Titino durante la cena, ma il pensiero del bambino era con loro. Lei vi accennò soltanto di sfuggita, quando ebbero finito di mangiare. Mentre raccoglieva i piatti, disse con un sospiro: "Non abbiamo avuto mai tanto a che fare con i medici, e per tanti di noi! A proposito, ti ha chiamato Ernesto, per i tuoi risultati?".

"No, ma non mi sorprende: nei laboratori di analisi cominciano le ferie a metà giugno, prima di tutti gli altri... tanto guadagnano! Non devi preoccuparti: io sto bene, non mi sentivo così da anni."

"Se fossi in te lo chiamerei, sarebbe una preoccupazione di meno, e non sarebbe male!" sospirò Mariola.

"Noi due abbiamo tanto di cui essere contenti, e grati..." Tito aveva trovato il modo di iniziare il suo discorso; invece Mariola prese il suo parlare come un accenno alla ritrovata intimità: "La zia sarà già addormentata e Sonia va a dormire presto. Vuoi venire a vedere la televisione con me, in camera?".

Tito la seguiva, tranquillo. E più la seguiva per le scale, osservando il suo ancheggiare, più gli ritornava la calma contentezza che ora provava in compagnia della madre. Sentiva la mancanza del padre. Venne preso dall'urgenza di salire nella Stanza di Nuddu, avrebbe completato quel mosaico in cui ogni tessera stava andando al proprio posto. E ricordò che lo aspettava un compito che amava: la tornitura. In genere non parlava di quello che faceva lassù, ma gli venne naturale dirlo alla moglie.

Quel poco che sapeva sugli orologi bastò a Mariola per capire che Tito non sarebbe tornato da lei tanto presto; ci rimase male, ma poi si consolò al pensiero di avere tutto il tempo per un bagno caldo, profumato e rilassante.


Nuovamente preso dalla sua passione, Tito non degnò di uno sguardo la stanza in cui ora sapeva di essere nato. Tirò fuori dall'armadio il tornio adatto e prese la scatola in cui conservava i pezzi di ricambio degli orologi d'anteguerra, una rarità. Li aveva ottenuti con un colpo di fortuna. Un vecchio orologiaio di Torino aveva chiuso il suo esercizio e lui li aveva acquistati per una cifra ridicolmente bassa. Scelse con cura il pezzo sbozzato: doveva sostituire un asse del bilanciere di un orologio da polso appartenuto al padre.

Era uno dei suoi preferiti – cinturino di metallo a molla, quadrante rotondo circondato da un sottile profilo d'oro, a sua volta incastonato in un profilo di metallo, ambedue poligonali: un classico. Quell'orologio aveva una particolarità: si ricaricava automaticamente con i movimenti del polso. Il padre si lamentava che si fermava spesso e lo avevano mandato più volte ad aggiustare: finalmente avevano capito che era perfettamente funzionante, ma il padre, ormai infermo, muoveva il braccio talmente poco da impedire al meccanismo di ricaricarsi. Allora lo aveva passato al figlio. Tito alternava al polso i suoi orologi e si faceva un punto d'onore di tenerlo in perfette condizioni: ora perdeva pochi secondi.

Si preparava alla tornitura dell'asse del bilanciere. Prese il tornietto dell'orologiaio e sistemò il pezzo sbozzato tra i due puntalini. La mano in posizione di supporto, era pronto a cominciare. L'asportazione del materiale avrebbe dovuto essere rapida: lui aveva la mano esperta e accurata. Di solito si concentrava totalmente, senza difficoltà, ma quella sera non vi riusciva. Il suo pensiero era fisso sul padre. Non lo capiva. Forse Mariola, che era stata molto vicina al suocero, avrebbe potuto essergli d'aiuto. Ma avrebbe dovuto sapere. Quello – Tito non aveva dubbi – mai. Mai.

Con un sospiro, si accinse al lavoro. Cominciò a tornire il cono posteriore. Il trascinatore era ben fermo sul corpo dell'asse. Tito controllò che il filo fosse teso, e la tensione tale perché potesse scivolare sulla gola della puleggia trascinatrice. Gli fece fare un primo giro: c'era qualcosa che non andava. Paziente, controllò di nuovo tornio e trascinatore per accertarsi che non vi fosse un errore di maneggio. Prese dallo scaffale la sua bibbia, *Orologiaio riparatore*, e si trasferì sul tavolo da orologiaio: un ripiano poggiato su una vecchia scrivania e circondato da vetro su tre lati, con due rampe per poggiare gli avambracci. Accese la lampada e si sedette sullo sgabello basso, il libro sulle ginocchia: ne sfogliava le pagine consunte per verificare i propri calcoli.

La porta cigolò: Mariola entrava esitante; era la prima volta. Silenziosa, si accomodò sulla parte libera del sommier – ai piedi c'erano cataste di mensili di auto d'epoca, una per annata. Tito sollevò gli occhi e ammiccò; poi tornò al manuale, la matita in mano.

Aveva rifatto i calcoli. Allora sollevò lo sguardo su Mariola. La intravedeva nella penombra: si era tolta le scarpe ed era sdraiata sull'ottomana, la testa sprofondata nei grandi cuscini e i piedi appoggiati sulle riviste. Lo seguiva. Le sorrise, ma Tito non si rendeva conto che lei non poteva accorgersene – naso e bocca erano sotto il livello del piano di lavoro.

Tranquillo, ritornò al tavolo dove era fissato il torchio. Controllò torchio e trascinatore: era pronto a riprendere l'operazione.

"Vuoi provarci anche tu?" le chiese, girandosi verso di lei.

Ma, sentendosi ignorata, Mariola se n'era andata, silenziosa com'era venuta. Tito guardava l'ottomana. La forma di lei era rimasta sulla trapunta stropicciata e sui cuscini affossati. Gli piacque pensare che la moglie si fosse adagiata sul sommier dove suo padre e sua madre avevano consumato la loro passione, e si sentì in pace con loro. Quell'amore assumeva la normalità che non avrebbe dovuto appartenergli. Tito provava un senso di benessere che non aveva mai conosciuto.


Riprese l'operazione di tornitura, veloce. Ritornò allo sgabello per iniziare il montaggio dell'asse del bilanciere. Aveva ritrovato se stesso, o così credeva. Invece, era irrequieto e stentava a concentrarsi. Si guardava in giro, perplesso. Poi capì che gli mancava sua moglie.

Mariola era nella stanza da bagno. Tito si tolse le scarpe e quatto quatto si sdraiò sul letto: aspettava il proprio turno, senza farle premura.

Lei non pensava che Tito ritornasse così presto e aveva lasciato la porta socchiusa; faceva un bagno con oli essenziali e il profumo di lavanda, trasportato dal vapore, riempiva la stanza. Lui inspirava e ascoltava i rumori che venivano da dietro la porta. Sciacquettii, lo sbattere dell'acqua contro il ferro smaltato ai movimenti del corpo nella vasca, il getto di altra acqua calda. Poi lo scroscio della doccia. Sfregamenti di asciugamani, picchiettii leggeri sul viso.

Mariola tirò l'accappatoio dal gancio della porta e così facendo l'aprì un po' di più. Seduta sul coperchio del gabinetto, gli volgeva le spalle e si metteva la crema. Tito le vedeva il polpaccio accavallato sulla gamba e il minuscolo piede paffuto; seguiva i movimenti di lei, che ora gli si offriva di profilo. Era passata alle braccia; l'accappatoio era scivolato a terra. Le pieghe del ventre continuavano quasi ad anello fino alla schiena: pelle chiara, tesa, senza rughe.

Adesso si era alzata e ungeva con cura i seni, guardandosi allo specchio, sempre di spalle. Lui la immaginava. Mariola aveva un non so che di ingenuo e quasi adolescenziale: i glutei, anch'essi lucidi di crema, erano sodi; la schiena era arcuata, alcune ciocche dei capelli castani erano sfuggite sulla nuca dalla minuscola coda di cavallo in cui li aveva raccolti perché non si bagnassero.

Si era girata e massaggiava di nuovo i seni con un'altra crema che prendeva da un vasetto viola. Tito pensava che fossero morbidi e arrendevoli. Nuda e libera dalla stretta di reggiseno e busto, era armoniosa: aveva mantenuto le proporzioni del corpo arrotondato che tanto piacere gli aveva offerto. Ora si ungeva schiena e spalle incrociando le braccia sul petto. Come le donne di Rubens, aveva la pelle liscia e luminosa, le carni tattili e la solida pinguedine che lo aveva attratto in gioventù: era voluttuosa.

Tito si eccitava, ma più Mariola perdeva tempo a prepararsi per il marito, più scemavano le sue speranze. Lo trovò addormentato.

Tutta profumata, si cacciò sotto le lenzuola, rassegnata.


Ma nella notte Tito la svegliò.

## 43

Rachele ricorda e non rimpiange
*"È come se la natura fosse impazzita."*

Lei era ancora a letto, in attesa del vassoio della prima colazione. Sembrava in dormiveglia, ma quando sollevava le palpebre, lo sguardo cadeva su Tito. Lui leggeva le lettere e di tanto in tanto seguiva le espressioni del suo viso, a volte le faceva delle domande. Imparava a intuire e a immaginare con quel poco che lei diceva e con quello che lei aveva scritto. *Come hai fatto a innamorarti di tuo fratello?* era la domanda che Tito non poteva porre alla madre.

*Nell'autunno romano dei suoi quindici anni si era abbandonata all'infatuazione per il fratello. Era il suo modello di uomo – il principe azzurro irraggiungibile – e sognava di sposare uno come lui. Non si rendeva conto della fiamma che covava. Non riteneva di peccare, e neppure si chiedeva la natura del proprio sentimento per il fratello. A poco a poco, l'amore cominciava a correre per la sua china e a trasformarsi in passione. Lo capì a diciotto anni: era lui che desiderava.*

*L'enormità del tutto la sconvolse. Un giorno decideva di prendere marito, un altro si votava a una vita di casto zitellaggio – le sarebbe bastato vivere accanto a lui e alla famiglia che si sarebbe creato –, un altro ancora pensava di fuggire, lontano.*

*Altre volte contemplava il suicidio; anche allora, il suo pensiero era centrato sul fratello; lei era distesa sul letto e già* composta, lui si chinava a baciarla, morta, come un amante e non come un fratello.

Da sveglia, non consentiva al proprio animo di abbandonarsi a speranze oscene. Di notte, aveva sogni erotici. Si congiungevano. E provavano piacere. Al risveglio, sgomenta ma non doma, pensava alla storia, alla mitologia, alla Bibbia. Passava in rassegna i faraoni egizi, gli dèi dell'Olimpo, perfino i figli di Adamo ed Eva, e nemmeno lì trovava conforto: era vietato dalla religione e dalla legge. Si disprezzava. Ma non c'era che fare: quell'amore era più forte di lei.

Il fratello era stato mandato a combattere in Grecia. Lei passava dall'euforia nel ricevere le sue lettere alla disperazione quando rimaneva priva di notizie. Seguiva i bollettini trepidante, come molte, ma a differenza delle altre nascondeva i propri sentimenti per paura di rivelarli. Vedeva le amiche, andava alle riunioni e si comportava come una ragazza normale – aveva anche un corteggiatore –, ma sempre più spesso cadeva nella malinconia. La combatteva aiutando gli altri; fu allora che fece amicizia con suor Maria Assunta.

Aspettava con ansia la licenza che le avrebbe riportato a casa il fratello. Lo trovò maturo, pensieroso: la guerra lo aveva fatto uomo. L'immutato affetto per lei ora aveva una spiccata dimensione protettiva, e lei lo amò ancora di più. Ma non osava fare nulla per rivelargli la natura del suo amore per lui.

Era a un pomeriggio danzante, da un'amica. Ballava il tango con il suo corteggiatore. Lui li raggiunse, con amici; a gambe larghe, braccia conserte, volto serio, li guardava. Rispose al suo sorriso con un cenno del capo.

Un altro tango. Gaspare la prese per un braccio e se la portò a ballare, senza nemmeno chiederglielo. La spingeva verso terra nel piegarle la schiena arcuata fino a darle le vertigini; nei passi lenti, inesorabile, premeva le cosce contro le sue, poi la allontanava da sé – braccio teso, dita intrecciate –

come se volesse scaraventarla a terra; quando la coppia si apriva, la sua mano le aggrampava la vita come se avesse gli artigli. Lei ne sentiva il respiro pesante, guardava sgomenta gli occhi impenetrabili e rispondeva come lui voleva. Non c'era gioia, in quel tango: Gaspare era furioso.

"Bravissimi!" dissero gli altri.

Poi lui raggiunse il gruppo degli uomini e non ballò più.

Erano sulla via di casa.

"Ti piace, quello?" le chiese a bruciapelo.

"È simpatico..."

"Papà me ne ha parlato: ha stima di lui. È di buona famiglia."

"Ma io non lo amo!" lo interruppe lei.

"Allora, diglielo!" urlò Gaspare, e affrettò il passo.

L'indomani lui andò al pastificio con il padre. Al ritorno era cambiato: ogni occasione era buona per uscire. Lei si sentiva ignorata. Ne parlò con Mademoiselle.

"Ha lo stesso temperamento di tuo padre. È un uomo, e deve sfogarsi. I fratelli delle tue amiche si comportano allo stesso modo: è normale. Devi abituarti, non sei più la sorellina," le disse quella. Lei rimuginò a lungo su quella parola, "sfogarsi", e le diede un significato specifico – andare al bordello. Immaginarlo con quelle donne la nauseava. Era peggio della gelosia per le ragazze che il fratello frequentava.

Lo accompagnava al treno: lasciavano casa in anticipo e al bar della stazione prendevano una bibita, aspettando il momento del commiato – era una loro consuetudine.

Erano davanti l'Orto botanico.

"Il cancello è aperto. Entriamo," disse lui.

Lei c'era andata da bambina con il padre, che conosceva il direttore. Le teche dell'erbario contenevano tuberi, radici e semi immersi nella paraffina e conservati in barattoli di vetro.

Le erano sembrati mummie vegetali. La visita del giardino – con la guida del direttore – l'aveva portata a concludere che preferiva la ben più amena Villa Giulia, lì accanto.

Gaspare aggrottò la fronte. "Vediamo che ne pensi stavolta," e la prese per il braccio.

Non c'era anima viva. Costeggiavano il padiglione neoclassico. Lei aveva il pianto in pizzo, così era tutte le volte che lui partiva, e sollevò lo sguardo al fratello. Seguendo i suoi occhi incontrava le cime degli alberi, alti e a semicerchio attorno al padiglione: due immensi pini, gli aghi luccicanti, la cupola scura contro il cielo appena azzurro; accanto, e di poco più basse, le chiome delle palme, tante e diverse le une dalle altre, alcune a ventaglio, altre pennate; poi due ficus, alle due estremità.

Da lì partiva un viale fiancheggiato da altri ficus maturi, i rami intrecciati in una volta lussureggiante. Le foglie, grandi, oblunghe e puntute, erano di un verde scuro e brillante; in mezzo spiccavano, ambrate, quelle ingiallite ma ancora polpose e altre, marroni, già secche, il picciolo tenace attaccato al ramo, anche quelle lucide come se fossero state spennellate d'olio. Il fondo del viale sembrava un tappeto orientale, i raggi del sole filtravano attraverso i rami e battendo sull'acciottolato e sulle foglie cadute creavano un gioco di luci e ombre.

Era tutto un brusio di cicale e un frinire di grilli; il canto dei merli nascosti dal fogliame fitto si levava intermittente. Gaspare andava a passo veloce. Ogni tanto si fermava e diceva qualcosa.

Una immensa dracena – tozza, rugosa, potente. "Si chiama sangue di drago."

Il gigantesco ficus magnolioides – un colonnato di radici fulcranti indistinguibili, in spessore e corteccia, dai rami. "È come se la natura fosse impazzita."

Il viale degli alberi-bottiglia – corteccia grigia coperta da denti fitti, irregolari e aguzzi. "Una corazza per difendersi dai nemici!"

Lui allungò il passo; lei, costretta da gonna dritta e scarpe *col tacco alto, rompeva in brevi corse, ma non si staccava dal suo fianco.*

*Erano a metà viale. Gaspare guardò l'orologio. "È tardi! Torna a casa, io corro altrimenti perdo il treno!" E le prese il viso tra le mani. Ma questa volta non lo girava per baciarla sulle guance: la testa dritta, si abbassava e poggiava le labbra sulle sue in un tremulo bacio a bocca chiusa e ciglia umide, lunghissimo. Lei chiuse gli occhi, abbagliata. Quando li riaprì, lui era scomparso.*

*Le labbra serrate, avanzava lenta, accompagnata da quei tronchi irsuti e bulbosi. Le sembrava che, dietro di lei, gli alberi scivolassero sul viale e si chiudessero al suo passaggio in densa foresta, dove riposava ed era protetto il segreto del bacio del fratello, ma non da fratello.*

Era sveglia. Tito leggeva e non se n'era accorto; posò la lettera e alzò lo sguardo.

"Non sapevo che fossi stata un'infermiera!"

"Fu utile, quando tuo padre ritornò ferito dalla Grecia." E chiuse nuovamente gli occhi.

*Le ferite si rimarginavano, ma lui doveva stare a riposo. Riceveva molte visite: ragazze a lei sconosciute, giovani donne maritate e una sfilza di amici. Mademoiselle scuoteva la testa, ma non riusciva ad arginarle. Lei faceva di tutto: aiutava in casa; lo accudiva, quando l'infermiere non era disponibile; preparava limonate, cuoceva biscotti e dolcini, officiava da padrona di casa e andava a cercare quel che gli serviva o gli faceva piacere, dappertutto in città. Non vedeva le amiche; non andava alle riunioni. La gente l'ammirava e notava che lei, nonostante tutto, era radiosa.*

"Che facevate, quando lui era malato?" chiese Tito.

"Certe volte mi chiedeva di leggergli ad alta voce, o di

mettergli un disco: gli piaceva sentirmi canticchiare sopra la musica. Ma per lo più, zitti stavamo."

*Raramente erano soli, ma non importava. Sapevano. E non c'era altro da dirsi. Si guardavano. Nei loro rapporti si era instaurato un ritegno pudico, che prendeva forma nel modo in cui lui si riferiva a lei: non più "Rachele", ma "mia sorella". Il segno di quanto i loro sentimenti fossero riprovevoli. Lei capiva, e se ne struggeva.*

*Mademoiselle la spronava a uscire. Le amiche la cercavano, ma lei niente. Il suo corteggiatore era frequente e ben accolto ospite in casa; lei aborriva quelle visite.*

*"Devi continuare la tua vita, sei giovane. Io tornerò presto al reggimento," le disse un giorno Gaspare.*

*"Io sono contenta così."*

*"Anche questo non è giusto. Sarei sollevato di saperti con le amiche, quando tornerò in guerra." Lei obbediva. Usciva con il cuore stretto, convinta che il fratello, come il padre, volesse accasarla. Non appena rientrava, correva da lui. Allora, era felice.*

*Poi anche Gaspare riprese a uscire: la licenza di convalescenza era agli sgoccioli.*

*Lei non voleva nemmeno pensarci, che lui ritornava al fronte.*

"E dopo, lui fu richiamato in guerra?"

"Sì, per poco. Aveva problemi con la vista ed ebbe il congedo definitivo."

"Che fece, allora?"

"Era depresso; a volte sembrava disperato. E dire che altri avrebbero fatto di tutto per lasciare l'esercito! Andammo a Torrenuova e lì si riprese. Poi, in città, lui faceva la sua vita. E io la mia."

Sonia entrò con il vassoio della prima colazione. Rachele le fece cenno di posarlo sul tavolino e tornò ai suoi ricordi.

*Gaspare ritornò al reggimento. Lei aveva perso la voglia di vivere: non mangiava e deperiva. Leggeva e rileggeva i libri che gli aveva letto, ascoltava le canzoni che piacevano a lui e si isolava sempre più. Mademoiselle la portò dal medico: era sana.*

*Poi, il congedo. Gli avevano diagnosticato la malattia agli occhi. A ventisette anni, era un uomo amareggiato e sconfitto: non voleva uscire di casa o incontrare amici. Stava bene soltanto con la sorella: leggevano, parlavano, o semplicemente tacevano. Lei non si staccava da lui, e lui non la mandava via. Il padre e Mademoiselle erano costernati. Quando Gaspare espresse il forte desiderio di andare a Torrenuova, il padre, disapprovante, accondiscese. Lui e Mademoiselle rimasero in città.*

*La solitudine di Torrenuova li intimidiva: evitavano perfino il bacio della buonanotte. La tensione dei sensi era palpabile, e più loro se ne rendevano conto, più ne rifuggivano. Di mattina, lui si occupava del giardino e lei cucinava. Trascorrevano i pomeriggi passeggiando in campagna o sulla spiaggia e leggendo. La sera, seduti lontani l'uno dall'altra, parlavano di tutto, tranne che di loro due. Spesso tacevano e guardavano il tramonto sul mare e poi il cielo stellato. Proprio quei silenzi la convinsero che i suoi sentimenti fossero ricambiati. Ma lui non lo diceva. Fu allora che le venne il desiderio di un figlio, suo. Ne rimase attonita.*

*Al ritorno da Torrenuova, Gaspare sembrava ritemprato. Usciva con gli amici e frequentava i militari. Si diceva che fosse ritornato a essere un donnaiolo. Portava fuori le amiche, come prima. Con lei, aveva ripreso a comportarsi come un fratello maggiore. La portava a prendere il gelato; le comprava regalini; faceva un'apparizione ai pomeriggi danzanti per riaccompagnarla a casa. Davanti agli altri la abbracciava e le metteva le mani sulle spalle come, per l'appunto, fanno i fratelli. Quando erano soli, la evitava.*

*Lei non lo capiva. Era infelicissima. Piangeva, sola, in camera. Si confidò con suor Maria Assunta. "Prega il Signore che te lo levi dalla testa, e che tu faccia quel che è giusto. Tutto passa."*

"Poi che successe?" Tito aspettava le pause, per porre le domande.

"Ci furono i bombardamenti. Non sapevo dove fosse tuo padre; ero preoccupata."

*Avvenne durante un bombardamento. Lei era in casa, sola, pronta ad andare a dormire. Mademoiselle pernottava da amici, al mare. Il padre era in paese. Gaspare era uscito. Gli altri inquilini scendevano al rifugio e battevano alla sua porta. Lei non rispondeva, aspettava la morte: era il suo destino, e la meritava. Venne la portinaia; quella sbraitava, picchiava e perfino dava pugni sulla porta: sapeva che era in casa. Non rispose nemmeno a lei.*

*Avevano messo sbarre alle finestre per proteggerle e mantenere l'oscurità. Le smontò per vedere fuori: la piazza era deserta, e tutto era buio. I bombardieri rombavano nel cielo. Fitte, cadevano bombe luminose come i fuochi d'artificio quando precipitano sibilanti. Esplodevano nella città vecchia, sul porto, in fondo alla strada che risaliva dal mare: botto, fumo e polvere. Botto, fumo e polvere.*

*La silhouette dei tetti della città cambiava: un palazzo non c'era più, la cupola di Casa Professa era scomparsa... era il castigo di Dio. Lei chiuse tutto e si gettò sul letto: aspettava.*

*"Rachele, dove sei?"*

*Era lui. Non l'aveva sentito aprire la porta di casa. La chiamava, ma lei non rispondeva. Sentì i suoi passi nel corridoio, poi il cigolio della porta.*

*"Rachele, sei qui?"*

*Tratteneva il respiro.*

*Il frastuono di una bomba, vicina. Poi silenzio.*

*"Rachele, ti sento. Parla, perché non sei al rifugio?"*

*Nel buio pesto, Gaspare si avvicinava a tentoni; rovesciò una seggiola. Era accanto al letto. Lei si rannicchiò sull'altro lato.*

*"Rispondi!"*

*Lui tirava la coperta, poi il lenzuolo: si era impigliato nel ferro battuto della sponda del letto, adesso quasi lo strappava. Poi una mano le calò addosso, sulla schiena.*

*"Che ti è successo? Rispondi."*

*La mano saliva sul raso della camicia da notte e raggiunse l'attaccatura del braccio. Lo strinse: cercava di girarla verso di sé. Lei era un peso morto, aveva paura, di tutto. Gaspare la tirava, e lacerava il merletto. Ora era supina. Le bloccò la spalla, e intanto con l'altra mano cercava un appiglio; la sollevava, puntellandosi sul letto con il ginocchio. La tirò su, tenendosi in bilico sulla gamba piegata, e poi se la mise di traverso sulle gambe.*

*Cercava la testa; incontrò sulla schiena i capelli sciolti e gonfi; vi infilò le mani e, senza mai toglierle, risalì sino alla fronte. Le girava il capo verso di sé, le scostava dal viso le ciocche umide di pianto, gliele lisciava dietro le orecchie – le dita come i denti di un pettine largo. Cercava i suoi occhi, poi il naso, la bocca.*

*"Rispondi! Perché non sei al rifugio?"*

*"Volevo morire..."*

*E la bocca bramosa penetrò quella di lei, le mani affannate le abbassavano le spalline.*

*La testa fra le mani, Gaspare, nudo, era seduto sul bordo del letto, il lenzuolo umido e sgualcito.*

*Lei gli carezzava la schiena. "Io ti amo, e tu?" E si unirono di nuovo, più lentamente.*

La zia guardava Tito, stanca.

"E poi?" chiese quello.

"Poi sei venuto tu."

Madre e figlio si guardavano, senza osare toccarsi. Sonia le servì la colazione. Rachele divideva il cornetto in bocconi, uno per sé e uno per Tito; e così si dissero che si volevano bene.

## 44.

Un amore sbagliato
*"Non permetterò mai una macchia sul tuo onore, mai!"*

Tito si rivolse al padre. *"E tu, come hai mai potuto?"* chiedeva.

Si era innamorato di Rachele durante la convalescenza. Era attratto dalla sorella, che si era fatta una bella ragazza, e questo aggiungeva al loro rapporto un tocco di sensualità contenuta che non gli era sgradito. La manifesta infatuazione di lei gli faceva tenerezza e non lo turbava; dal canto suo, considerava normale la propria gelosia protettiva. Certo che lei gli si sarebbe data, resisteva e sperava che, come tutti gli altri suoi innamoramenti, anche quello sarebbe scemato di intensità, per ambedue. Forse tra loro si sarebbe instaurato un rapporto ambiguo – come talvolta succede tra fratello e sorella –, che tuttavia non avrebbe impedito a nessuno dei due di sposare e farsi la propria famiglia, senza degenerare.

Prima di tornare al fronte, si era buttato con foga in un amore con la moglie di un capitano e aveva ridimensionato il tutto: si trattava di una temporanea sfumatura erotica.

Traumatizzato dal congedo definitivo, Gaspare era depresso. Fu allora che si rese conto che la sorella era diventata il perno della sua vita. L'attrazione reciproca era potente: se ne vergognava. A Torrenuova l'innamoramento strancanciò in amore, ricambiato senza bisogno di parola alcuna. Avevano ampie opportunità: erano soli, la notte. Lei gli si offriva. Piena di desiderio. Consapevole. Mite. Decisa. E serena. Lui non la volle, per rispetto al loro stesso amore, che dentro di sé paragonava a una giornata di sole a Torrenuova, quando il cielo era alto e senza nuvole: all'alba, dietro le colline dell'interno, era rosato; poi diventava gradualmente azzurro, luminoso e pulito. Così rimaneva fino a sera, quando infuocava sul mare. Gaspare non osava deturparlo con la passione.

Non aveva dubbi sul fatto che fosse una follia portare avanti un rapporto incestuoso e dunque segreto, eppure non riusciva a troncarlo. Doveva dare tempo a quell'amore di seguire il proprio corso ineluttabile. Ma non osava profetizzarlo.

Al ritorno in città ravvivò la relazione con la moglie del capitano. La prendeva, avvinazzato, ma riusciva a eccitarsi soltanto bramando la sorella e provava disgusto di sé. Evitava la compagnia di Rachele. Ma poi, come un forsennato, finiva per cercarla dovunque, per trattarla come se fosse ancora una collegiale. Gaspare si affannava a ingannare se stesso con le menzognere parvenze di un semplice affetto.


Lui era con amici. Da dietro le montagne spuntarono in formazione i bombardieri nemici. A tre a tre, poi in rombi, poi tanti in fila. Spettacolari. Minacciosi. Sapeva che Rachele era sola in casa. Ebbe una visione: Rachele, sconvolta, lo chiamava. Corse per le strade della città, rasentava le zone già colpite scansando le squadre di soccorso, coprendosi bocca e naso per non mandare giù polvere e fumo. Non rispondeva ai lamenti dei feriti, ignorava le richieste di aiuto. Correva, correva dalla sua Rachele.

Il rifugio era gremito. Estranei e familiari erano stipati uno contro l'altro. "Rachele!" urlava. "Rachele, dove sei?"

Molti – soprattutto donne – si coprivano il volto con scialli e coperte; lui glieli strappava e alla luce dell'accendino li guardava, poi, incurante, glieli rigettava addosso e passava ad altri. "Rachele! Rachele!" Come un dannato spingeva, si intrufolava in gruppi compatti, senza rispetto per anziani, bambini, malati. Indignati, uomini e donne protestavano. Alcuni lo insultavano. Lui non desisteva. "Rachele!" Doveva trovarla.

"Non è qui! È voluta rimanere a casa!" gridò la portinaia dal pertugio in cui si era rintanata.

Gaspare salì i gradini a due a due, quasi non toccava il corrimano, era come se ci vedesse al buio.

Passò a tentoni la mano sulla porta: non trovava il buco della serratura. Non gli era mai successo. Palpava il legno, toccava la spia, tirava la cordella che dalla spia metteva in azione la campanella, la tirava, quella suonava ma non c'era risposta. Picchiava sul battente, tornava a cercare la serratura. Non la trovava. Gli calava, agghiacciante, la certezza che quella notte l'avrebbe posseduta.

Lo scoppio di una bomba, vicino. E altri, lontani.

La chiave penetrò infine nella toppa. Girava. "Rachele, dove sei?"

Ne sentiva la nuda presenza.


Rachele si era assopita rannicchiata tra le braccia del fratello, la schiena contro il suo petto come faceva da piccina quando dopo pranzo, d'estate, sprofondati nella poltrona di vimini, le leggeva le favole sotto l'ombra fragrante dei pini – il corpo di lei su quello adolescente di lui, innocenti. Gaspare pensava che quella notte di bombardamenti e di passione, anziché dissipare l'innocenza, l'avesse sublimata in amore profondo. Passava dalla felicità alla disperazione, quell'amore era portatore di disgrazie e di ignominia. Altri botti: bombe cadevano poco lontano. Rachele nel sonno si stringeva a lui, e lui rispondeva.

L'alba era vicina e i bombardamenti si diradavano. Gaspare scivolò dal letto senza svegliarla e si rivestì: fra poco la portiera sarebbe venuta a controllare. Le lasciò un biglietto. "Torno dopo pranzo. Ceno a casa."

Rachele lo aspettava, ansiosa, al balcone. Gaspare le fece cenno di scendere.

"Andiamo!" le disse. Allungò il passo e non le rivolse più la parola. Correndo, e a volte incespicando, lei non gli permise di distanziarla.

Tenendosi scostati l'uno dall'altra, andavano verso i Colli, dove il bombardamento era stato meno intenso. La città era attonita, l'atmosfera greve. Le strade secondarie erano diventate sentieri di campagna. Attraversavano agrumeti, passavano per viottoli tortuosi, rasentavano mura di ville settecentesche abbandonate. Incontravano poca gente, e sconosciuta.

Lui si fermò di botto, il braccio teso contro il muro di cinta di un giardino di agrumi.

"Deve finire. Anzi, è già finita!"

"Che male facciamo?"

Rachele inalava il profumo di zagara e gli si offriva, supplice.

"Deve finire. Deve." E ripresero la via del ritorno.

Avevano imboccato la strada che tagliava la città da una punta all'altra. Di fronte a loro, in lontananza, il sole prossimo al tramonto era sceso dietro le montagne brulle e pietrose che circondavano a semicerchio la città: inutile protezione contro l'attacco dal cielo. A sinistra, verso mare, Monte Pellegrino – tutto una pietra rosa e bluviola – si stagliava nudo e umiliato contro il cielo pallido.

Incrociavano rari passanti, anche loro mesti e taciturni.

Una vecchietta seduta sul muricciolo di una villa li chiamò. "Giovani e belli siete, e fratello e sorella: si vede! Io una preghiera ce la dico al Signore, per voi e per i vostri morti. La vita dev'essere speranza, per i giovani. Datevi forza, altrimenti che dobbiamo fare, noi vecchiarelli!"

La guardarono e non osarono guardarsi: un nodo alla gola.

Deciso, Gaspare la distanziò. Rachele, stanca, gli arrancava dietro. L'aspettava sotto un platano, dietro di lui la corteccia – maculata, gonfia e putrescente – cominciava a staccarsi dal tronco.

"Un'ultima cosa: non una parola." Il suo sguardo era duro.

"Io ho la bocca murata." Dall'angolo dell'occhio le scivolò una lagrima.

"La bocca murata... Lo diceva nostra madre..."

E le passò il dito sulla guancia.


Non ci furono altri bombardamenti. La vita della città era ripresa, e così le loro, separate: si vedevano in casa e fuori, di sfuggita. Ognuno portava il proprio segreto. Ma non erano capaci di fingere nella quotidianità. I soliti gesti e le stesse parole assumevano un'intensità nuova: la pressione sul braccio più forte, la carezza prolungata, il bacio sulla guancia, fremente.

Rachele si era tuffata nell'assistenza ai feriti. Passava intere giornate dalle monache e poi frequentava le amiche: non tradiva stanchezza e sembrava rifiorita. Il suo incedere trasudava sensualità non più repressa; la sua carnagione e le folte trecce castane, che teneva ancora avvolte sulle orecchie, avevano una lucentezza nuova. Rachele, nel fulgore della gioventù, lo voleva, di nuovo e per sempre.

Gaspare era teso e sembrava spossato. Evitava la sorella; anche lui si era buttato nelle attività di assistenza e tornava a casa stremato. Andava al pastificio con il padre e si occupava delle proprietà ereditate dalla madre. Usciva spesso con gli amici e non perdeva le scarse opportunità per divertirsi, ma in famiglia era tetro. Mademoiselle li osservava, perplessa: qualcosa era cambiato in loro.


Dopo quella notte folle, Gaspare ce l'aveva messa tutta per evitare quello che considerava la rovina della sorella. Sembrava invece che il padre e Mademoiselle fossero convinti che la insidiasse. Più si teneva lontano da Rachele, più i loro sguardi cadevano su di lui, pesanti e accusatori, ogni qual volta le rivolgeva la parola o la guardava.

Il padre fece di più: gli disse di cercarsi moglie, e presto, celando la malattia agli occhi; gli propose alcune ragazze disponibili. Lui rispose che non si sentiva pronto, ma ci avrebbe pensato. Il padre fece un discorso simile a Rachele, ma ben più mirato: il marito per lei l'aveva bello e pronto, il giovane medico che la amava da tempo. Lei rifiutò. Lui allora impose al figlio di persuaderla, alla sua presenza, a prendersi quello. Gaspare non volle sottrarsi: il matrimonio avrebbe dato a Rachele l'opportunità di una vita normale e di trovare una sua felicità.

Al netto rifiuto di lei, Gaspare accettò l'ineluttabilità del loro amore e vi si abbandonò.


Una sera il padre era rincasato dal circolo prima del solito. Sentì dei rumori nella stanza del figlio. Ascoltò. Poi prese il corridoio su cui aprivano le camere da letto di Rachele e Mademoiselle. Spalancò con un colpo di spalla la porta della figlia: Rachele non c'era. Girò per la stanza come una belva in gabbia, poi ritornò sul corridoio.

"*C'est toi, Tito?*" Mademoiselle, stringendosi la vestaglia sul seno, aveva socchiuso la sua porta. Un incrocio di sguardi consapevoli alla luce della lampada a olio.

L'indomani il padre lo chiamò nel suo studio. Voleva sapere. Al silenzio del figlio ribelle, minacce: lo avrebbe diseredato; avrebbe fatto sì che perfino il pastificio non diventasse suo; avrebbe usato la sua amicizia con i gerarchi del partito per precludergli qualsiasi altra attività. Questa volta Gaspare rinfacciò al padre la non dimenticata violenza contro la madre e tutto il resto.

Dopo quello scontro, il padre lasciò Palermo e poco dopo trovò la morte in un incidente di caccia.


Fratello e sorella erano inseparabili nel lutto. Lei era genuinamente addolorata, lui tormentato dai sensi di colpa. Del futuro non parlavano, e nemmeno di sé: una sorta di desiderio di espiazione per la morte del padre li induceva a soffocare la loro passione, ma non il loro amore. Presero l'abitudine di fare passeggiate dopo pranzo, quando le strade erano vuote. Ogni tanto lui le metteva la mano sulla spalla, come fanno i fratelli con le sorelle. Se trovavano una chiesa aperta, vi entravano: deserte anch'esse, a quell'ora. Si fermavano davanti alle cappelle e agli oratori barocchi: lei mormorava una preghiera e lui, dietro, guardava le figure voluttuose delle statue settecentesche, che gli parlavano ai sensi e contemporaneamente lo mettevano in guardia. Erano i soli momenti di intimità: le cingeva la vita, le prendeva la mano, le accarezzava il volto, fugace.


Erano davanti la rappresentazione della Pace: una giovane leggiadra, dentro una delle nicchie della parete coperta di stucchi. Modellata in un impasto di calce e polvere di marmo, era, come le altre statue del Serpotta, candida, morbida, luminosa.

Impudichi vestimenti – a volte vaporosi, a volte aderenti – ornavano il corpo flessuoso. Scivolavano sulla spalla e sul braccio, denudandoli; scendevano, sottili come un velo, sui seni rotondi e sul ventre soffice e gonfio, esaltandoli; modellavano l'incavo dell'ombelico. Poi si allargavano in pieghe e sbuffi sulle gambe e si annodavano sopra le ginocchia; altri drappeggi, spessi e voluminosi, lambivano i piedi delicati e ignudi.

Il viso pensieroso della *Pace* era inclinato leggermente verso il basso, di profilo; i lineamenti minuti avevano un non so che di civettuolo e i capelli, raccolti in cima alla testa, erano tenuti da una treccia attorcigliata a mo' di nastro. Gli occhi innocenti erano rivolti alla mano che stringeva la figurina di un nudo prigioniero nemico – scuro, rigido, muscoloso, la testa bassa, mani e piedi incatenati – puntandola contro il grembo. Come un pugnale.

Fu davanti a quella statua che lei gli sussurrò: "Sono incinta".

Anche loro statue; gli occhi fissi in alto sul ventre della *Pace*. Attoniti e desolati quelli dell'uno, ansiosi e decisi quelli dell'altra.

"Provvederemo, conosco un bravo medico fidato."

La voce bassa, priva di emozione: "Io lo voglio". Poi silenzio.

"Lo voglio," ripeté lei, e aggiunse: "Lo avrò altrove, diremo che sono stata sedotta".

Parlavano sommessi, senza distogliere gli occhi dalla statua; sembrava che bisbigliassero una preghiera, una officiava e l'altro rispondeva. Il sacrestano aspettava che se ne andassero per chiudere la cappella. Nel frattempo gironzolava e li teneva d'occhio, indifferente.

"Non permetterò mai una macchia sul tuo onore, mai!"

"Allora pensa a un'altra soluzione."

"Non ce n'è alcuna, lo sai."

"Io sono disposta a tutto, pur di rimanere insieme a te e a nostro figlio."

"Tu vaneggi."

"Tutto, capisci?"

"Non credere che non ci abbia pensato. Significa un cambiamento brutale, per te..."

"Lo so."

"Vivere una menzogna perenne..."

"Ce la faccio."

"Isolata dalle amiche e dalla società..."

"Va bene."

"Cambiare città, te stessa... Anche quando io non ci sarò più. Credi di farcela?"

"Io sì. E tu?"

"Tra noi dovrà finire tutto!"

"Questo no, non potremmo. Anche per questo troveremo un modo."

Rachele prese Gaspare per mano. Lo guidò verso la navata centrale; fece la genuflessione davanti l'altare disadorno e, sempre guidandolo per mano e senza guardarlo, come fossero due sposi, si girò verso il portale. Era sprangato.

L'indomani Gaspare aveva appuntamento dal notaio: discutevano della successione. Li raggiunse il fratello medico e in poche parole lo informò del cancro del padre e della sua certezza che fosse morto suicida.

"Non voglio che mia sorella ne sia messa al corrente, è molto religiosa," disse Gaspare, e si tolse un peso dalla coscienza.

Quella sera, fu lui a entrare nella stanza di Rachele.

## 45.

La lunga notte di Rachele
*"Non vorrei dover maledirla, questa tua felicità infausta."*

Sonia serviva la cena a Rachele: l'aveva sistemata sulla poltrona e le aveva spinto davanti il ripiano girevole del tavolino.

"Lo comprai io, per mio fratello, quando era ferito..." diceva lei, mangiandosi la minestrina primavera: la sua preferita.

Uno squillo: era Nadia, la figlia di Sonia che lavorava in casa di Santi. Sonia si appartò accanto alla finestra, ma non la perdeva di vista. Tenendo sempre il telefonino all'orecchio, riusciva anche a servirla: con la coda dell'occhio la sorvegliava, le versava un altro coppino di minestra, le offriva il pane, le toglieva il piatto vuoto, le porgeva la verdura, e ogni volta ritornava alla finestra e parlava fitto nella sua lingua.

La zia adesso aveva finito di mangiare e aspettava paziente. Tito sapeva e accettava: non aveva mai sperato che quel momento sarebbe venuto.

"Nadia piangeva, ho dovuto consolarla."

"Che è successo?"

"A lei niente; è Titino. Povero bambino! Voi magari ve l'aspettavate, lo sapevate che vedeva male. Ma la mia Nadia c'è rimasta malissimo: il medico ha telefonato proprio mentre lei li chiamava a tavola. Titino ha la stessa malattia di tuo fratello..."

Con un gesto deciso Rachele allontanò la coppetta di ciliegie che Sonia le porgeva. "Voglio andare a letto." Afflosciata nella poltrona, il viso raggrinzito e grigio come una lenticchia, le labbra serrate, aspettava che la donna le togliesse il tavolino da davanti.


*Compiva vent'anni. Fecero una festicciola in casa. La sera il padre le disse:*

*"È ora che prendi marito. Questo giovane medico mi piace, e suo padre è pronto a farsi avanti".*

*"Non voglio maritarmi. Mai."*

*"Non ti capisco, vuoi rimanere zitella?"*

*"Ho detto che non voglio maritarmi!"*

*"E se te lo ordina tuo padre?"*

*"Sul mio corpo e sulla mia anima comando io sola, papà."*

*"Attenta, te ne pentirai. Pensaci."*

*Pochi giorni dopo il padre la chiamò nel suo studio. Non era solo: c'era anche Gaspare. Le gambe allungate davanti a sé con apparente noncuranza, era seduto sul bordo del ripiano della libreria, e lo stringeva. Lei se ne accorse, come si accorse che lui si puntellava con piedi nervosi per non slittare.*

*"Hai pensato a quello che ti ho detto? Devo dare una risposta. Lo vuoi?"*

*"No."*

*"Ascolta tuo fratello, almeno."*

*Gaspare stringeva forte le dita attorno allo scaffale.*

*"Rachele, è un bravo ragazzo, siamo amici. Sarebbe un ottimo cognato per me. Conosci i suoi sentimenti. Ti darebbe una bella famiglia, figli sani..."*

*"Vuoi che lo sposi?"*

*"È un matrimonio adeguato a te. Devi decidere tu."*

*"Vuoi che diventi la moglie di quello?"*

*"Ti voglio felice."*

"La moglie di nuddu sarò, io!" E si precipitò fuori, sconvolta.

La sera lei lo aspettava, la candela quasi consumata. Sentì i suoi passi nell'ingresso, poi nel bagno. Quindi silenzio. In punta di piedi bussò alla sua porta. Pian piano si schiuse, lui uscì e la richiuse dietro di sé. Si guardavano.

"Lo sai che diventerò cieco?" le chiese. Lei non rispose.

"E mi vuoi lo stesso?"

Gaspare le sciolse il nodo della cintura della vestaglia; poi soffiò sulla candela e la fece entrare. E così fu, sempre: al buio.

"Rachele, non mi piace il tuo rapporto con Gaspare. Voi due giocate con il fuoco. Ascoltami. Andiamo via, sulle Madonie; lì è bello, faremo passeggiate nei boschi... Datti tempo per svariare, riprenderti dalla morte di tuo padre..." la esortava Mademoiselle. Lei le era stata particolarmente vicina: sapeva che c'era stato del tenero fra Mademoiselle e il padre, e la vedeva molto addolorata.

"Siamo due orfani, e stiamo bene assieme: che male c'è?"

"Sbagli di grosso, crei infelicità a te e agli altri... Capisci cosa voglio dire?"

"Io sono felice. Anche lei si è ricavata la sua felicità qui, a casa."

"Non vorrei dover maledirla, questa tua felicità infausta."

Mademoiselle allora la lasciò.


Titino. Mademoiselle aveva ragione.

Era quello che avevano sempre temuto: non per Tito – lei era convinta che sarebbe stato sano, e Gaspare era fatalista –, ma per i figli di lui.

Ogni volta che le porgevano il neonato, esitava a prenderlo e tremava, non dalla gioia, ma dalla paura che quelle pupille sfocate sviluppassero, crescendo, la vista tubolare e poi affondassero nel buio, com'era successo a Gaspare. La paura non l'aveva abbandonata – mai. Ma, come con tutto il resto, si era abituata a conviverci.

Rachele accese la luce e bevve dell'acqua. Sentiva la mancanza del fratello. Lui sapeva darle forza, consolarla: avrebbero diviso anche quel dolore.

*Tito gironzolava per la chiesa e loro due, nella cappella, erano davanti a* La cacciata di Adamo ed Eva dal Paradiso del Masaccio. *La loro nudità era vergognosa e sensuale: il peccato. Lui diceva: "Io mi identificavo con questi, e pensavo alle disgrazie che caddero sui loro figli, e sui figli di quelli. Ma ora non lo credo più. Adamo prese il pomo non per golosità e nemmeno per voglia di potere, ma per amore. Di Eva. E quello peccato non è. L'amore è grande, grandissimo, più di tutto".*

Titino, Titino che saltava nei viali, che giocava a pallone, che voleva imparare a guidare, che disegnava tanto bene, che amava i libri... destinato al buio.

*Gaspare! Gaspare, dove sei? Aiutami!*

Si alzò da sola; camminava appoggiandosi qua e là ai mobili. Raggiunse la porta che dava sulla scala a chiocciola. Aggrappandosi alla ringhiera di ferro battuto, scalza, saliva nella Stanza di Nuddu: lì al buio, lui l'aspettava, come ogni pomeriggio.

Sulla pianta dei piedi nudi sentiva il freddo del ferro; faceva gli scalini uno alla volta, saliva, saliva da lui.

*Gaspare! Gaspare!*

Delirava. Le girava la testa. Faceva forza sulla gamba sana e si teneva stretta alla ringhiera. Poi la gamba cedette e si incastrò nei ghirigori di ferro. Cercò di liberarsi. Una punta le lacerava la carne. Cadde.

*Gaspare, vieni!*

Lo voleva, come quando era giovane, lo voleva. Impenitente. Disperata.

L'altro piede scivolò e, nel muoversi, riuscì a liberare la gamba. Rotolò in basso e finì contro la parete. Un fiotto di sangue. Demente per il dolore, balbettava e piangeva:

*"Dormi! Dormi un poco, bianca perla,*
*lascia ch'io m'inginocchi e ti preghi,*
*che le gioie del cielo invochi per i tuoi occhi...".*

E così balbettante e piangente la trovarono, in una pozza di sangue, ravvolta su se stessa come un vermetto di sant'Antonio.

## 46.

L'amore sbummica quando uno meno se lo aspetta
*"Mi vergogno a dirlo, ma mi sento felice."*

Sonia si era alzata per andare in bagno; nel salotto e nella camera da letto della zia le luci erano accese. Si fece tutte le stanze del piano: niente zia. Corse a svegliare Tito e Mariola; insieme, controllavano di nuovo dappertutto: aprivano le ante degli armadi a muro, frugavano nello stanzino delle scope, guardavano perfino sotto il letto e i divani. Tito ispezionò la scala di servizio e si girò il pianterreno, incluse le stanze di rappresentanza.

Fu Mariola a suggerire l'abbaino. Vi si accedeva dal pianerottolo della scala di servizio, su cui aprivano due porte: una dava sul secondo piano e l'altra sulla scala a chiocciola. Sonia c'era già andata: la luce era spenta anche lì, e della zia non c'era traccia. Tito salì per la scala, esitante. La trovò a pochi gradini dalla porta della Stanza di Nuddu.

Spirò fra le braccia di Tito, balbettando, sempre più sommessamente, le stesse parole: *"Dormi! Dormi un poco, bianca perla"*.

La pulirono e la conzarono sul letto, dicendosi soltanto il necessario.

Tito le diede un ultimo sguardo: Sonia e Mariola l'avevano ricomposta. Aveva il viso disteso e senza rughe e sulle labbra un accenno di sorriso, come quello di una pupa di cera. Poi chiusero la porta e andarono in camera a vestirsi.

Erano impiastricciati di sangue. Tito si sciacquava nel lavandino. La luce della lampada alogena sopra lo specchio scemava in intensità con il sopravvenire dell'alba: si era ridotta alle dimensioni di solicino morente e anche la luce riflessa nello specchio era misera. Nel frattempo Mariola faceva la doccia. Nel soccorrere la zia, si era imbrattata le mani; poi se le era portate ai capelli e anche quelli si erano sporcati di sangue.

Attraverso il vetro appannato Tito intravedeva la forma del suo corpo e, nella vasca, la schiuma dello shampoo, come quella del mare battuto dai venti... Mariola taceva; ogni tanto, un gemito, un "Dio mio!" appena sussurrato. Lui ascoltava gli sciacquettii e lo scorrere d'acqua scanditi da quei sospiri. Il profumo del bagnoschiuma aleggiava nella stanza. Il nodo alla gola gli si scioglieva, e così la tensione del corpo. Guardava la sagoma indefinita della moglie, la ascoltava e sentiva una nuova, calma dolcezza dentro di sé.

"Passami l'accappatoio." Mariola sporse la mano da dietro il vetro.

Tito guardò la mano dalle dita paffute, e bastò quella vista a dargli un senso di completezza che parole e carezze non eguagliano.

Allora, Tito capì di amarla, completamente.


Ancora umidiccia, seduta sul bordo del letto, Mariola si asciugava i capelli con l'accappatoio che avevano gettato a terra; poi se lo passò tra le gambe.

Tito era disteso sul letto. Le carezzava la parte bassa della schiena, come fosse un massaggio; sorrideva.

"Che c'è?" chiese lei, girandosi.

"Mi vergogno a dirlo, ma mi sento felice."

"Beato te, ci aspetta una giornata d'inferno."

Gli fece una carezza e si alzò, pensando agli abiti del lutto.

## 47

Timori e speranze
*"Dobbiamo tutelare i nostri diritti, tu e io!"*

La famiglia non si era aspettata che molti dei cordoglianti li accompagnassero sino al cimitero.

Dopo la tumulazione, Tito e Mariola furono circondati da vecchi impiegati del pastificio: ognuno aveva la sua storia sulla bontà della zia. Tito aveva dimenticato che la zia aveva imparato a guidare quando il padre aveva dovuto rinunciarvi, e che a volte gli faceva da autista e lo accompagnava al pastificio. Santi riceveva le condoglianze dai collaboratori e dagli amici.

Teresa ed Elisa capitarono una accanto all'altra, e sole.

"Chi si sarebbe aspettata tanta gente, e venuta con il passaparola... La zia è morta ieri sera e il necrologio uscirà sul giornale di domani," disse Teresa. "Era così schiva, non credo che ne sarebbe stata contenta..."

"Ti sbagli, le avrebbe fatto piacere, eccome! Secondo me era una finta timida," obiettò Elisa.

"Papà e Santi sono stati bravi, non hanno pianto."

Teresa si asciugava l'ultima lacrima e non si era accorta che in quel momento Dante si era accostato a Santi e lo aveva abbracciato, come avevano fatto gli altri. A quel punto, il fratello era scoppiato in singhiozzi. Ora, Santi piangeva sulla spalla di Vanna; lei non si era mai scostata dal suo fianco. Ma Elisa l'aveva notato.

"Guardalo!" E le indicava il fratello. Poi aggiunse: "Noi

due avremo guai, Dante non ci lascerà in pace fino a quando non otterrà quello che vuole. Ora capisco cosa c'è sotto!".

"È semplicemente amico di Santi, ha anche offerto di accompagnarli a..." Teresa si fermò. La sera prima Santi le aveva detto della diagnosi definitiva di Titino. Poi, sopravvenuta la morte della zia, le aveva chiesto di tenere la notizia per sé: non era il momento di comunicarla ai genitori e a Elisa.

"Altro che amico!" Ed Elisa spiegò alla sorella, esterrefatta, che quando aveva dipinto lo stemma di famiglia per impreziosire il compito di Titino – lo aveva inventato di sana pianta, con coppi di pasta, volanti con i raggi e ruote di automobili d'epoca –, aveva anche dato una sbirciata all'albero genealogico. C'erano i nomi di tutti gli antenati, inclusa la bisnonna paterna: Marta Attanasio. Vanna le aveva spiegato che Dante aveva suggerito il nome di sua madre, e gliene erano stati grati. "Siamo stati presi per fessi da Dante: è diventato ufficialmente fratellastro di papà." Nessuno ne avrebbe dubitato: era scritto nel compito di scuola di un bimbetto!

"Ma non finisce qui," aggiunse. Dante non faceva mistero di ignorare il nome di suo padre: era facile dedurre che lui e Tito avessero in comune anche quello. "Lui ha messo gli occhi sul pastificio e si è ingraziato quelli che decidono tutto: papà e Santi. Vorrà anche lui delle azioni. Dobbiamo tutelare i nostri diritti, tu e io!" concluse Elisa, trionfante. Teresa l'aveva ascoltata attentamente, ed era sgomenta.

"Io me ne andrò a settembre, che posso fare?" Parlava alla sorella con un rispetto nuovo. "Devi indagare, sorvegliare... e tenermi informata."

"Ma se appena apro bocca mi tratti da imbecille!"

"Quando è nato Santi io sono stata messa da parte, e avevo otto anni quando sei nata tu. Mamma ti viziava. Per me c'era la zia e basta, ma anche lei preferiva Santi. Tu eri il fulcro dell'attenzione, io ero la figlia diligente, bruttina, sgobbona, quella che non dava pensieri..." mormorava Teresa.

Poi aggiunse, riluttante: "Ero gelosa di te, bella, vivace, intelligente...".

"Be', adesso non pensiamoci più," Elisa parlava con autorevolezza. "Ricordati che nella nostra famiglia il pastificio conta più di tutto, e ai maschi deve andare, secondo loro! Per questo il nonno non ha permesso alla zia di prendere marito."

"La zia non ha mai voluto sposarsi!"

"Lascia stare, so io della zia... Era il piano del nonno per lasciarlo tutto a papà. In quanto a nostro padre, è un locco: si commuoverà davanti al fratello ritrovato; vorrà trattarlo come tale. E non fidarti di Santi: lui è come loro, basta che Dante adotti Titino, come hanno fatto fare alla zia, e noi due siamo fregate! Santi pensa solo al pastificio e a lasciarlo a suo figlio! Tale e quale papà." Elisa trattenne una lacrima e poi continuò: "Insieme e d'accordo, noi due siamo una forza. A solo, una nullità".


I genitori le chiamavano: erano pronti ad andare. Le figlie li raggiunsero, ambedue con gli occhi gonfi.

## 48

## La granita di caffè
*"Da madre gli ha fatto. E lui per lei è stato più che un figlio!"*

Tito aveva insistito per andare dal notaio: la zia era l'a-
zionista minoritaria del pastificio e bisognava avviare senza
indugi le pratiche della successione.

Mariola offrì di accompagnarlo: "Va', passo da Ernesto,
mi faccio dare una buona dieta dimagrante," disse al marito
con un sorrisetto complice.

C'erano già i primi pazienti. L'infermiera la riconobbe subito e le fece le condoglianze; poi la invitò ad accomodarsi e
andò ad avvertire il dottore. Poco dopo, Ernesto apparve sul-
l'uscio e le fece un tacito cenno; Mariola lo seguì, imbarazzata, ma gli altri nella sala d'aspetto discutevano e perfino dia-
gnosticavano i loro reciproci malanni e non ci fecero caso.

Ernesto era impacciato e si scusò di nuovo, questa volta
di persona, per non aver preso parte al funerale della zia, il
giorno prima: era sopravvenuta un'emergenza. Prima ancora
di sedersi, riordinò in fretta le carte sulla scrivania: vi nasco-
se in mezzo, furtivamente, i risultati delle analisi di Tito.

"Allora Mariola, come va?" le chiese, riprendendo la
flemma del medico.

Lei gli raccontò del funerale con malcelato gusto e giusti-
ficato orgoglio. Credevano che sarebbe stata una cerimonia
intima, per pochi, come avrebbe desiderato la zia. Invece,

c'era tanta gente, e non soltanto per rispetto alla famiglia: erano venuti proprio per la zia. "Ne sono rimasta sorpresa, detto fra noi, lei aveva un modo di fare cortese ma distante, con la gente..." Non disse altro, ma a lei la zia non era mai stata simpatica. Poi, sentendosi in colpa, prese a tesserne le lodi. Generosissima, non soltanto aveva adottato Tito, ma lo aveva lasciato erede universale. Aveva fatto bene, lui, a descriversi come figlio, anziché nipote, nell'annuncio sul giornale. "Tito non lo dimostra, ma è addoloratissimo. Da madre gli ha fatto. E lui per lei è stato più che un figlio!"

Ernesto non intervenne per rafforzare le sue parole, come Mariola si sarebbe aspettata proprio da lui, il medico curante. Lei continuò, con un sospiro: "Tant'è che, per non lasciarla qui sola, abbiamo rinunciato ai nostri viaggi e alle vacanze con i ragazzi... Stamattina dicevo a Tito che ora potremo viaggiare, conoscere il mondo, goderci la vita...". E aggiunse, con un rossore: "Stiamo ancora bene insieme, noi due...".

Ernesto la ascoltava, pallido, serio. Mariola si fermò, imbarazzata: pensò di avergli fatto una cattiva impressione. Presa dalla confusione, cominciò a parlare a ruota libera. Al funerale c'era anche la madre superiora delle monache di San Vincenzo – pare che la zia un tempo fosse stata molto vicina a quelle monache –, e anche Dante Attanasio, che aveva rinviato la partenza per partecipare al funerale. Un vero amico di famiglia, si era dovuta ricredere. Di Irina nessuna traccia, nemmeno una telefonata di condoglianze.

"Così sono queste slave, pronte ad arraffare e poi a scappare!" sospirò Mariola, per la seconda volta; poi venne al sodo. "Ieri tua moglie mi ha detto che cercavi Tito. Hai i risultati?"

"Non ancora, ci sono ritardi..." farfugliò Ernesto.

"Vorrei una buona dieta dimagrante, cosa mi consigli?" sbottò Mariola, tutto d'un fiato.

Mariola scese nella portineria stringendo fra le dita le liste del cibo permesso e di quello proibito, e si sentiva già più sottile. Tito l'aspettava.

"Pensavo che dobbiamo parlare e pensare al nostro futuro, un bel futuro..." le disse. Poi aggiunse: "Ti porto a prendere la granita di caffè con panna, come facevamo quando ti corteggiavo; ricordi?".

"Ma deve venire Santi..."

"E aspetterà un po'... dai, andiamo!"

Lei gli infilò la mano nel braccio e attraversarono la strada tenendosi a braccetto.

Ernesto li seguiva dalla finestra – in mano i risultati delle analisi.


Il Piccadilly Bar era vuoto, a quell'ora della mattina. Seduti in disparte, Tito e Mariola assaporavano la montagna di panna montata che sormontava la granita. Come i bambini, usavano a mo' di cucchiaio il biscotto croccante in cima alla coppa.

"Che dirà la gente, se ci vede al bar il giorno dopo il funerale della zia..." diceva ora Mariola, sgranocchiando la cialda. Assaporava l'ultimo peccato di gola prima di mettersi a dieta.

"Lasciali parlare, quelli niente sanno..."

"Di che? Ma se lo saprà tutto il paese, che la zia è morta!"

"No, non di questo. Di noi due. Che ci vogliamo bene..."

"Mi domando se non è capitato per questa caduta della zia..."

"Spiegati, non ti capisco."

"Dicevo, quando sei tornato dal viaggio con Dante... Allora sapevi che stava male, tua zia."

"Ah... certo..."

Santi e Titino erano al bancone della tavola calda. Mentre il padre pagava, Titino si guardava intorno e scorse i nonni nel loro cantuccio.

Santi rifiutò l'offerta di una granita, Vanna li aspettava in macchina; lui aveva comprato sfincione e polli arrosto per evitare che quel giorno alla villa si cucinasse. "Abbiamo da parlare in famiglia, e nel pomeriggio ci saranno le visite di lutto. Andiamo, Titino!" Era teso e il volto pallido era segnato da profonde occhiaie. Tito capì e sbiancò anche lui. Mentre gli sfiorava la guancia nel bacio del commiato, Titino sussurrò: "Non preoccuparti, nonno, le cose si mettono sempre a posto. Me lo hai detto tu...".

Mariola aveva attaccato la granita. Leccava il cucchiaio e diceva, civettuola: "Chissà che avrebbe detto la zia, lei che era così pudibonda, se avesse saputo di noi due...".

"Ne sarebbe stata molto contenta, te lo garantisco, era la donna più trasgressiva che abbia mai conosciuto!" sbottò Tito, senza pensarci.

"Se lo dici tu..." mormorò lei, scuotendo la testa.

# Ringraziamenti

Parlavamo di un mio futuro di scrittrice. "Tre è un bel numero," disse Alberto Rollo, sotto la pioggia insistente dell'inverno palermitano, e poi passò ad altro.

Quelle parole discrete sono state determinanti nella mia decisione di dare una conclusione, con *Boccamurata*, alla trilogia siciliana cominciata con *La Mennulara* e continuata con *La zia marchesa*. Gliene sono immensamente grata, come anche per la disponibilità – generosa e apparentemente senza limiti – offerta da lui e da Giovanna Salvia nei mesi di intensa stesura di questo romanzo. Lavorare con loro è una gioia e un privilegio.

Ringrazio poi Gianmarco Tomasello e Nico Panno, giovani imprenditori palermitani, che mi hanno fatto da guida nella indimenticabile visita al mulino e pastificio Tomasello, a Casteldaccia, rispondendo in dettaglio e con pazienza a tutte le mie domande.

Grazie infine a Giuseppe Cucchiara, maestro orologiaio riparatore di orologi antichi e moderni, per le accurate descrizioni dei meccanismi e dei congegni ai quali si dedica con passione e sapienza.

# INDICE

PARTE SECONDA